天保図録

（一）

松本清張

目次

筆のはじめに

天保改革期を舞台に書いてみたい。

天保といっても改革がはじまったのは十二年（一八四一）に大御所だった家斉が死去して、老中水野越前守忠邦に実力者の地位が与えられたときからである。

肩の張ることを書くつもりはないが、いちおう、この期の背景を記してみる。

江戸時代に極端なデフレ政策がとられたのは二度ある。一度は天明七年から寛政五年（一七八七〜一七九三）に至る六年間で老中松平定信によってとられたいわゆる「寛政の改革」である。次が天保である。両改革の間には五十年近い歳月がはさまっている。

この間が、前半は将軍として、後半は大御所として徹底的な浪費政策をとった家斉の時代である。なお、寛政の改革の前に二十七年間の田沼時代がある。つまり、二つの改革は前時代の不健全な政治、放漫経済のあと始末ということもできる。寛政の改革の前は将軍吉宗（よしむね）による享保（きょうほう）改革期（一七一六〜一七四五）があったことも忘れてはならない。

改革はなぜ起こったか。

簡単にいえば、徳川氏のつくった封建土地制度が貨幣経済の発達によって矛盾し破綻（はたん）を来たしたからである。

別の言葉でいえば、武士階級と農民との間に町人ブルジョアジーが興（おこ）ったからである。大名、武士は土地を領有して（領主、知行主）その土地に住む百姓（領民）から米を年貢としてとる。領主はそれで経済を立て、家来には領民から取り立てた米をそれぞれの身分に応じて分配する。この関係がこの単純さのままで永遠につづけば文句はなかった。

高柳光寿（たかやなぎみつとし）博士によると、戦国時代に武士が戦闘の際に、できるだけ目立つような旗（はた）指物（さしもの）をつけたり、「やあやあ、遠からんものは音にも聞け、近くば寄って目にも見よ、われこそは……」と大音声で名乗るのは、なにも敵方に己れの武勇を誇示するだけではなく、実は、自陣の後方で諸士の働きを注目しながら採点をしている軍目付（軍監）にわかるようにしたいためだったそうである。点数によって知行が加増されるからだ。なるほど、甲冑姿の入り乱れる戦場では、誰が誰だか遠目にはわかるまい。命を賭けての働きだから、確実に、おれだ、おれだ、と後方の採点係にわかるようにするには、独自の旗指物をつける必要があった。それでそのデザインもしだいに奇抜なものとなり、色彩も工夫されていった。これも、名誉心を満足させるほか、いわば少しでもよけいに扶持米を貰い、経済生活を裕福にしたいためである。（大久保彦左衛門の「三河物語」には自分の働きにもかかわらず、採点が少なかったと繰り言が述べられてある）

これで、その子孫が先祖の手柄で貰う家禄米で座食していける間は天下泰平であった。しかし、貨幣経済となって諸生産が起こり消費生活が膨張すると、幕藩から支給される米（金銭と併用して支給）の年三回の期限が待ち切れず、禄米や知行米を抵当に、町人から金を借りてやり繰りするようになる。町人は日ごろから蔑視されている恨みが欲に手伝って、高利をとったから、武士はいよいよ困窮し、町の金融業者はいよいよふくれ上がった。武士の魂の中身が竹光という旗本がある一方、花街で一夜千金を浪費する蔵前の札差（もとは幕臣に支給される扶持米の保管倉庫業者だったが、金融業を兼ねた）が出る。武士の女房が冬でも夏の単衣を着て裾回りだけ袷でごまかしているのに、町人の女房の頭には百金の髪飾りが載っているという具合。おのれ素町人め、と怒っても金には弱くなっている武士階級は、各藩いずれも大坂の町人ブルジョアジーに頭を下げねばやっていけなかった。地方各藩の改革が中央よりも早期に行なわれたのは、これを物語っている。

　これを要するに、徳川初期の土地経済が貨幣経済に移ったため、限りある土地の米収入では、無限の支出を余儀なくされる貨幣に追いつかず、これがなければ衣食住もできないくらいに消費生活や経済が向上しているので、幕府や大名が貧窮したのである。これに、一定の扶持米で抑えられている武士階級の人口増殖が生活の零細化を扶ける。つまり、貨幣流通の回転速度に、土地経済が追いつけなくなり、幕府の自壊となるのである。

　それでも幕府に権威の実力があるころはよかった。権力で、ある程度、町人の横暴（貨幣経済）を抑えることができたからである。享保の改革はそれで成功したのだ。寛政の改革も辛うじて破綻から救われた。だが、天保となると、もういけなかった。それは年代が下るほど経済組織が発達したからでもあるが、肝心の幕府に実力が失われたからである。

○

天保改革の立役者水野忠邦はもと肥前唐津六万石の藩主だったが、閣老になりたいばかりに実収二十六万石といわれる唐津を捨てて浜松六万石に願い出て転じた。（唐津藩では長崎警備の任務を課せられるため中央政府入りができない慣例だった）もって政治家としての意気込みがわかる。彼は天保改革のために生まれあわせたような男だった。

忠邦は改革に当たって手本を享保のそれと寛政のそれとに求めた。とくに寛政改革を行なった白河侯松平楽翁（定信）を崇仰した。しかし、忠邦は徳川吉宗（享保）はもとより、第二の定信にもなれなかった。

それは忠邦が定信にとくに劣っていたからではない。もし条件さえ揃えば、手腕の点では両者五分五分であった。

条件とは何か。そのことに少し触れねばならない。

徳川幕府は二百六十五年つづいたが、これを二つの時期に分けて前期を幕府政治の確立と発展期とし、その下限の元禄期が爛熟の頂点であろう。後期の享保年間にはいると、その最盛期が前記の内部矛盾のためにしだいに動揺期にはいり、やがて衰亡の幕末期を迎えるのである。

これを別な見方からすれば、家康、秀忠、家光の創成期から綱吉、吉宗に至るまでが将軍の実力時代である。綱吉時代には柳沢吉保にみられるような側近政治がはじまったが、まだそれは将軍の威令のもとに置かれた。享保の改革が成功したのは、次代の吉宗の将軍的実力が残っていたからである。

その次のあたりから老中政治に移行する。吉宗の子家重の時代には田沼意次の老中政治が現われ、その放漫政策がインフレを助長した。いわゆる田沼時代である。

そのあとを承けた寛政のデフレ改革がともかくあまり破綻をみせずに済んだのは、松平定信の老中政治がまだ権威を保っていたからである。いうなれば、未だに幕府自体の実力が温存されていたともいえる。

その後、ふたたび側近政治がはじまり、家斉時代には彼が大御所として寵臣に政治を任せっ放しになった。また家斉の好色は、大奥に内閣人事にまで容喙させるようになる。芝居に出てくる茶坊主の河内山宗俊の後ろ楯は家斉の寵臣中野清茂（碩翁＝石翁とも）であり、清茂の養女が家斉の愛妾お美代の方だから、河内山は横車が押せたのである。また、この期は田沼時代に劣らず賄賂・進物政治となり、将軍は貨幣改鋳のインフレ政策の上に奢侈生活を送った。もっとも、貨幣経済はいよいよその威力を発揮し、さまざまな産業が急激に興り、消費生活はいよいよ贅沢なものとなっていった。こういう時代は文化が成熟する。

水野忠邦は家斉時代の不健全財政を建て直そうとし、楽翁に倣って改革に着手したが、幕府の実力の衰頽は蔽うべくもなく、将軍の威光失墜は老中の影をうすくした。そのうえ、蝦夷にはロシア艦船が、長崎にはイギリス艦船がうかがうというような、外からも脅威が目立ってきて、鎖国政治そのものにも破綻を来たし、幕府を根底から揺さぶるのである。

忠邦は合理的な政策を行なおうとした。たとえば、物価が高騰するのは大坂、江戸の問屋仲間が取引きを独占して相場を操るからだとみて、問屋仲間の解散を命じたが、経済成長は幕府の実力では如何ともすることができず、いたずらに市場の混乱を起こさせただけだった。また、海外からの脅威に備えて、江戸と大坂周辺十里以内の土地を幕府直轄にしようとして、その域内にある各大名の代替地移転を考えたが、これに真っ先に反対したのは親藩（しんぱん）の紀州家であった。このあたりからはっきりと幕府の足もとが見すかされ、各大名も幕府の命令を聞かなくなる。たとえば、忠邦は水田開発と利根川の氾濫防止と、米穀の運送路を拓（ひら）くために印旛沼（いんばぬま）の開鑿（かいさく）工事を行なったが、これに要する費用の分担金を仙台藩ははっきりと拒絶している。印旛沼開鑿失敗は忠邦の失脚理由の一つである。

忠邦が老中の座を過信して幕府実力の衰弱に気づかなかったのは悲劇である。

忠邦は質素、倹約のため徹底的な奢侈禁止令を出した。江戸三座の芝居小屋を閉鎖し、町人が絹物を着ることを禁じ、婦人の髪飾りに金銀鼈甲（べっこう）の類を付けることを禁止した。監視には市中に隠密を放ち、目付にはまた隠れ目付をつけるというありさまだった。

歌舞音曲いっさい罷（まか）りならず、女義太夫、女師匠、女髪結床（かみゆいどこ）、見世物などの禁止、水茶屋の閉鎖、町の看板の制限までして、江戸市中の盛り場は火の消えたようになった。

その倹約令は将軍の私宅である大奥にまで及んだ。そこで、大奥からアンチ水野の火の手が上がり、忠邦を倒す有力な原因となる。

たとえば将軍家慶は魚の添物につく嫩生姜が好物であった。ところが季節になっても食膳にいっこうに嫩生姜がのぼらない。側近に訊くと、忠邦の政令で野菜の初ものは売買を禁止しているため、百姓が作らないのだと告げた。江戸っ子が初鰹その他のハシリを好んで食べるのを贅沢だとして忠邦は禁じたのである。家慶は「嫩生姜まで禁じるとは思わなかった」と不服そうに呟いた。この呟きが忠邦の命取りになったという有名な挿話があるが、それがもとではないだろう。しかし、もって忠邦の徹底的な改革ぶりがわかる。

○

忠邦は老中首座となるや、閣僚を自派で固めた。とくに南町奉行に鳥居甲斐守忠耀を抜擢し、市中取締に任じた。その監察が苛酷なため、彼の官名と名前をもじって世に彼を「妖怪」と呼んだ。また、天文方で蘭学に通じていた渋川六蔵を登用し、己れの相談相手とさせ、彼から諸種の献策をなさしめた。また、金座の後藤三右衛門と手を握り、経済政策の改革に彼を利用しようとした。

ところが、鳥居と渋川とは水野の形勢が悪くなると反対勢力に寝返りし、忠邦の脚を引っぱろうとする。のみならず、彼の没落に追打ちさえかけている。

最近・水野家から夥しい文書が東京都立大学に寄贈された。これを見ると、当時の幕府役人たちが両勢力の間を右往左往し、権謀術数を尽くしていることが詳細に出ている。同大学教授松好貞夫博士の「金貸と大名」には、その一端が出ていてたいへんおもしろい。

天保の改革も上層部の動きだけでなく、下級官僚の生活から眺めると、また現代に通じるものがある。

由来、江戸っ子は毒舌家だ。しかし、気の弱い悪口家で、シリアスな苦痛も洒落でかわしている。たとえば、ときの政治にひどい目に遭っても独特なユーモアで批判している。それは言論の抑圧で正面切って言えないからでもあるが、元来がユーモリストなのである。

○世の中にか（蚊）ほどうるさきものはなし　ぶんぶ（文武）ぶんぶと夜も寝られず

○白河の清きに魚もすみかねて　もとの濁りの田沼恋しき

悪政家の田沼が倒れたときは「世直し大明神」の山車まで出した江戸っ子も、急激な改革には悄気てしまったのである。

これが忠邦の失脚となると次のようになる。

チョボクレ「ヤンレ、そもそも、水野がたくみを聞きねえ。することなすこと忠臣めかして、天下の政事を己れが気儘にひっ掻き回して、なんぞというとは寛政の倹約、倹約するにも方図があろうに、どんな目出たい旦那の祝儀も、献上の鯛さえお金で納めろ。あんまり卑しい汚ない根性、御威光がなくなる。塩風くらってねじけた浜松（忠邦の居城）、広い世界を小さい心で、世知弁ばかりじゃなかなかいけねえ。隠居（家斉）が死なれて僅か半年、立つか立たぬに、堂守潰して（感応寺の破却）御朱印取上げ、あまだな壊して路頭に迷わせ、芝居は追立て、素人つき合いちっともするなの千両役者も、浄瑠璃太夫も、めっぺらぽんのすっぺらぽんと、坊主にしようの奴にしようの、揚句の果てには義太夫娘を手鎖で預けて、おやじおふくろ干乾しで殺して面白そうなる顔つきするのは、どんな魔王の生れ替りか、人面獣心古今の佞奸、さてさて困った世間の有様、老中で居ながら論語も読めぬか。白河気取は見下げた大馬鹿。チョボクレ、チョボクレ」（浮世の有様）

要するに、天保時代は、この改革をめぐって権謀術数が凝らされ、派閥の抗争激甚であった。一方、市井には隠密が満ちて、奢侈に馴れた江戸市民には一種の恐怖時代をつくった。

この「天保図録」では、改革の動向を上流からだけ捉えずに、下級役人の立場からも眺めてみたい。上層部を書くことよりも、そのほうがはるかにリアリティーがあり、現代意識に照応するからである。そのため新資料をできるだけ使ってみたい。

といっても、これは小説であるから、本文のような堅いことは決して書かないからご安心をねがいたい。拙作に「かげろう絵図」というのがあるが、本篇は時代的にもそれにつながるもので、書き方もそれをどこかに意識して、さらに工夫を凝らしてみたい。

ぼくはここしばらく本格的な時代小説から離れていた。それだけに本篇にはひそかに意欲を燃やしている。ご愛読をねがいたい。

松本清張

■江戸幕府諸職表（天保年間）

将軍
- 大老（老中のうち一人を非常のとき任命）
- 老中（ろうじゅう）（大名、役人を統轄して政務をみる）
- 若年寄（わかどしより）（おもに、江戸城、将軍の家政、国防の行政官）

老中
- 御側衆（おそばしゅう）〈御側用人〉（将軍側近の公用人）
- 大目付（おおめつけ）（大名の監察役）
- 江戸町奉行（江戸の行政司法官）
- 勘定奉行（会計、諸国代官、金座の管理）
- 勘定吟味役（会計、諸国代官、金座の監察役）
- 関東郡代（関東内天領の代官）
- 甲府勤番支配（甲府城、甲斐国の警備行政）
- 長崎奉行（長崎港の行政と貿易管理）
- 奈良奉行（奈良の行政と司法官）
- 駿府城代（駿府城の留守居）
- 佐渡奉行（佐渡の行政司法官）

若年寄
- 小普請奉行（こぶしん）（小普請方諸士の支配監察役）
- 小納戸頭取（こなんどとうどり）（将軍の侍従職）
- 目付（諸役人監視、旗本、御家人の支配と江戸城警備）
- 寺社奉行（寺社領と僧侶・神官の管理）
- 京都所司代（京都の町奉行）
- 大坂城代（大坂城の留守居）

（右から職務の高い順になっている）

注1＝老中の定員は四、五名。月番で、二万五千石以上の譜代大名中から補任。

注2＝江戸町奉行は、北町奉行と南町奉行の二名で、交替で隔月に職務をみた。奉行の下に、与力―同心―小者がいて、与力、同心は士分で世襲制。小者は一般に目明し（岡っ引）と呼ばれ、下っ引と称する手先を使っていた。

注3＝甲府勤番は、旗本、御家人のうち不都合なものを懲罰の意味で任命した。

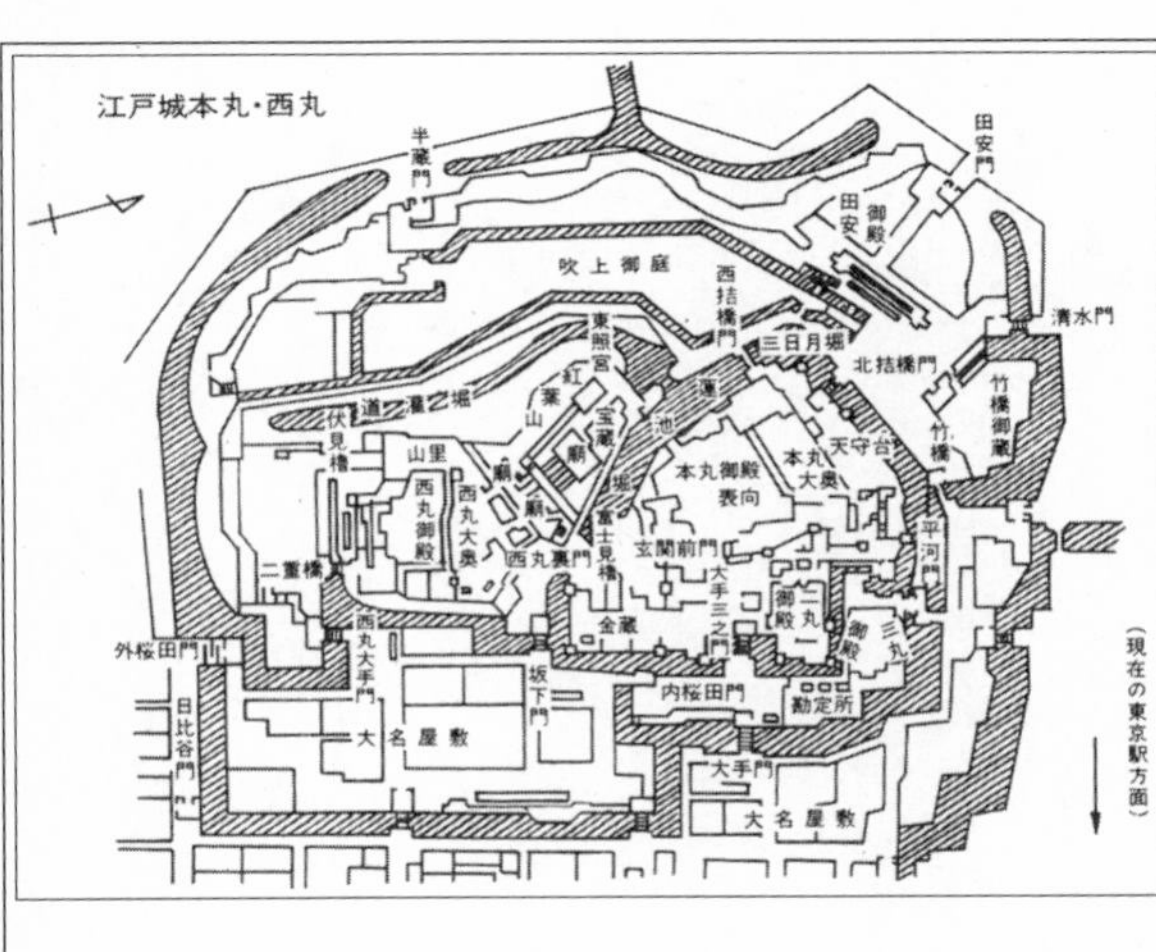

■江戸城殿中の席次

大　廊　下—御三家（尾張、紀伊、水戸の徳川家）、連枝および前田家

大　広　間—四位以上の外様国持大名（伊達、島津、細川、黒田、浅野、毛利、鍋島、池田、藤堂、蜂須賀、山内、上杉、津軽など二十三家）

黒　書　院（溜ノ間）—溜詰（常詰としては、高松松平、会津松平、井伊の三家）

溜ノ間御次—京都所司代、大坂城代

帝鑑ノ間—城主格譜代大名（大久保、戸田、堀田、内藤などおよそ六十家）および交替寄合

柳　之　間—三位以下の外様国持大名および高家

雁　之　間—詰衆（板倉、稲葉、青山、阿部、牧野、水野など譜代の中堅約四十家）

菊　之　間—大番頭、書院番頭、小姓組番頭など

芙蓉之間—寺社奉行、江戸町奉行、勘定奉行、大目付、駿府城代、奏者番その他遠国奉行など

大名では家の家格、役人の場合は、役職の上下によって登城時の着座場所がきびしく定められていた。

天保図録（一）

暑い春

むし暑い日である。四月も半ばをすぎると、陽気が夏のものになってくる。ことに、今年は閏があった。吹上の庭の桜の実が紫色になっている。藤は色が褪せて、夏薊が咲いている。

例刻、側用人水野美濃守が登城してきた。この人はいつも身体を真直ぐに立てて御廊下を歩く。色が白くて背が高いから、爽快に見えて威厳があった。長年、大御所家斉の側用人を勤めてきたから、威福があるのは当然だった。見る者に自然とそう映るのだ。御廊下ですれ違う大名で、老中に出会ったときのように身を縮める者もいた。

鼻梁が隆くて、顎が少し短いところが叔母にそっくりだ、と大奥の女中に人気があった。側用人は大奥にもはいっていける。美濃守の叔母はお美尾の方といって、家斉の妾の一人であった。美尾は死んだが、上臈として奉公しているときに、彼女を知っている女中が、大奥に多かったのである。

美濃守は将軍のいる中奥御座の間近くに足を運んでいく。老中と若年寄は口奥というところに詰所があるが、そこから奥へ向かう時圭の間廊下につづいて、側用人詰所がある。

美濃守がそこまで来たとき、老中部屋にはいりかけている男の姿が見えた。先方でも誰かが歩いてきていると感じたとみえ、ふいとこちらを振りむいた。美濃守には、離れたところからでも、長い顔と痩せた身体つきとで越前守忠邦とはすぐにわかった。越前守のほうは、ふりむいて初めて美濃守と知ったらしく、長い顎をちょいとうなずかせ、眼もとを微笑させた。

美濃守は老中に敬礼して通りすぎる。もっとも、この敬礼は会釈といったほうに近い。長い習慣で、彼は老中にも格別敬意を抱いていない。越前守はそのまま老中部屋にはいり、美濃守はその部屋の前の廊下を過ぎて、中庭の見える広い廊下にかかった。

ただ、それだけのことである。中庭には午前の強い陽射しが芝の上に落ちて、緑の色を冴えさせている。ここを通ると人の片頬が青く映る。

美濃守は滑りのいい廊下を足袋で踏みながら、はてな、越前はどこからの戻りだろうか、と考えた。すれ違ったときは、手洗いからの帰りかと何気なく思っていたが、どうもそうではないような気がしてくる。将軍家慶に呼ばれての戻りのように感じられたのである。

美濃守は格好のいい鼻に嘲るような小皺を寄せた。

越前め、文恭院（家斉）御他界後、急に御用伺いにしげしげと来るようになったが、なに、何ほどのことがあろう、と自分の懸念を軽くした。

美濃守の頭の中には老中部屋の勢力分布図が叩き込んである。大老は井伊直亮だったが、この人は温厚な老人で、取り立てていうほどのことはない。老中は越前守のほかに太田備後守資始、脇坂淡路守安董、土井大炊頭利位、堀田備中守正睦がいる。老中の先任だった大久保相模守忠真は天保八年に、つづいて松平和泉守乗寛は天保十年に逝去したから、今では越前守が筆頭となっている。しかし、太田備後守と土井大炊頭とは、必ずしも越前とはよくない。ことに太田はとかく越前と合わないという風評がある。性格からして、あの二人がうまくいくはずがない。

越前は今の台閣ではとにかく手腕家である。ことに先年西の丸が炎上したときは、その復興に目ざましい腕前をみせた。そのため一万石の加増を貰っている。彼が御勝手御用掛になる前は西の丸老中であった。このころから、家慶とそうとう緊密であったらしい。その後、本丸老中に転じたが、ただ仕事だけをする男で、べつに野心は持っていないようにみえた。

もっとも、野心を持とうにも、当時は水野出羽守、若年寄林肥後守、御小納戸頭取美濃部筑前守と自分とがいて家斉の周囲をがっちりと抑えていたから、手も足も出なかったにちがいない。そのころは、ただ命じられた仕事には一生懸命につとめるといった能吏の型だったが、越前守は野心めいたことは顔色にも出さないで、ひたすら自分の仕事に落度のないようつとめていた。

その仕事のできることと、とにかく老中筆頭に成り上がったこととで、文恭院の葬儀には奉行をつとめた。葬儀委員長をさせても、そつのない采配ぶりだった。

いま、水野越前守が家斉の死後、家慶に急に近づこうとしている気配はわかる。だが、たいしたことはない。まだおれは家慶の側用人であり、先代に引き続いて林肥後、美濃部筑前も家慶の周りを囲んでいると美濃守は自信を持つ。もし、越前が出すぎたことをする気配があったら、これは太田備後あたりに吹き込んで彼を抑えさせることだ。

美濃守忠篤（ただあつ）は中庭廊下を過ぎて、奥坊主詰所の前を過ぎ、蘆雁の絵のついた杉戸の前に来るまで、これだけのことを考えた。

美濃守の前に奥坊主が一人、影のようにうずくまっていた。

「上さまはおでましか？」

と、美濃守は訊いた。

坊主は身を起こし、背を曲げて彼の前を滑って御座の間へはいっていく。

美濃守は側衆詰所にはいった。

同列の松平中務少輔（なかつかさしょうゆう）と五島伊賀守とが小声で話し合っていたが、美濃守がはいっていくと、急に話をやめて、顔を離して彼に会釈した。

美濃守は、色の黒い五島伊賀守が訛（なまり）の多い言葉で話しかけてくるのを聞きながら、まだ越前守のことを考えている。どうも、今朝はいやに越前が気にかかる。

姓は同じ水野でも、家柄は二人の間に天地の違いがあった。

美濃守忠篤には門地も何もない。彼の叔母お美尾の方が家斉の寵愛を受けて短い生涯を終わったが、その臨終の際、家斉がかわいさのあまり、おまえの望むものは何でも叶えさせるから言うことはないか、と訊いた。美尾は、これほどのご寵愛を蒙って身の果報これに過ぎたことはございませんが、せっかくのお言葉ゆえわたくしの甥寅次郎の身をお心にかけていただきとうございます、と頼んで瞑目した。家斉は彼女の願いを叶えてやり、寅次郎を引き立てた。家斉は美尾の名前から寅次郎を美濃守に任官させたという噂があったくらいである。

しかし、越前守忠邦は徳川氏とは因縁の深い家柄だった。水野家は家康の母伝通院の生家である。水野忠政の女が松平広忠に嫁して家康を生んだ。忠邦の祖先忠守は伝通院の兄に当たる。肥前唐津に移って六万石を食んだのは、忠邦の四代前からだ。

それで、家斉の愛妾の甥というだけで旗本に取り立てられた美濃守と、越前守忠邦とは、門地家柄がまるで違う。

しかし、美濃は越前の出世の裏を知っていた。越前守忠邦は、唐津からわざわざ浜松に転封を願い出た人間だ。どちらも表高六万石だが、唐津は実収二十六万石といわれている。ことに長崎御固めの藩なので、いろいろな賦役を免ぜられているから余計に裕福だった。

それを見捨てて裏高も何もない浜松に移ったのは、忠邦が中央入りをしたい一念からである。譜代大名としての資格があっても、唐津藩では長崎警固の任務のため若年寄にも老中にもなれない慣例になっている。忠邦が実収の裕福を捨てて貧乏な封地に奔(はし)ったのは、政権の座につきたい執念からだった。

爾来の彼の経歴といえば、大坂城代となり、京都所司代に変わり、文政十一年西の丸老中となった。天保五年転じて本丸老中となり、八年御勝手御用掛として会計を統轄した。

しかし、美濃には越前がどのようにして家慶に取り入っていたかもわかっている。家慶の側妾に於雪(おゆき)の方(かた)というのがいるが、これは忠邦の養女ということになっている。調べさせると、実の親は京橋南鍋町(みなみなべちょう)風月の娘で、越前がその美しさを懇望して養女にし、行儀作法を教えて家慶に進めたことがわかった。

しかし、家慶は将軍であっても、実権は長い間大御所家斉にあった。家慶が名前だけの将軍になったのも四十一歳の中年からである。その後、八年間も実力のない将軍職だった。家慶は美濃守から見ても凡庸な人物だ。父親の家斉の前に慴伏(しょうふく)させられたのはもっともだと美濃は思っている。忠邦は本丸老中に移ると、さっそく、家斉の愛妾お美代の方に取り入りはじめた。

このへんのことは、お美代の方と昵懇(じっこん)な美濃守は、彼女の口を通して何でも知っている。お美代の方の歓心を買うために、越前守はあらゆる心遣いをみせたというのである。

そういう内輪がわかっているから、美濃は、越前が子細(しさい)げな顔をしていても、門地家柄が高くても、また老中筆頭という職でも、彼をそれほどの人物とは感じていない。

――

奥坊主が戻ってきた。

美濃は座を起(た)った。

御座の間にはいると、家慶は羽織を着ないで袴(はかま)のまま脇息(きょうそく)に肘(ひじ)を突いていた。いつもの調子で美濃は上座(かみざ)の間(ま)近くに進んでいく。

普通の大名ではそうはいかなかった。大名がうずくまると、遠いところにいる将軍家から、これへ、という言葉がある。このとき、拝謁の者は身体を左右に揉むようにしてそのまま動かずに平伏する。つまり、将軍家の威光に打たれて身体が震えるという格好をするのである。うかつにお声がかりを真に受けて進もうものなら一大事である。たちまち左右から声がかかって、不敬を叱咤される。

美濃守が家慶の近くに膝をすすめると、家慶の顔色はふだんと変わりはなかった。美濃は家慶が少しも怕くはなかった。政治はいっさい家斉の方寸に出ていたし、なんでも大御所さまの上意であると言えば、家慶は沈黙せざるをえなかった。これを伝えるのが美濃の役目であった。美濃はこれまでよく大御所の上意という手を使って家慶に言うことを聞かせている。

今朝の家慶は何となく晴れやかな顔をしている。家斉が生きているときは、こんな顔色はみられなかった。どこか憂鬱で、暗い表情だったのである。

美濃はいま家慶の明るい顔色を見たが、この表情は前に一度鮮かな印象でおぼえている。今年の閏正月晦日、家斉は容体が急変して息を引き取ったが、この急を本丸に伝えたとき、家慶は食事の最中だったが、箸を投げ捨てて西の丸へ駆けつけた。足袋跣足のままだった。

家斉の脈を取っていた奥医師法印栗本瑞仙院が臨終の旨を伝えたとき、枕もとにならんでいた御台所を初め、お美代の方や数々の女中がいっせいに泣き伏した。その女たちの号泣の中で、家慶の顔が雲間を瞬間に洩れた陽射しのようにぱっと明るくなったのを、同席の美濃守は見のがしていない。

長い間自分の周囲を蔽っていた巨大な壁が、家斉の死といっしょに崩壊したのである。家慶の瞬間の顔の明るさは、ここで初めて将軍としての人間回復ができた安堵であった。

二月二十日、葬送の長い列は上野寛永寺へ発引されたが、家慶の面色のなごやかさは進んでいた。それが今もつづいて家慶をずっと明るい人間にしていた。

　家慶との話は御用向きのことだった。だが、これはたいしたことはない。日常報告のようなもので、これまでどおり美濃が手馴れて取り扱っている内容だった。

家慶の表情を見ると、特別な変化は見られなかった。美濃を見て、多少、煙たそうにしている眼つきも、遠慮しているような言葉も、これまでどおりの家慶だった。

将軍家も四十九歳になるが、おとなしいだけでこれという取柄も鋭さもない。鬢に白いものが混じっているのが気の毒なくらいである。これは長い間美濃守が大御所に付いていて、自分の眼もつい家斉と同じものになって家慶を見ていたからだ。

用談は短い時間で済んだ。美濃は一礼して元の詰所に帰ろうとした。

このとき、家慶が何か言いたそうにふいと顔を上げた。その眼が言い残したことを思い出したような様子に見えたので、美濃が元の座に着こうとすると、家慶は首を振った。なんでもなかったのだ。

美濃守はそのまま高麗縁の畳の上をあとずさりして、砂子天井の御座の間から外に出た。

先ほど越前守の姿を見て、いやに彼のことが気にかかったが、それもとうに心から消えていた。


側用人詰所に戻ると、先ほどまでいた同僚の松平中務少輔と五島伊賀守の姿が見えない。その代わり奥坊主ども四、五人がかしこまってすわっている。

変だな、と思って美濃が自分の席にすわりかけると、真ん前にいた坊主が手をつかえて言った。

「美濃守さまに申し上げます。御老中水野越前守さまが御用向きのことがございますゆえ、御老中部屋にお越しを願いたいとのことでございます」

「そうか」

美濃守は気軽に起った。政務の連絡のことでも頼むのか、と思った。

美濃守が廊下に出て老中部屋に歩いていると、奥坊主どもが後ろからいずれも丸い頭を下げて従ってくる。ふだんにはないことだが、美濃守はまだ気がつかない。

御用部屋にはいると、上座に水野越前守が長い顎を見せてすわっていた。ほかに同列の脇坂淡路守、土井大炊頭、堀田備中守がすわっているが、太田備後守の姿はなかった。

これまでも、美濃は御用部屋と御座の間との間を絶えず連絡のため往復している。それが毎日の仕事の一つである。老中でも、いちおうは側用人の手を経なければ将軍家に会うことができない。また政務の奏上も、その内容のあらましを側用人に連絡しておくのである。側用人が、それは不急のことであるから後日にされたほうがよろしかろう、と言えば、老中もそのとおりにせざるをえないし、上さま、ご疲労でござる、と言えば会うことを遠慮しなければならぬ。

側用人美濃守には自然と老中が自分より下に見えてくる。大御所の傍らに数年も仕えていれば、習慣でそうなるのだ。老中衆も側用人には、ずいぶん気を兼ねている。もし、側用人の機嫌を損じると、家斉にどのように告げ口をされるかわからないという惧れがあった。それで政務の機微は秘書長格の側用人が、閣僚よりも詳しく承知している。

美濃守は、いつものことで越前が何か頼むのかと思い、彼の前にすわった。

越前守は書類を見て、静かに紙をめくっている。

これは今までにないことだった。側用人が来ると、どの閣僚も愛想を顔いっぱいに泛(うか)べて下手(したで)に用件を頼む。待たせるということは絶対になかった。

が、今の越前はいつまで経っても書類をいじっている。美濃はじろりとその書類に視線を投げた。眼にふれた一、二行でも書類の性質がわかる。急ぐ書類ではないのだ。下から回ってきたのを形式的に見て、閣僚全部の署名をして、下僚に戻すだけのものである。閣僚を加判の列と言ったのはそのためだ。

いま水野越前が見ている書類は、つまらない御触書(おふれがき)か何かだった。仕事には入念な男だが、側用人を呼びつけておいて待たせるほど大事なものでもなければ、火急のものでもない。美濃は少しじりじりしてきた。いったいに彼は長い顔が嫌いだ。越前がゆっくりと書類の文字を追っている眼差(まなざし)を見ると、じりじりしてくる。それに陽気もむし暑い。これが美濃を余計に苛々(いらいら)させた。

「越前殿」

美濃守はたまりかねて言った。

「お呼びだそうですが、ご用件は何ですか？」

美濃は不機嫌を言葉に露骨に表わした。

越前が書類を閉じた。おや、と訝(いぶか)ったのは、越前がすわり直して、懐(ふところ)から折りたたんだ紙を出し、美濃の正面を向いたことだった。いつもの穏やかな顔でなく、眼がすわり、ふだんの白い顔に血の気がのぼっている。

「上意」

はっとした。呆然としていると、

「水野美濃守、上意！」

空気が裂けそうな声だった。あとは何が起こったか彼の意識にない。美濃守はふらふらと起ち上がった。耳には、

「其方儀菊之間縁頬詰仰せ付けらる、奥へ立ち戻ることは相成らず、直ちに表へ出よ」

という越前の声が残っていた。

廊下に出たのも自分の力ではなかった。左右から目付が腕を取って引き立てている。美濃守が胆を奪われて上意の受け答えができないうち、目付が畳から彼を引き起こしたのである。

美濃守はまだ思考が定まらなかった。彼の手を取っている二人の目付も、ふだんは美濃を見ると蛙のように匍いつくばっていたのだ。そんな連中に自分が引き立てられているのが不合理でならなかった。どこかに大きな間違いがありそうな気がした。

向かっている方向も自分の詰めている中奥ではなかった。何の予告もなく、長年自分の場所と決めた側用人部屋に戻れないのも不条理だった。

廊下の片側を歩いてきている坊主どもがたまげた顔をして美濃守が引き立てられるのを見送っている。美濃の脳裏に初めて越前守忠邦の顔がはっきりと泛び、家慶との通謀のことがわかったのは、彼が中の間から目付に突き放されたすぐあとだった。

ひとりで佇んでいる美濃守忠篤の額には水のように汗が出ていた。むし暑い。腋の下が濡れていた。

水野美濃守が目付二人に引き立てられたあとの御用部屋は異様な空気に落ちていた。脇坂淡路守も、土井大炊頭も、堀田備中守も動顚（どうてん）している。堀田などは瞳を宙に吊って、いま美濃守が去ったあとに、そのままの姿勢で凝然（ぎょうぜん）と残っている水野越前守を窺（うかが）うように見ている。

家斉が死んでから、いずれはその信寵を受けた水野美濃守一派の位置になんらかの変化が来るであろうことは予想されていた。家慶はかねてから美濃守を煙たがっている。将軍になってからもほとんどその実権を持たされないでいた家慶は、よくこれまで我慢したといえる。西の丸大御所の発言を代表して家慶を抑えていたのが美濃守だ。

だが、こうまで急速に、しかも突然なかたちで水野越前による追放が実行されようとは思わなかった。同列の老中たちは、事前に越前からなんの相談も受けていなかったのである。

だから、美濃守がふらりと御用部屋にはいってきて、越前と二言、三言話し合っているのを他の老臣たちは何気ない気持ちで聞いていた。そのうち、不意に越前が大声を出して上意を美濃守に申し渡したのである。

当人も茫然としたが、老中たちも一瞬ぼんやりとなった。美濃守が引き立てられたあとになって、やっと、ことの重大さに気づいたくらいだ。

美濃守の貶黜は、とうぜん、若年寄林肥後守、御小納戸頭取美濃部筑前守の処分を予想させる。この三人は家斉の側近共同体だ。

まだ、ある。お美代の方の養父中野播磨守もそうだ。また彼らに連なる者は表、中奥、大奥を通じて無数にいる。この連環は家斉五十余年の実力時代に城砦のように揺ぎのない勢力をつくりあげていた。

老中たちは地辷りでも起こったように思った。

事態は彼らに寝耳に水だったことだ。美濃守が越前の前にすわったときも、ふだんのこととして、べつに気にもとめずにいたほどである。

「さて、方々」

と、越前守は三人の同列に向き直った。さすがに顔が少し硬張っていた。

「美濃守のこと、ただ今、お聞きのとおりです。上さま、思し召しをてまえが申し伝えましたから、さようにご承知ください」

越前守は、脇坂、土井、堀田の顔を順々に見渡したが、三人とも声が出ない。越前が席を起って出ていくのを茫然として見送るばかりであった。ただ、越前の背中が急に二倍も巨(おお)きく眼に映っていた。人間も別人のように感じられたのである。

それまでの越前は序列が古いというだけで、特別に鋭いということはなかった。先輩二人が退いて、自然と、上席に押し上げられたというだけである。しかし、いま、美濃守を呼びつけて上意を聞かせた態度といい、席を起って家慶のところに行く自信のある足取りといい、越前がこの瞬間から家慶と組んで幕閣の第一人者に成り上がったのをはっきりと知らねばならなかった。三人の老中には、越前との距離がにわかに十里も開いたように思われた。

越前守が井伊大老や同列の老中に美濃守の処分を洩らさなかったのは、事前にその情報が敵側に洩れるのを警戒したからである。最後まで越前は実行に慎重だったといえる。城中には、美濃側の勢力が二重にも三重にも張りめぐらされているので、どこからそれが敵側に伝わるかもわからないのだ。同僚といえども油断はできなかった。いや、同僚だから油断ができないのだ。

越前は家慶の前に進んだ。家慶の顔が少し蒼くなっている。越前がはいってきた瞬間から、将軍は脇息から身を起こして身体を硬くしていた。

越前が美濃守の処分を報告すると、家慶の額にうすい汗が噴いてきた。

「美濃は何か言ったか？」

彼は熱心に尋ねた。

「上意を申し聞かせましたところ、ただ恐れ入ってお受けの言葉も出ないようなありさまでございました」

越前が答えると、

「美濃がのう」

と、将軍はすぐには信じられないような顔をした。それから、その場の美濃の様子を根掘り葉掘り訊きはじめた。

このことは、家慶が未だに美濃守の呪縛から脱け切れないでいることを現わしている。美濃が自分の前に出て大御所の思し召しをちらつかせてものを言えば、家慶には抵抗ができなかった。それが長い間累積すると、美濃が顔を出しただけでも家慶に劣弱感が起きた。家慶には西の丸の連中が、爬虫類を見るように心がすくむ。

その美濃守がたった一言の抗弁もなく、返事もなく、目付に罪人のように引き立てられたというのが、まだ家慶の気持ちに密着しない。くどくどとその様子を越前に訊いたのは、それを自分のつくりあげてきた観念の中に納得させたいためだった。

「あとの手はずもできております」

越前は切れ長な眼に強い光をたたえて家慶に言った。

「肥後も、筑前も、ただ今より申し渡します。碩翁(せきおう)も今日は、登城を申し付けておりまするゆえ、直ちに手はずのとおり計らいます」

もともとこれは二人の間に練り上げた計画だった。水野越前は文恭院の葬儀奉行をしていたので、その打ち合わせにはたびたび家慶に会っている。二人の謀議はその名目の下に行なわれたから誰も知らなかった。側用人の役目の美濃守がこの両人のクーデター計画に気がつかなかったのである。

「恐れながら、上さまもこれからは十分になされませ」

越前は、年齢(とし)だけは食っているがまだ自信なげな家慶に、しっかりしろと気合いをかけた。早くこの人の背中から家斉の亡霊を払い落として、一本立ちの将軍に仕立てなければならぬ。

「一味の処分が一段落いたしますと、あとの政策のこともてまえに考えがついております。ただ今、その腹案を練っておりますから、近いうち、書面でご覧に入れたいと存じます」

家慶はうなずいた。彼にもまた、自分の眼の前にすわっている越前が、これまでと違って、急に傲慢な男になったように感じられた。

越前は家慶の前から退って、時圭（とけい）の間廊下から老中部屋へ戻りかけた。すると、奥坊主どもの様子がすでに違っている。彼らの間に美濃守のにわかな処分が衝撃を起こしているのだ。奥の出来事をいちばん早く知るのは奥坊主どもで、彼らは城中の情報屋でもある。

越前守は、水野美濃守の処分が早くも城中にひろがっているのを察知した。今ごろは各溜りの間に詰めている大名連中がどよめいていると思うと、ひとりでに微笑が口もとから洩れた。微笑は、今や台閣の中心に成り上がったことの意識からきていた。

「お坊主」

と、御用部屋にはいった越前は力の籠った声で言った。

「若年寄部屋に参って林肥後守をこれへ呼べ」

若年寄林肥後守忠英、御小納戸頭取美濃部筑前守が水野美濃守と同様に処分された。

肥後守は御役御免、菊之間縁頰詰を命ぜられ、加増の地八千石を取り上げられた。筑前守は御役御免、甲府勝手小普請に落とされ、加増の地五千石を取り上げられた。つづいて美濃守も加増の地五千石を取り上げられ、屋敷家作は没収、寄合を仰せつけられた。寄合というのは、三千石以上の旗本の非役のことである。美濃守、肥後守、筑前守の三人は、家斉時代にその側近として寵愛を受け、縦横の気儘をふるった三羽烏である。

これに連なる者の処分も疾風迅雷のように行なわれた。水野美濃守の妾の妹の嫁いだ先に田口加賀守というものがいる。彼は美濃守の縁故で旗本から代官をつとめ、長崎奉行まで成り上がった男だ。偶然にも、四月十五日に美濃守の依怙贔屓で勘定奉行に抜擢されたものだ。勘定奉行は老中への出世コースの一つである。

因縁の同夜は栄転の祝宴を加賀守宅で催し、呑めや唄えの大盤振舞の馬鹿騒ぎを演じた。凶日の十六日になると、美濃守の処罰の傍杖で田口は長崎奉行在任中の罪ということで免官、小普請入りを命ぜられ、二千石を没収されて、その子の家督も取り上げられた。

そのほかに、家斉の最も愛した妾お美代の方の養父元御小納戸役中野播磨守は、不行跡の廉(かど)で蟄居を命ぜられた。

――お美代の方は、雑司ケ谷感応寺(かんのうじ)の住持日当の儲けた不義の子といわれ、その美貌に眼をつけた播磨守が養い親となり、長じてから家斉に進めたのである。年老いてからの大御所家斉の情愛は若いお美代一人にかかっていた。いったい、家斉は五十三人もの子女がいて、妾もそれほど多かったが、お美代はその中で家斉から特別のかわいがられようであった。

お美代の親が法華宗(ほっけしゅう)であるから、大奥の女中はこぞって法華に帰依(きえ)し、これが各大名に波及し、続々と法華に改宗者ができた。雑司ケ谷の感応寺、下総中山(しもうさなかやま)の智泉院(ちせんいん)は、奥女中の代参や、大名の奥向き参詣で未曾有の繁盛をした。

中野播磨守は碩翁と称して向島に隠居したが、お美代の方が大奥にいるので、家斉の相談役という格にしてもらい、向島からビイドロ障子の屋形船で隅田川を下り、辰ノ口に着けて上陸登城した。

碩翁の向島の下屋敷には、毎日、賄賂音物を届ける各大名や旗本の使者が引きも切らなかったので、付近にはこの人たちのため「門前町」ができたくらいである。音物を調達する夥しい商売店の中でも、深川の船橋屋織江という菓子司、本所松のずし、堺町の金竹輪ずし、浅草の八百善などは有名で、そのほか料理茶屋も夥しかった。

先に挙げた田口加賀守が長崎奉行から勘定奉行に栄転したことも、実は、ある晩、彼が美濃部筑前守の屋敷の垣根をぶち破って長持五棹を担ぎ込んだからである。この長持の中に、長崎奉行時代に集めたオランダやシナの珍品や黄金が蓋ができぬくらい詰まっていたといわれる。

美濃部筑前守がこのように人事を気儘に采配できたのも、家斉の信寵を一身に受けていたからで、次のような話も伝わっている。

あるとき、将軍家慶が食後に庭を歩いていると、美濃部筑前がとつぜん家慶の傍らに進み寄って、しきりと何ごとかを耳打ちし、頼み込むような様子だった。家慶が容易に承知しないでいると、筑前は、とつぜん、このことは大御所さま強ってのご希望でございます、と抑えるように言って立ち去った。

このとき、家慶に従っていた小姓の荒尾土佐守は、不意の出来事におどろいて樹の陰に身を隠し、このありさまを眺めていたが、筑前が立ち去ったあとで家慶に向かい、筑前は何を申し上げましたか、と訊くと、家慶は笑って、いずれ四、五日すればわかるであろう、と言っただけであった。それから数日経つと、家慶に白鴨一番を献上した者があった。それは土岐丹波守という者であったが、それからほどなくして丹波守は「多年の功労により」という理由で五百石加増された。そのとき、家慶は土佐守に向かって、この間の耳打ちと、先日届いた白鴨一番が、今日の五百石になったのだ、と大声をあげて笑ったということである。

それで、三人の権臣はもとより、碩翁の家来も主人の威を笠に被て、それぞれが勝手に賄賂音物を要求し、それを満足にしない者があれば、主人への取次を拒むというようなありさまだった。

だが、家斉がこのような側近を近づけたのは、その前に水野出羽守忠成を用いたのが禍因であった。

家斉は、十三歳で将軍になってからは松平定信の補佐に支えられた。定信が辞めると、あとは家斉の自在な世界となった。家斉ほど勝手気儘に振舞った将軍は徳川歴代の中でも珍しい。水野出羽守忠成は、実に家斉のこの放縦を助けて、幕政を壟断した執政であった。彼の政道の悉くが賄賂に起因しないものはなかった。「水の（水野）出て元の田沼になりにけり」というのが当時の落首である。田沼時代にあと戻りしたという諷刺だ。

水野忠成が行なった政治といえば、家斉の子女五十三人を各藩に苦労して分配したことと、寛政時より激減した貨幣の改鋳を行なったことである。

定信の倹約政治の結果、幕府の財政にも少々の余裕が生じたが、文化の末、文政の初めになると、また困窮が襲い、文化十四年には幕府は六十五万八百余両の保有金にすぎなかった。寛政時の有金から比べると約四十三万両の減少である。御勝手掛となった水野忠成は、ここで通貨の吹替を行ない、その結果、複雑な新通貨の出現となった。これによって幕府は約五百万両の利得をしている。この大部分が家斉の奢侈生活の費用に当てられた。

忠成がどのように賄賂政策をとったかは、彼の家老の土方縫殿助の収賄ぶりをみればわかる。忠成はさほどの手腕家ではなかったが、土方はひとかどの人物だった。忠成が執政としての一生中大過がなかったのは、土方の補佐がよかったからだといわれている。そこで、世人は忠成の門に出入りするためにはまず土方に取り入らねばというので、土方の門前には賄賂の使者が蝟集したといわれた。

土方が、主人忠成に従いて上洛したときの贅沢な旅装は、山駕籠は外を天鵞絨で包み、内には曲彔を設けて精巧をきわめていた。乗馬も飾りを主として美観を尽くし、押懸も厚房のように見え、弓も同じく飾り立てて、上繞は緋縮緬でこしらえ、どう見ても、さながら祭礼の飾物などのようであった。またあとに続く家来のものも馬の尾袋には縮緬を使い、紫色、松葉色、そのほかさまざまに華麗な色を用いていた、とは肥州平戸藩主松浦静山の見聞記である。家老にしてこのとおりであった。忠成の豪奢振りがわかろうというものだ。

家斉自体は決して凡庸な人物ではなかった。彼は壮年のころまで、毎朝、必ず鶏鳴のころに起きて嗽いをし、髪を梳いたのち、園中を散歩するのを例とした。寒い冬の朝でも、小袖二つ、胴着のほかは重ねなかった。炬燵は設けられていたが、これにはいるということもなく、ただ手焙りで手を暖めるだけだった。朝食のときは、いつも近侍の者に「三河記」「秀忠日記」などを読ませて、聞きながら箸を取るというふうであった。

とくに乗馬は得意で、放鷹を好んだ。それが中年から晩年まで放縦に流れたのは、一つには松平定信のような煙たい補佐役がいなくなったことからくる反動的な自由希求と、水野出羽守のような諂い者が機嫌取りをしたからである。

後年になって家斉が述懐したことがある。自分は幼少のときから将軍になって、松平越中の言うことやすることが煙たくて仕方がなかった。しかし、今から思うと、あれの言うことが正しかったように思う。いま、西の丸（家慶）にもああいう家来を付けておきたい、と言った。しかし家斉にその反省が起きても、もう自身は身動きできない状態になっていた。

とくに水野忠成を用いてからは、定信が弾圧した民間の遊楽淫蕩の諸営業は続々として興り、賭博、歌舞、芝居の類が行なわれ、神社仏閣の境内は物見遊山の場所と変わった。武家は文武の修練に心を入れる者はなくなり、ただ格式を尊び、行列の装飾に華美を競い、権勢に縋って、賄賂で格上げの運動に腐心するありさまとなった。

家斉が生ませた子女を各藩に縁づけた結果は、この縁故で前例のない格上げとなった家が続出し、ほかの大名もそれに倣って賄賂を贈り、格上げを頼むという風潮が現われた。諸侯へ縁づいた家斉の子女の支度も華美驕奢を尽くしたから、このふうが一般に伝染して元禄の末期に劣らない贅沢な世の中にしてしまった。

しかし、一方、都会の消費生活の助長で農村の疲弊が進んだ。

百姓一揆はこの時代の特色だ。百姓強訴は天明の飢饉以来諸所に頻発したが、とくに甲州の一揆は江戸に近いだけにかなりな衝撃を与えた。つづいて天保八年には大坂で大塩平八郎の乱がある。

だが、こんなことも家斉の耳には遠い蚊の鳴声ほどにもこたえなかった。金の不足は相つぐ通貨の改鋳という安易な財政策でごまかしていた。

家斉政治の革新は、幕府維持のためにも必然的に要求されていたところだった。しかし、家斉の死後早々に水野越前がこのように疾風迅雷の勢いで改革に手をつけようとは誰も予想していなかった。越前は、まず営中から家斉色を一掃し、そのあとで自分の考えを急速に実行に移す計画なのである。

しかし、一般の市民には、水野が何をやるのか、まださっぱりわかっていない。ただ、林肥後、水野美濃、美濃部筑前、中野碩翁などの転落を有頂天になって歓迎するだけだった。

江戸の町々には、さっそく、落首が行なわれた。

ひご（肥後）ろから、かね（金）て覚悟は仕ながらも、
　かうはやし（林）とは思はざりけり

みづの（水野）泡、消ゆく跡はみの（美濃）つらさ、
　重き仰せを今日ぞきく（菊）の間

肥後米も、美濃筑前も下落して、相場の立たぬ、評議まちまち（町々）

四月晦日の雨の降る晩だった。

鳥居耀蔵は、芝三田の水野越前守の中屋敷に女乗物で到着した。供回りもごく少数

で、雨に打たれている提灯にも定紋はなかった。

耀蔵は六尺近い背の高さだが、身体は瘦せている。顴骨が出て顎が尖り、窪んだ眼窩の奥によく光る眼が嵌っていた。その高い背中を屈めて越前守忠邦の居間近くに通された。忠邦は今まで書きものをしていたらしく、机のそばに灯を寄せていた。硯も筆も出ている。机には紙が重なっている。

「例のものをお書きでございますか？」

耀蔵は長い首を机のほうにのばした。

「いま、ほぼ半分ほどまで書いてきたが、いや、なかなか肩が凝る」

忠邦は煙管を蒔絵の吐月峰に叩いた。

越前が書いているのは将軍家慶に出す草稿だった。近いうち、家慶が新施政方針に副う論告を出すことになっている。忠邦がそのように仕向けたのだが、彼が半分まで書いているのは家慶が老中どもに読み上げて聞かせる草稿である。

「拝見しとうございますな」

耀蔵は言った。

「読んでみてくれ」

草稿が耀蔵の手へ渡った。彼は節くれだった細長い指で紙を繰っている。奥にすぼんだ眼が筆の跡をしばらく追っていた。

「文章の悪い点は言ってみてくれ」

忠邦が言ったのは内容のこともだが、おもに修辞の面である。

鳥居耀蔵は、代々幕府の学問所長官である林大学頭述斎の次男で、旗本鳥居家を継いでいた。

八年に大塩平八郎の騒動があったとき、耀蔵は役目としてこれを監察し、その能吏であるところを見込まれて、忠邦に近づくようになった。

耀蔵は紙をさらさらと繰りながら忠邦の草稿に読み耽っている。燭台の灯影が彼の痩せた半顔に黒い影をつくった。それが余計に鋭い相貌にみせた。

もともと林家の人間である彼は、おりから澎湃として興っている蘭学に極端な嫉妬と反撥とを抱いていた。彼の父述斎はひとかどの人物であった。述斎は学問上の幕府の顧問だけでなく、政治上でもいくらかの関連を持っており、その交遊は、上は大名から旗本、民間の学者に至るまで行き渡っていた。しかし、林家の伝統である漢学が、その子耀蔵の血脈にも強くはいっていたのは否定できない。

蘭学は当時の新知識だ。青年たちはこの知識の吸収に赴き、林家の門弟からも蘭学に走る者がしだいに多くなってきた。これは述斎の力をもってもどうすることもできなかった。この情勢に反感を持っていたのが耀蔵だ。蘭学者は彼の眼から見ると、悉く憎悪の対象であった。

高野長英、渡辺崋山などの洋学者を弾圧し、いわゆる「蛮社の獄」として不穏事件をこしらえあげたのも耀蔵であった。

耀蔵は草稿の書いたところまで読み終わると、しごく結構だと答え、修辞のことで二、三の意見を述べた。それが終わると、

「おぬしに頼んだほうは、できているか？」

と今度は、越前が訊いた。

「持参しました」

耀蔵は風呂敷を解いて包んだ物を出した。半紙二十枚ばかりを紙縒で綴じたもので、下に書いた墨字が上の紙に透けて見える。

「この前から金座の後藤三右衛門と相談しながら、わたしがまとめてみました。ご覧のうえ、悪い箇所があれば、何回でも案を練り直して書き改めます」

越前は手に取って紙を二、三枚めくっていたが、

「いずれゆっくり読んでみる。ご苦労だった」

と、それを手文庫の内にしまった。

耀蔵はそれから世間話ともつかないことを言い出した。

「水野美濃守の追放は、だいぶ世間の評判がよろしゅうございますな。町なかでは水野越前守さまのご英断だと沸き立っております」

「そんなに迎えられているか」

越前は切れ長な眼を向けた。長い顎だけに相手に皮膚の冷たさを感じさせる顔だ。めったに興奮を見せそうに思えない容貌だが、この時ばかりはその表情が動いた。

耀蔵は、懐を探って四、五枚折りたたんだものを出した。

「とりあえず、今まで出ております落首、引き札の類を集めさせました。……これなんぞはなかなかおもしろうございます」

一枚の紙にへたな字がいっぱいに詰まっていた。

「こういうものは誰が作ったかわかりませぬが、次々と筆写されて行き渡るものでございますな」

越前は片手の煙管を置いて、皺になった紙に眼を落とした。

「　はやし（林）方　　みづのみの助
　　　　　　　　　　　みの部ちく蔵

当代〳〵御評判高うムり升れど、是より公条を以て申し上げます。この度御改正に付、何がな希らしき芸道を御覧に入れ度存じますれど、御存知の坊主（中野碩翁）を初め、諸佞人原の仕組みましたる芸道は、道ならざる儀にて中々当時の御意には叶ひますまい。右につきかねがね心づきましたる、肥後下り尾戹五免太連中、かなしくる業、馬鹿林にて御覧に入ます。まづ五免太御目通りさし控へさせます。最初相つとめまする芸道は、僅の旗本より段々と経上りまして、四ほん（品）竹の上に飛び移ります。是を名づけ権家の一足飛。是より又口先の勢を以て、諸方の金銀を追々手許へ取り入ます。個様いたして中段を相勤めまする者共は、手合を致し、自然と横しまに成ます。是より猶々登りますれば、はやし（林）につれて賄賂多き儕輩は、しだいに立身の体にござります。これを名づけて運の目、欲の川浪、これも御目に止まりますれば、八方の縁の綱は、一度にフッツと切つて一万八千石を引つくり返し、高は平の一万石と替はり、八千石を棒に振ります。誠に此段ははなれ業にござりますれば、閉門の節は、幾重にも御用捨御免の程願ひ奉ります。此儀相済みますれば、御先代の御方は、一切に御入替、御評判〳〵」


水野越前はほかの落首などもそれぞれ見比べて、

「いろいろと書くものだな」

と言った。悪い機嫌ではない。

若年寄林肥後守、水野美濃守、美濃部筑前守をその役から引きずりおろした忠邦は、つづいてその与党を処分した。御目見以上でも六十八人、御目見以下は八百九十四人であった。その代わり、家斉が病床に就いて再起不能がわかってから、忠邦は家慶と相談をしてあらゆる部署に自分の系統を配置していた。この人事計画も耀蔵と事前に練ったものだ。

「ただ今お書きになっておられる上さまの草稿は、いつ、ご発表になりますか？」

耀蔵は巷の評判をひとしきり伝えたあとで、気が付いたように訊いた。

「五月の半ばごろまでには発表したいと思っている」

「結構でございますな。それは早いほどよろしゅうございます」

耀蔵はいったんそう言って、ちょいと首をかしげた。

「その新政策が出されますについて、御老中の中で反対する者はおられないでしょうな?」

「まず、あるまい」

忠邦は自信ありげに答えた。

「いま、井伊大老は病中で欠勤つづきである。近いうちに退隠の届けを出されるそうな。あとは太田備後くらいがわしを牽制するかもしれないな」

「やはりさようでございますか」

「だが、たいしたことはない。もし、いろいろと面倒なことを言うようだったら、備後には隠居をしてもらおうと思っている」

耀蔵は忠邦と太田備後守とがかねて合わないことを知っていた。しかし、忠邦の今の無造作な言い方は、それだけ彼がいつの間にか実力者の座を意識していることから出ている。耀蔵自身が気づかないうちに、忠邦は溢(あふ)れるような自信を持っていたのだ。耀蔵は燭台の灯影に浮き出ている越前の面長な顔をちらりと見上げた。

「越前守さま」

耀蔵は少し膝を進めて囁(ささや)くように言った。

「美濃守の処分は、あれきりで終わりでございますか？」

「あれきりかというと？」

「されば、美濃は文恭院さまのご贔屓(ひいき)を笠に被(き)て、ご政道はもとより、大奥のほうにもわがまま勝手をいたして参りました。いま、ご政治を直されるについて、大奥の腐敗をそのままにしてはおかれますまい。大奥の女中どもが増長いたしているのは、長年、美濃が女どもの機嫌を取って参ったからだと考えます。この際、大奥のお手入れも必要かと存じます」

「それは考えているが、なかなかにむずかしいでな」

越前は初めて眉の間に迷いの皺(しわ)を見せた。

「むろん、まったく手を着けないではない。だが、わしの考えでは、あまり広げたくないでな」

越前の躊躇(ちゅうちょ)は、歴代の執政が大奥で失敗しているからだった。

家斉のときには、侍妾四十人余り、女中は五百六十四人いた。家慶に属している女中は百九十四人。これに家慶夫人付きが八十五人。合わせて九百人ばかりが犇いている。男子といえば将軍一人が起居するだけだ。女どもの口から将軍に為政者の不評判が囁かれると、どのような宰相も手足を控制された。大奥の改革がこれまで何度か企てられては成功しなかったのは、この奇妙で巨大な勢力のためであった。

耀蔵は忠邦にこういうことをすすめた。

「水野美濃をただ側用人から召し放しただけでは足りませぬ。この際、美濃を徹底的に叩きつけておくことが肝要でございます。さすれば、美濃に甘やかされた奥女中どもも胆を潰して、おてまえさまのご威令に服するかと思います」

「うむ」

忠邦は首をかしげた。

「それはいいが……美濃をどうするのだ？」

「あれを江戸に置いてはなりませぬ。何かと与党や女中どもと糸を引き、おてまえさまのうしろから策動するかもわかりませぬ」

「遠国に追放するのか？」

「それがいちばんでございます」

「だが、美濃にはそれほどの罪科は見当たらぬでな」

「よい工夫がございます。罪科が見つからねば、こちらで作るのでございます」

忠邦の細い眼がぎょっとしたように動いた。


「もう一つございます」

耀蔵は冷めた茶を呑んだ。声が新しくなった。

「ご政令を徹底させるには、なんと申しましても市中取り締まりが第一かと思います。つまり、南北両町奉行が越前さまの手足になって働かねばなりますまい」

これには忠邦も同感をみせた。

「北町奉行の遠山左衛門尉はさしたることはございますまい。問題は南町奉行矢部駿河守です」

「駿河か」

忠邦は意外な顔をした。

「あれがいかぬか？　わしは頭の切れる男だと思っているが」

「世間に評判がよろしゅうございます。おてまえさまがさようにお買い被りなさるのももっともです。だが、いざご政令が出された場合、これにいちばん協力しないのが矢部ではないかと思います」

矢部駿河守定謙は、天保四年大坂西町奉行であった。在職三年で治績が大いに上がり、七年に江戸に帰り勘定奉行となった。そのあとに大塩平八郎の乱が起こっている。一介の与力にすぎなかった大塩を引き立てたのは矢部である。九年の四月には西の丸留守居に転じ、去年四月小普請支配に変わったが、先月南町奉行に抜擢されたばかりであった。矢部の手腕を買った忠邦が就かせたのである。

いま耀蔵が矢部のことを言うのが忠邦には不思議だった。

「そんなはずはないと思うがな」

忠邦がはっきりと否定できなかったのは、この鳥居耀蔵が絶えずいろいろな人間を使って情報を取っていることを察していたからだ。この男は実になんでもよく知っている。ときにはうす気味悪いくらいだった。忠邦には耀蔵の情報で施政の参考になったことがずいぶんと多い。

「なるほど、矢部はよくできる男でございます」

耀蔵はひとまずうなずいて言った。

「あれくらい評判のよろしい町奉行も珍しゅうございます。市中では矢部の裁きをもて囃(はや)しておりまする」

矢部の裁きにこういうことがある。本郷三丁目に袋物を商いしている久助という者があった。その女房が近所に住む伝七という者と姦通した。久助はこれを知って、咎(とが)め立てをすれば恥辱の上塗りであると思い、離別を決心した。彼は伝七方に行き、女房が所望なら進上しようと言って、離別したうえで伝七に引き渡した。このとき久助は、この件は示談とはいうものの近所の聞こえもあり、お互いの間もおもしろくないから、よその土地に転宅してくれと言った。伝七はその場では、ごもっともである、と言って快く承諾した。

ところが、数日を経ても伝七に転宅の様子がない。彼は毎日酒宴を催して新たに妻を迎えた祝いをしている。久助は、伝七が転宅してくれたほうが双方のためでもあり、町内の交際のうえからも都合がよいから、と再三催促したが、伝七には転宅の様子がいっこうにない。久助はたまりかねてこの事情を町奉行に訴えた。

矢部は双方の述べることを聞いてから伝七に向かって、そのほうは久助の妻と密通し、しかも示談にしてもらいながら転居の約束を履行しないのは不都合ではないか、と訊いた。伝七は、移転する約束をしたが、費用がないと答えた。が、実は移転料がないのではなく、毎日祝い酒を呑んでいるほどで、言葉はその場のがれであることが明白だった。矢部は、伝七に、費用がないために転宅できないなら、その入費をお上（かみ）より貸し与えるから、さっそくに転居せよ、と言い渡した。

　このとき銭五貫を与えたので、伝七は大いに喜び、女房は取る、引越料はお上より戴く、こんなありがたいことはない、駿河守さまの裁きはさすがに行き届いている、と吹（ふい）聴（ちょう）して得意になった。

　しかるに、家に帰ってみると、わが家は封印が付き、伝七はいることができない。おどろいて家主のもとに走っていって尋ねると、家主は、先刻お奉行のお指図があって役人衆が参られ、われら同道しておまえの宅に行ったが、伝七儀今日公儀より引越料を頂戴し引越しを仰せ付けられたうえは、もはやこの家は伝七の家ではないからさよう心得よ。また伝七所有の家財は伝七に不届きの行為があるにより残らず闕所（けっしょ）とする。家財は悉く久助へ下さる旨の申渡しがあったと話したので、伝七は夢の醒めたごとくになった。この裁きは江戸じゅうで大評判になった。

「矢部の評判は」

と、耀蔵は片頬の筋肉をひきつらして言った。

「埒もない町人ずれの口三味線でございます。あの男はおてまえさまのお引立てを蒙りながら、実はさる筋とかくれて気脈を通じております。とてものことにご政道に協力する人物ではございませぬ。あとのお為にもなりますまい。矢部はなるべく早く御役を免ぜられたほうがよろしいかと思います」

「矢部は誰と通じているのか？」

忠邦はおどろいて耀蔵を見て、

「その名を言うてみい」

と急き込んで訊いた。

「かようなことは」

と、耀蔵は伏し眼になって言った。

「時期が来るまでお耳に入れたくなかったのですが、わたしの言葉が嘘に聞こえますゆえ申します。最近、矢部は太田備後守さまと往来をはじめました」

耀蔵はさし俯向いたまま舌で下唇を舐めた。

外はまだ雨がやまないでいる。

家慶は、その日の朝は六ツ半（七時）に眼がさめた。大奥へは泊まらず、御座の間につづいた御小座敷だった。ここには女っ気はない。夜詰の側小姓がいるだけである。家斉が死んでからはとかく忌日が多くなった。忌日の前の晩は大奥へ泊まらないことになっている。

家慶は軽く咳払いをした。これが眼がさめたという合図で、床番の小姓が次の間に触れる。

家慶は行水をして、縞縮緬（しまぢりめん）の着物に献上博多の帯を小姓につけさせながら、今日は水野越前が書いて出した諭達を老中どもに最初に読み聞かせる日だと考えると、いつもより今朝が愉（たの）しく思えた。近ごろ、将軍になってから、初めて生甲斐を感じることが多い。

普通ならその条文は年寄（老中）の誰かに読ませるわけで、読んだ者が「上さまの思し召しはこのとおりであるからさように心得られるように」と言い渡すだけだが、今日は自分で読むつもりだった。

眼ざめと同時に、いつもの行事がはじまった。着つけが済むと、袴と肩衣（かたぎぬ）をつけ、仏間にはいって歴代の位牌に礼拝するのだが、四ヵ月前に死んだ家斉の文恭院の位牌がいちばん新しい。家慶はかたちばかりの拝礼を済ませて御小座敷に戻ると、また小姓どもが寄り集まって肩衣や袴を脱がせる。

この座敷は、老中どもに会う御座の間から奥に二間（ふたま）ほど隔てたところにある。元は御座の間の上段に将軍は寝たものだが、綱吉のころに若年寄稲葉伯耆守（ほうきのかみ）という者が表で刃傷（にんじょう）に及び、その騒ぎが御座の間近くに及んだ。

このとき、うろたえる老中どもを静めて中奥を仕切った杉戸の前に立ちはだかったのが柳沢吉保で、それが彼の出世の糸口となった。それ以来、将軍の寝る所が御座の間の次の休息の間になり、家斉のときにその隣りの御小座敷ができたのである。

朝飯からの順序も決まっている。献立は御飯、汁、皿。二の膳には吸物、皿には鱚（きす）の塩焼と照焼がふたとおり出ている。飯が済むと、小納戸役の中から御髪番がうしろに回って髪を結い上げる。この間に奥医者が二人出て、同時に左右から脈を伺う。巷間伝えられるような糸脈などということはない。

外科医者は月に三、四度ぐらいの診察だが、これはべつに家慶には用はない。

この順序が済んで家慶は休息の間にはいる。このときはもう四ツ（午前十時）ごろになっている。

これからが将軍のちょっとした自由時間で、本が読みたければ本を読む。書画が見たければそれを掛けさせて眺める。その間に側御用取次が決裁の書類を持って伺いに出る。

これは将軍がいちいち見るのではなく側御用取次が次の間の入口で読み上げるのだ。書類の多いときは二人も三人もで代わる代わる読む。決裁はいちいち署名するのではなく、かねて奉書の紙を十六に切ったのに「伺いの通りたるべく候」と書いてあるのを書類に挿んで老中へ下げるのだ。

その朝も家慶は取次の読む伺書の内容をぼんやりと聞いていた。

つまらないことばかりである。遠国奉行の上申、伺書、罪人の処刑、半年以上在獄した者の罪状、使番の報告——毎日のことで変わりばえがしない。

家慶にとっては、遠国の役人がどう更迭されようが、罪人がどう処刑されようが、痛くもかゆくもないことばかりで、天気の模様ほどにも関心がない。ときには煩くて仕方がない。こんなものをいちいち聞かなくとも奉書の十六切りを一束にして下げてしまったらいい、と思うくらいだ。

　ことに、今朝は自分が読まなければならない諭達の文句が気にかかっている。家斉のときはほとんど水野美濃守に任せっ放しだったのを、自分の代になったから、そんなことで変わりばえをつけたいと思っている。

　側用人が来て、水野越前守がご都合を伺っていると取り次いだ。

「年寄どもは揃っているか？」

　家慶が訊くと、全部詰所に控えていると側用人は答えた。

　家慶は御座の間に待つように言いつけて、側御用取次の者から越前が作った文句を書かせた奉書を取り寄せ、練習するようにもう一度披いて読んだ。

　ひととおり納得して小姓に眼顔をすると、また三、四人がかりで人形のように突っ立っている家慶に継肩衣袴を着けさせた。

　それが終わると、将軍は廊下つづきの白鷺の杉戸から御座の間にはいって上段にすわった。下段の下座には老中五人が水野越前守を筆頭にしてならび平伏している。太田、脇坂、土井、堀田の順である。太田備後守の頭がいちばん禿げている。今日はいつものように役人を任命する儀式ではないから、形式が少し違っている。いつもだと側用人が進行係をつとめるのだが、今日はじかに筆頭老中水野越前守に言葉がかかった。

「政道のことについていささか考えがあるから、そのほうたちに申し聞かせる」

このとき、側用人が差し出した例の奉書を家慶は開いて読み上げた。

「このたびの改革については、代々の思し召しはもちろんのことだが、とりわけ享保、寛政のご趣意に違わぬようにいずれも厚く心得てつとめるように……」

家慶が一区切りつけて眼をやると、五人の老中は頭を下げたまま石のようになっていた。

家慶が老中どもに下した「上意」の内容は水野越前守が起草したものだ。

「寛政時の御初政の際に、その心得については厚き上意があったが、その節達しられたことは一統が弁えておらねばならぬところ、年月移って場所場所に旧くつとめている者も残り少なくなって、自然と御趣旨を忘れたのか、前々規定したことを心がける者もうすくなり、当座の御用を弁ずるだけが事務と心得るようなありさまになったのはまことに遺憾である。爾今、御代々さま仰せ出されたことはもちろん、このたびはとくに享保、寛政の御政事向きに復帰する趣意であるから、当時の御触書や御書付類をよく考えて励行するように。また、これまで慣例として行なってきたことも理に合わぬことがあれば改革して、何事も正路第一に取り計らうように励むべきである。

享保、寛政以来御代々さまがたびたび仰せ出されたことをその場限りの御沙汰と思うものがあるのは心得違いで、ことに役人は手本にもなることであるから、わけて右のことを厚く心得て、新役の者にも少しも洩れなく伝達することが大事である」

この上意の御達しは十分間もかからない。しかし、いま読み聞かせたのは序文のようなものだ。改革について、だいたいの要綱を言っただけである。

改革といったところで突然やるわけではない。享保、寛政にその制度ができているのであるが、それがあたかも死文になったように長い間に緩(ゆる)んできているので、この際、旧に復して引き締めるのだ、という趣旨である。

老中どもが平伏している間に、家慶は御座の間を起(た)って休息の間に移った。その気配を知って一同は頭をあげた。公式に御諚(ごじよう)を下されるので格式張っている。

太田備後守以下四人の老中は御用部屋に退(さが)ったが、ひとり水野越前守の姿がなかった。家慶に呼ばれて居残ったものとみえた。

備後守は坊主の運んできた茶を喫みながら同列の顔を見回して言った。

「さてさて井伊大老にはよいおりにお辞めなさいましたな」

井伊直亮は老衰のゆえをもって昨十二日付で辞表を出していたのである。

「はて、何ゆえでございますか？」

温厚な堀田がまるい顔をあげて訝しそうに備後守を見た。

「さきほどの越前殿のお顔をご覧なされたか？」

と、備後守は目を皮肉に細めて、まず反問しておき、

「強いお顔色でございましたな。恐れながら上さまのご性根を己れのものにしたようなお顔でございました。あの仁なら必ず勇敢におやりなさるでしょう」

と、抑えた静かな声で言った。

「越前殿は今日を待っておられたのです。裕福な唐津より浜松への移封を願い出られたが、聞くところによると、水野家の家老でも藩庫が困窮するのを心配して、ずいぶんと止めたそうな。それもこれも今日を待たれたからと思いますな。今度の改革は思い切り強うございましょう」

「それが井伊殿の退隠とどう係り合いまするか？」

と、堀田がさきほどの疑問に返った。

「つまりですな」

と、備後守の禿げ上がった顔からは、やはり皮肉な微笑が消えなかった。

「あまり一人で突っ走られると、ほかの者がついて行けませぬでな。ことにわたしなどは年齢をとって足もとがよろよろしております。そこで何かとぶつぶつ不平が出まする。大老は閣内の不統一を調停しなければなりませぬから苦労なされます。越前殿の今日のあの凄まじきお顔色では向後なかなかご承服はございますまい。わたしも年寄りの依怙地が出ますと、これはもう井伊殿のご苦労が増すばかりでしょうな。そこで、昨日のご退隠は重畳だと申したのですよ」

土井も、脇坂も、堀田も黙っていると、太田の呟きはつづいた。

「ご改革のご趣旨はまことにありがたきことで、わたしも結構だと思っております。けれど、こういうことは、一気には参りませぬ。庶民は長い間の生活環境に狎れておりますから、一片のご政令だけでは言うことを聞きますまい。なにせ諸人が贅沢に飼い馴らされていますから、倹約、質素では納まりませぬ。越前殿のお好きな享保、寛政の御触書が死文同様になったのも、それですよ。越前殿は力ずくで諸人を捩じ伏せられることになりましょうな。まあ、町人や百姓どもと合戦のおつもりでしょうな」

おりから奥祐筆が持って来た嵩張った書類に目を通して花押をしながら備後守は、

「わたしも老いてくると、どうもこの筆が重くなりました」

と、筆を紙からあげて、宙で動かしてみせた。奥坊主が茶を入れ替えにきた。

「お坊主」

「は」

「お前たちも覚悟をしておれ、いまに越前殿から兵糧攻めに遭うぞ」

と、眼尻に皺をよせて笑った。

その日から十日経った二十三日付で、忠邦は代官中村八太夫をして関東の農民に諭達を下させた。

「近来諸方面の風俗取締方のよろしくない趣、このたび上向きより御沙汰があった。近在の百姓はとかく江戸の風儀に伝染して、家作、衣類、食物に至るまで百姓に不似合の生活になっている。右は制度の不行届のためいつとなく緩み、上へ対して自分どもも恐れ入るのほかはない。これまでのところは容赦いたすが、今後は住居、衣類、朝晩の食事まで昔からの百姓の風儀を守り、初物(はつもの)そのほか無益の売物を仕込んではならない。且(か)つまた、とかく触書が役人限りになって末端まで申し聞かせてないように聞いているが、これは不埒(ふらち)の至りであるから、御趣旨の次第は末々までよく呑み込むようにいちいち申し聞かせよ」

これは、江戸を中心とした関東の農民らが都会の風儀に染まって百姓の分を忘れ、いかに贅沢になっているかを戒(いまし)めたものである。初物のことは初鰹(はつがつお)の例でもわかるとおり、江戸者はとかく女房を質に置いてまで高価な初物を好む癖がある。それにつけこむ百姓を戒めたのである。

農民に諭達を下した翌日には、万石以上の諸大名に諭達を発した。

「質素倹約そのほか心得のことは、天保九年四月に、また、去年の十二月にも達しておいたとおり、万石以上の者は驕(おご)りのないように、衣服や飲食のことはもちろん、すべて無益の費(つい)えを省き、武備の鍛錬に心がけるよう言っておいたが、このたびはさらに厚きご沙汰があったので、いよいよ質素倹約を守ってご趣意に違わぬよう心得るがよい」

これは大目付から大名の留守居に達したもので、実の対象は留守居そのものに出した警告である。

留守居とは各藩の江戸屋敷に詰めている大名の支配人格の者だが、各藩相互間の連絡折衝にも当たるので、一種の外交官のような役目も兼ねている。ところが、彼らは事務の打ち合わせという名のもとに大勢で料亭で寄り合い贅沢の限りを尽くして、主人の金を湯水のように使うほか何一つ仕事らしいことはしなかった。

彼らは吉原などの青楼(せいろう)に上がって大散財をする。しかし、同じ留守居でも古参と新参との秩序が分かれていて、この古参がとかく新参をいじめたものだ。たとえば、古参は白衣になって芸者や遊女の間に寝転がっていても、新参者はたとえそれが大大名の家来であろうが、また年配者であろうが、次の間に裃(かみしも)を着て控えすわり、酒も呑めなかった。

もし、古参の機嫌を損じると、藩邸から幕府へ対するいろいろな慣例を何一つ教えず、なかには意地悪をしてわざわざ間違ったことを伝えたりする。そうなると、新参の留守居は村八分にされて手も足も出なくなるから、自然と古参の無理難題を我慢しなければならない風習になっていた。これは臣下ながら各大名の力でもどうすることもできなかった。この諭達は、忠邦が幕府の威厳をもってその弊害を抑えようという狙いである。

もっとも、忠邦は天保五年老中となってからも、各藩の留守居の業績を調べて二十六人をすでに処分して、そのほうは多少経験済みだ。

――法令は矢継早に出た。

諸家の足軽が絹羽織を用いるのは、法令のうち「弓鉄砲の者は紬木綿を用うべし」という旨に背くから、爾今木綿のみを着るようにと言い、さらに諸大名の参観交代の現状に及んだ。

「参観の大名が病気で定例の参観季節になっても延引し、また暇を下されても、中には病気を申し立てて江戸に滞留する者が多い。病気ならばよんどころないが、まずはなるべく決まった季節には参観し、江戸に逗留するということのないように心がけられたい。但し、これまでは病気の理由で参観の延引も願いのとおり許可されていたが、今後はそういう取り計らいはしないから、念のため心得ておくように」

これは各大名に対する綱紀粛正である。そもそも参覲交代は家康が創めて家光の時代に確立した制度で、これによって幕府の中央集権化と地方大名の財政疲弊化を狙ったものだ。こういう触書を出さねばならぬほど近来各大名に対する幕府の威令が緩んでいたわけで、仮病を言い立てて参覲を怠る者は今後容赦なく取り締まるという威信をここに見せたのである。

つづいて翌日には、大名が千代田城に登営したとき家来の者が坊主部屋にはいるのを禁じた。

これには少し説明が要る。

千代田城にいる茶坊主は城中の慣例習慣を熟知している。ところが、登営する田舎大名の中にはそういうことがまったくわからない者がいるため、どうしても茶坊主どもの手引きが入用となる。そこで、その大名について登営した家来たちは茶坊主に何かと賄賂を出さなければ、主人の失態となる惧れがあった。

大名の家老が迂闊者だったり、吝嗇家だったりして坊主どもに相当の付届をしなかった場合、たとえば、登城当日弁当を必要とするときなど、登城と同時にこれを持参して坊主控室に預けておいたのにもかかわらず、いざ食事となって取り寄せようとすると、坊主は、てまえどもの詰所にはまだ届いておりませぬ、と答えて、わざと持ってこない。

時間が過ぎて、ほかの同僚が食事を終わり、そうとう時間が経ったころ、ようやく、ご家来衆の不馴れでございましょう、ただ今届きました、と称して差し出されることがある。今さらこれを食べている間もないままに腹を減らして夕方になって食べたり、またせっかく出してくれた弁当の中のお菜はいつの間にか抜き取られ、香物(こうのもの)しかはいっていないこともある。すると同僚から、貴殿はたいそうなご倹約で、近ごろはさだめしご裕福になられたことでござろう、などと嘲けられたりする。ひどいときになると、お菜だけで飯が一粒もはいっていないことがある。

また宿直の場合には、寝具はすでに藩邸から届いているはずなのに、ほかの同僚が寝つくまで、まだ参っておりませぬ、と言って出さなかったり、ようやく来たと思えば敷蒲団だけで、御掛け物がございませぬが、殿は平素「かしわ」で御寝(ぎょし)なされますか、などと冷評されたりする。一方、付届のいい大名には、坊主どもがわざとこれ見よがしに親切丁寧に世話をする。

そこで、大名の家中は泣く泣く奥坊主に頭を下げなければならないという次第である。

これは、要するに各大名の家来が坊主部屋にはいって彼らに付届をするからそのような弊害が起こるというわけで、坊主部屋への出入りを禁止したのである。

奥坊主どもはこれを何よりの役得としていたが、少し増長した奴は大名に拝領物をねだったりしていたくらいだ。芝居に出てくる河内山宗俊のような奥坊主がうようよいたわけである。

この禁令で、太田備後守が早くも坊主に「おまえたちも兵糧攻めに遭うぞ」と冗談に言ったとおりになった。――

烏頭大黄

　忠邦は八ツ（午後二時）に下城すると、西の丸下の上屋敷に戻った。衣服を脱いで、桶に汲んだ冷水で汗ばんだ半身を拭っていると、公用人の岩崎彦右衛門が次の間から顔を出した。

「両御奉行さま、お待ちでございます」

「駿河はどんな顔をしている？」

　忠邦が訊くと、彦右衛門は笑って、

「あの方はいつもお変わりはありません。暑くても寒くても、かまきりのように眼をむいて黙っておられます」

「遠山が話のしかけようがなくて迷惑しておろう。すぐにそちらに出ると言え」

　と、忠邦は彦右衛門を去らせた。

今日は南町奉行矢部駿河守定謙、北町奉行遠山左衛門尉景元を呼んでいる。普通、公用の申渡しは城中の御用部屋に呼びつけるのだが、今日は半ば懇談の形をとりたいので、わざと官邸に両人を来させたのである。

御用部屋に呼ぶと、とかく命令的になる。今度の改革についてご趣旨を上から伝える式の一方的な言い方では町奉行に通じない。忠邦は次は市中に新政令を下すことを考えていて、すでにその起案もできている。しかし、これを徹底させ、違反者を取り締まるには、警察当局の町奉行の手をかりなければならない。いくら老中の権力でも町奉行を強圧的な命令で働かせることはできない。

こちらの意図をよく話し、相談ずくで納得させないと、町奉行も協力してくれない。うわべだけの服従で、実行面に手を抜かれたら、せっかくの改革が骨抜きになりかねないのである。

忠邦が、上屋敷であらかじめ協調を遂げようとしたのはそのような肚(はら)からだが、一つは矢部の剛直な性格を考慮しているからであった。

矢部駿河が勘定奉行のとき、全国的な飢饉のため会計が苦しくなり、金座の後藤三右衛門を初め豪商に言いつけて上納金を納めさせ、窮民の救済に当たったことがある。たまたま、その年に西の丸が炎上し、そこに住んでいた大御所家斉は本丸に移った。そこで焼けた西の丸を急遽新築することになり、諸大名に言いつけて金を献じさせてその費用に当てようとする議が起きた。

このとき、老中はすでに忠邦だったが、矢部駿河はそのことに反対して自分の意見を強硬に述べた。西の丸が炎上しても、城郭に損害がなく、要害の点も欠けるところがなければ、しばらく工事を延期し、大御所は当分、二の丸に移られて辛抱なされたがよい。また各藩に献金せしめても、今や飢饉のあとで民力が十分に回復していないから、その負担に耐ええないであろう。しばらく時期を待ってご造営にとりかかられるのが政治の本旨である、と言った。

勘定奉行である駿河が反対しては西の丸の造営もできないので、忠邦以下老中どもは評議のうえで駿河を免職し、御作事奉行遠山左衛門尉を抜擢して勘定奉行とした。駿河は一時西の丸留守居という閑職に左遷されたが、彼の意見は正論であるから、ほどなく小普請支配に転任し、今年、南町奉行に抜擢されたのである。

なお、この西の丸造営は、忠邦の努力で財政困難な中にも成功し、天保十年春には家斉も西の丸の新殿に移って、造営の関係者にはそれぞれ賞与があった。忠邦はその功として一万石加増せられ、計七万石となったのである。

駿河はそのような男だから、忠邦も顎で指図をするわけにはいかない。今度の改革には忠邦も政治的生命を賭けているから、いちおう低姿勢で協力を申し込むつもりで上屋敷に呼んだのである。

この矢部駿河が南町奉行になった当座、忠邦に協力したことが一つある。

天保の初めごろから、江戸の諸大名や旗本の中間部屋に出入りして中間の取り締まりをする部屋頭と称するボスがいて、その部屋の主人の権威を笠に被て傍若無人の行為をなすふうが増長し、町方の人間も、諸大名の家臣も迷惑していた。その部屋頭に三之助という者があった。彼も中間部屋に出入りしていたが、その実は、各部屋で博奕の盆茣蓙を開いてテラ銭を掠める親分だった。

諸大名、旗本の屋敷は町方の手入れができない治外法権地域だ。しかも三之助は、町奉行の役人または火付盗賊改の役人から与力、同心に至るまでそれぞれ賄賂を贈って歓心を求めていたから、盗賊の逮捕についての秘密を探って賊に内通し、逃走させたりすることなどもあって仲間に幅を利かせていた。三之助の悪事を知っていても賄賂をつかまされている役人たちは手を下すことができない。

矢部駿河が奉行になると、忠邦から三之助捕縛を命令された。駿河はそれを承諾したが、三之助の逮捕は、町奉行所の役人中にも多年三之助と親交の者が多いから、内通などの恐れがあって容易ではなさそうだ。うかつに手を回すと取り逃がすかもしれない。駿河は暫時の猶予を乞い、それから病気届をして役所に出勤をしない。しかし、医者を呼ぶ様子もなかったから、人びとはいろいろな噂を立てた。

三之助は、実は町奉行所の役人松浦忠右衛門と奥村主税（ちから）という者の庇護（ひご）で松浦の屋敷に逼塞（ひっそく）していることがわかり、しかも、この松浦は古参の役人でなかなかの勢力であるから、もし三之助の捕縛に失敗すると、駿河自身の責任になるばかりでなく、町奉行の威信に関することでもあると思い、彼は一計を案じたのである。

駿河は町奉行所の与力二人を秘かに自邸に呼んで、実は自分の病気は恥ずかしいことながら貧病である。ほうぼうに借金が嵩（かさ）み、今は何ともいたし方のない状態にきている。ついては、松浦氏の部屋頭をしている三之助という者がすこぶる金策がじょうずの由であるから、何とか彼に渡りをつけて頼んでくれまいか、と依頼した。

三之助は、新任奉行矢部駿河がこれまでの奉行と違い、正体のわからないまま賄賂のことも差し控えていたときであるから、人から駿河の伝言を聞くと、一も二もなく承知をした。彼は、かような秘密なことゆえ、直接に駿河守さまにお目にかかり、ご入用の金額を用立てようと答え、これを機会に南町奉行に接近し、松浦と同様、駿河も自分の手の中に丸め込もうとしたのであった。駿河の頼んだ与力二人は三之助を同道して彼の屋敷に来た。駿河が三之助を庭先に回して話をはじめようとする格好をして咳払いをすると、それを合図に、かねて物陰に隠しておいた同心数人がおどり出て三之助を捕縛した。

この処置はあまり大事をとりすぎているようだが、奉行所の諸役人が腐敗し、三之助に籠絡(ろうらく)されているので、彼の逮捕のことが漏洩(ろうえい)する惧(おそ)れがあるため、矢部が策略をめぐらしたのである。

奉行所の松浦忠右衛門その他不正の役人は、与力、同心に至るまで処分を受け、綱紀は大いに粛正された。矢部が奉行として名を挙げたのもこの事件からだが、このときは完全に忠邦と矢部駿河との呼吸(いき)が合っていた。

しかるに、忠邦の胸には先年西の丸炎上のときの造営についての矢部の強硬な反対が印象に残っている。今日は膝つき合わせて、改革についてまず矢部の同意を得ようというのだ。

もう一人の北町奉行遠山左衛門尉は、元来が融通の利く男で、これは心配はない。

遠山景元は金四郎と称して、若いころは旗本の無頼の青年と遊蕩し、そのころ流行した桜花の刺青を身体から腕先まで彫りつけていた。彼は家督を相続し役人となったが、この刺青を除けることができなかったため、腕の先までいつも襯衣を着用していた。奉行となって科人をたびたび取り調べる立場になったが、そのため夏の暑いときでも襯衣を脱ぐことができない。これが彼の一生の苦痛であった。

——忠邦が書院に行くと、すでに両奉行は夏羽織を着用して涼しい縁側近くに待っている。遠山のやさしい顔に引き替え、矢部駿河は痩せて背が高く、眼窩が窪み、その奥に大きな眼がはまっている。公用人の岩崎が形容したように、とんと目を剝いたかまきりの姿であった。

「その人と為り長身癯貌、眼光炯々、その語るや音吐洪朗」（灯前一睡夢）と評されたとおりである。

「お待たせした」

忠邦は両奉行の挨拶を受けて磊落にすわった。縁側に掲げた簾が揺れて風がはいってきたが、外は眩しいばかりの光が空にも庭にも含まれている。

「このたびのご改革の趣旨は、まったく享保、寛政の御倹約令の趣旨に戻すもので、いま、これを奢侈贅沢の頂上に達している世相に施すのは容易なことでない。これは寛政のご禁令よりももっと強く締めないと、ご趣旨のような取り締まりはできないと思うが」

忠邦はそう言って、つい先日も聞いたが、と町人の驕慢振りの噂を口に上した。御用部屋で申し伝えるときと違い、ずいぶんと寛ろいだ口調だった。

「このごろ町人どもも裕福になったとみえ、法外な値段で骨董を蒐めているそうな。徽宗の桃に鳩の絵が、長さ五、六寸の小幅に千両だという。馬遠の対幅が五百両、牧溪が一幅五百両だそうだな。茶器も南蛮縄簾の水差が三百両、祥瑞の香盒が二百両で、そのほか五十両、百両という骨董が平気で町人どもに買い取られている。これはみな大名、旗本から売り出されたものだが、武士の貧乏に引き替え、町人はいよいよ富裕になった。まさかこれほどとは思わなかったよ」

忠邦は笑って、

「蔵前の札差どもは野菜のハシリを好んでいるそうだが、出入りの者がその値段を聞いてきたところ、茄子の鳴焼が代金七両、初めて市場に出た隠元豆が一把二十本で代金二分という法外な値段で買っている。妾なども蓄え、それにつれて手代の輩に至るまで主人に倣って女を囲っているそうな」

彼はそんな話からはいっていき、要するに、町人どもが奢侈生活に馴れるから物価が騰り、武士階級が貧乏する。かつて寛政の白河侯の施策に数々の倹約令を出したため、町方の景気が悪くなり、武士階級の困窮が救われたことがある。今日では寛政のときよりも数倍にも病毒が重くなっているので、自分としては当時よりもっと徹底的な政令を行なうつもりだ、と言った。

このとき、彼は寛政の御触書の写しなどを出して、その効用を長々と述べた。その中の条文には、高価な菓子を造ってはならない、火事場羽織頭巾に贅沢なこしらえをしてはならない、能装束はなるべく軽くし、女の着物もたいそうな織物縫物類は無用にせよ、正月の破魔弓、羽子板、五月の菖蒲甲刀の類に金銀を使ってはならない、雛道具は梨子地はもちろん蒔絵も紋所は無用にせよ、女の櫛笄などに金を使ってはならない、銀や鼈甲は、なるべく、目立たないようにすること、煙管そのほか弄び同然の品には金銀を使ってはならないし、蒔絵など贅を凝らしてはならない。——こんなことが見えているのは、ずいぶんと参考になる、と言った。

矢部駿河も、遠山左衛門尉も黙って忠邦の言うことを聞いていた。説明が済むと、矢部が口を開き、では、さし当たり具体的にどのような禁令を出されるのか、と尋ねた。矢部の地声は大きい。

「まず」

と、忠邦は腹案を述べた。

「六月は祭礼の季節であるから、無用の飾物を禁止したい。五日からはじまる牛頭天王祭礼には、格別目立つ行灯または無益の物などを拵えて雑費をかけてはならないことにしたい。十五日の山王祭も同断。また七夕祭も近年大仰の造りものが多く、なかには風俗上いかがわしい造りものを町家の屋根の上へ差し出しているのがあるが言語道断だ。短冊や五色の紙など年々優美なものばかりを競って度がすぎている。また、神田の祭礼に練子そのほかの装束へ天鵞絨を切り入れたり、金糸を用いるなどは、元来が禁じてあったにもかかわらず、なおこれを下着にして出る者がある。山車に付き添う子どものうちで縮緬の襦袢、天鵞絨の半衿等も贅沢だからやめさせたい」

忠邦は言葉を切って、

「また、万石以上の行列も近年いよいよ華美になり、これに背伸びする大名の無理からいよいよ台所が窮迫している。こんなことも大いに制限して、たとえば、小者には目立つ印半纏（しるしばんてん）を着せないようにすることや、道具の制限などからはじめたい」

と微に入り細にわたり語った。大名旗本の慣例から市民の生活に至るまで、忠邦は、その贅沢面を容赦なく指摘し、いささか興奮した面持ちで次々と自分の腹案を言い聞かせるのであった。

「こういうことだから、この際、両奉行にはこの法令を実行させるため、遠慮会釈なく取り締まりを実行していただきたい。それについてご意見があれば、この際腹蔵なく承りたい」

と、両人の顔を交互に眺めた。

矢部も、遠山も忠邦の長い話をじっと聞いていたが、まず、矢部から言い出した。

「ご趣旨はまことに結構なことです。これに対して誰も異存は申されますまい。ただ、ご改革の徹底にあまりにご性急になられてはとかくの弊害に陥るかと思います」

と、矢部は痩せた上半身を起こして忠邦に数倍する甲高い声で言った。

「おてまえさまは寛政の改革を頭に置かれておられるようですが、現今の病弊を癒すには、たしかにあれ以上の改革令を出さないと快癒は叶いますまい。けれど、重症の病人に呑ませる薬を一どきに与えてはかえって害があります。白河侯の改革のあと、たちまち前にも増して堕落した世相になったのは、ご存じのとおりです。これは」

と、矢部は廊下にも聞こえるような声で言いつづけた。

「寛政の節約令が出されたとき、町方はにわかに沈鬱に陥り、商人は商いがなく、職人は職を失うなど、江戸の町中は火が消えたようになりました。その結果、白河侯の施策を喜んでいた諸人も、ついに怨嗟の声をあげるようになりました。これは、とかく世間の現実に立っていない倹約令が出されたからだと思います。したがって、このたびのご趣旨はまことに結構で、われら何も申すことはありませんが、およそ物事は外形や制度からばかり変革してもなりませぬ。まず、人心から改めて徐々に改革の手を進めたほうがよろしいかと思います」

「いや、あなたの言うところはわかっているが」

と、忠邦は不快になりそうな気持ちをしずめて言った。

「しかし、この際思い切ったことをしないと現状は助からないでな。全身に膿を持った病人は、思い切り傷口から膿を搾らねばならぬ。そのためには苦痛もあろう。が、それは快癒のための辛抱だ。わたしの気持ちはわかってもらえるかな？」

「お気持ちはよくわかりますが、ただ問題は、そのご趣旨を政令として行なうのにあまり重箱の隅をほじるようなことになり、また、せっかく結構なご改革が性急なあまり逆効果にならないように、緩急よろしきご配慮が望ましいと思います」

矢部の言葉に忠邦は急に何か言いかけたが、そのまま不満そうに黙って横のほうを向いた。

遠山だけは、どちらでもいいような、しごくのんびりとした顔をしていた。

——忠邦が家慶に宛て上申書を書く気持ちになったのは、矢部駿河守の様子を見てからである。

彼はこの改革を断行するには、まず家慶の気持ちがふらふらしないようにかためておかねばならぬと考えた。そのため家慶に出した上書は「伺書」ということになっているが、一語一語は家慶の心に杭を打ち込んだようなものだった。

「——かような政令のために、たとえご城下が衰微し、今日の営業が立たなくなり、商人どもが離散いたしても。いささかもそれに頓着せず号令を徹底させれば、両三年も経つと自然と面目が一新されると思います。繁華な都会はなかなか窮乏するというようなことはないが、一時はそれが寂(さび)れるくらいな覚悟でないと済世のご趣旨は行き届かないと思われます。

先ごろから役人たちへはたびたび申達していますが、彼らは旧来の慣例(しきたり)に因循して十分な態勢もないし、ただ下々の気うけだけを思い、公儀のことは二の次としています。これは、たとえば、持病が身体じゅうに溜って快方の兆しがない姿に似ており、今にして烏頭大黄(うずだいおう)の劇剤を施さないと、とてものことに効験はないと思います。

これに進んで協力しない奉行頭どもがあれば、すみやかに更迭したいと思いますので、このへんをとくとお伺いしてご改革に邁進したいと思います」

この上申を読んだ家慶は忠邦に気合いを入れられたような心持ちだったが、己れは大奥にはいって女どもに取り巻かれていた。

鳥居耀蔵が水野忠邦の中屋敷に来たのは、忠邦が南北両町奉行を上屋敷に呼びつけた翌(あく)る日だった。

「昨日、矢部と遠山とをお呼びになったそうですな?」

耀蔵は湯呑に一口つけると訊いた。

「遠山はともかく、矢部駿河はどんな返事をしましたか?」

忠邦は鬱陶しい顔つきになっている。これは庭先にひろがっている暑さが照り返しているせいだけでもなかった。三田の屋敷には樹木が多い。蟬(せみ)が苛立(いらだ)つように鳴いていた。

「駿河はあまり積極的ではないようだな」

忠邦は手に持っている団扇(うちわ)をゆるやかに動かした。

「そうですか。やっぱりわたしの予想どおりでしたな」

耀蔵は膝の上に扇を立てている。

「矢部の返事をお聞きになったから言いますが、矢部は進んで協力する気持ちはありません」

「どうしてだ?」

「まず、矢部の申条(もうしじょう)を当ててみましょうか。ご政令は結構だが、あまり性急であってはならない、まず人心を革(あらた)めてから取りかかられたほうがよろしかろう、こんな具合に言ったでしょう？」

「そのとおりだ」

「それは矢部だけの意見じゃありませんよ。矢部のうしろには太田備後守さまが控えていますからな」

「備後が？」

忠邦は同列の太田資始(すけとも)の大きな肥えた図体をすぐに眼に泛(うか)べた。前から忠邦のしていることをどこか冷嘲的(れいちょうてき)に見ている男だった。ほかの老中はだいたい忠邦に協調的だが、太田だけは少し離れている。彼は忠邦が老中筆頭になってから、余計に距離をおくようになった。

太田備後はもともと老中先任だった松平乗寛の派で、名宰相の名のあった大久保相模守忠真の推挽(すいばん)を受けている。それで、両人の死後に筆頭老中となった忠邦に、とかく批判的な態度をとっていた。

いま、鳥居耀蔵の口から矢部と太田とが裏で気脈を通じていると聞かされて、忠邦もそのへんの筋がないではないと思い当たった。

「もし、ご改革を成功させようとなさるなら、矢部を奉行に置いてはなりませぬ」

　耀蔵は進言した。

「ご趣旨を世間に行なわせるには、むろん町奉行が手足となって働かねばなりませんが、矢部はかえってあなたの足を引っぱる男ですよ」

「耀蔵、少し大仰ではないか」

　忠邦はたしなめた。

「なるほど、矢部がわしに協力するのは気が進まないにしても、わしの足を引っぱるというのは、どういうわけだ?」

「それなら申し上げましょう」

　耀蔵は窪んだ眼窩の奥から目を光らせた。声を低くすると同時に、自然と膝まで進めた。

「越前さま、矢部はあなたの弱点を握っておりますよ」

「弱点とは何だ?」

「お気を悪くなされては困ります。矢部はいろいろとあなたの身辺を探っております。それというのが、太田備後とのつながりでやったことですがね」

「どういうのだ?」

「越前さま。あなたは出羽庄内の酒井家から二千両お借りになりましたな?」

「…………」

忠邦は絶句した。それは忠邦に覚えがあった。

いや、覚えがあるもないも、つい去年のことだ。庄内藩十四万石の酒井左衛門尉を近く転封させる議が老中部屋に起こっていた。この噂を聞いた酒井家では、そのことを取りやめにしてもらうため、越前に二千両の付届をしてきたのだ。庄内藩は表高よりも実収が何倍も多いのである。

このときはまだ忠邦に改革の計画がなかった。まさか自分が先頭に立って賄賂横行の腐敗世相を粛正しようなどとは思っていず、慣例(しきたり)として何となく貰っていたものだ。酒井家の転封はそのために取りやめになっている。

もちろん、そのことは秘密のうちに行なわれ、誰も知るまいと思っていたのに、耀蔵がふいに容赦なく衝(つ)いてきたのだ。忠邦は顔が燃えた。

「矢部がどうしてそれを知ったかご存じですか?」

耀蔵は忠邦の顔色には気がつかないふうにつづけた。

「わからぬ」

忠邦は低い声で言った。ことは酒井家と忠邦の間できわめて隠密裏に授受された。もとより、町奉行の職権でもそれを知る手段はない。江戸市民の取り締まりには当たっているが、大名間の秘密を嗅ぎ出す機関は持っていない。

「それはですな」

耀蔵は扇を開いたり閉じたりしながら言った。

「太田備後殿から矢部に流された情報ですよ」

「備後が？」

「実は、庄内の酒井家からは備後殿にも賄賂がいったそうです。ところが、備後殿はこれを押し返されたそうです。そこで、備後殿は越前さまにも同様に金が回っていると思い、自分は返したが、越前は必ず取っている、と矢部に言ったわけですな」

忠邦は、昨日の矢部駿河の態度がどこか自分を嘲笑しているように感じられたのを思い出し、さてはそのことを知っているからあのうすら笑いになったのだと思い当たった。

二千両の賄賂を取っている忠邦が、急進的な改革政治を喋々するなど笑止だ、と矢部は嗤っていたのである。

忠邦は身体が熱くなった。だが、これも日中を過ぎて気温が上がってきたせいだけでもない。相変わらず庭の蟬がうるさく鳴いている。

忠邦は太田が憎くなってきた。矢部に言わせて庄内藩からの賄賂一件を摘発させるつもりだと取った。

「二千両は酒井家へすぐに返そう。……わしも去年は手許不如意でな。つい、戻すのが遅くなった」

裕福な唐津藩から浜松に移った結果はてきめんで、藩の財政は極端に苦しくなっている。そこへ宰相として手腕を振るおうとすれば、どうしても大奥によくしておかなければならない。忠邦はずいぶんとこのへんの工作には金を使ってきた。

彼の累進がそもそもお美代の方に取り入ったからで、大奥の実力の評価を彼は人一倍大きく見ているほうだ。庄内藩から取った二千両も、実は大奥女中衆への工作資金として出ている。

「金は早くお返しになったほうがよろしいですな」

耀蔵は正面から遠慮なく言った。

「それには何か当てがありますか？」

「金はない。よそからの借金だ。さしずめ金座の後藤三右衛門に融通を頼もう」

「一刻も早くそうなさったほうがいいと思います。それから備後殿をなるべく早く遠ざけられたほうがお為かと思います」

「考えている」

　忠邦はうなずいた。

「後藤はすぐに呼びつける。金を返したら、直ちに備後を処分する」

「成算がありますか？」

「ある。……わしは辞表を懐（ふところ）にして上さまに言うつもりだ。もし、備後をこのまま老中にお用いになるなら、さっそく、わたしは御役御免を蒙りたい、とな。上さまはああいう性格のお方だから、こちらから強く言えば、これは何とかなる」

「脅迫ですな」

　と、耀蔵は扇子をまた音立てて閉じた。

「矢部はどうなさいます？　あれは辞（や）めさせせんといけませぬ」

「しかし、矢部にはいま落度がないでの。理由もなく辞めろとも言えない。またあれも頑固者だから、筋の通らない話だと抗弁して受け付けまい」

「けれど、辞めさせるのは一日も早いほうがよろしいです。彼を奉行に一日長く置いておくことは一日だけあなたの地位が危なくなることですよ」

「矢部は世間の気受けがいい。よほどの口実がないと退職させられぬ。わしの命令を聞かないといっても、正面から反対しているわけではなく、表向きでは協力すると言っている」

「それなら、矢部の罪を捜せばよろしゅうございます」

「矢部にそういう落度があるのか?」

「そこはお任せください」

耀蔵は言下に言った。

「これはわたしのほうで工夫してみましょう」

忠邦は耀蔵の顔を見つめている。

「はっきり、彼を放逐できるとお約束ができます。その代わり、越前さま」

と、耀蔵は目をかがやかした。

「矢部を辞めさせたあとの南町奉行は、わたしが継がないとなりませぬ」

「……………」

「誰を持ってきてもよいというわけではありませぬ。あなたの手足となって身命を賭すのは、まず、この耀蔵を措いてほかにありますまい」

彼は懐を開いて扇子の風をあおぎ入れた。

忠邦は耀蔵の顔つきから、彼が矢部駿河の罪を作りあげるのだと推測した。矢部を追い落とすには罪状がなければならない。挙げるべき罪がなければ、それを作るのが耀蔵の性格だった。

このころ、三州田原藩三宅土佐守家来渡辺登(崋山)と、町医者高野長英とがそれぞれ処分されて、崋山は田原に蟄居を命ぜられ、長英は長牢を命ぜられて伝馬町の牢獄に収監されている。二人の罪は、長英は「夢物語」を、崋山は「慎機論」をそれぞれあらわして世人を惑わしたというのである。

この事件をざっと言うと、四年前に日本漂流民を収容して浦賀に届けようと近づいたモリソン号という米国船があった。これは寛政令で決まった異国船打払いの法規で追い返したが、このことから、崋山らは海外事情を明らかにし、旧来の日本国防がいかに幼稚であるかを警告したのだ。その背景には、イギリスが清国を破ったいわゆる阿片戦争がある。要するに、崋山らは清国が簡単に敗れたのはイギリスに新式の兵器と訓練があったからで、この洋式はわが国にも取り入れなければならないというのである。

崋山と長英との罪科はまことに単純であった。そのころ、近海の無人島を占領しようという一旗組があったが、それは崋山と長英との企みで、彼らは無人島に拠って外国と気脈を通じようとするものだというでっち上げをした。この罪状の発案者が鳥居耀蔵である。

しかし、鳥居耀蔵の真の目的は崋山や長英たちではない。大きく言えば、当時澎湃として興っていた蘭学に対する儒学の憎しみであり、小さく言えば、論敵伊豆韮山代官江川太郎左衛門（坦庵）に対する耀蔵の憎悪からである。

鳥居耀蔵は林家の次男だ。彼は骨の髄からの国粋主義者で、蘭学を嫌うことは蛇蝎を見るようだった。その裏には、とかく儒学を圧迫する蘭学への嫉妬が潜んでいた。たまたま彼は目付という職権から権力を利用して蘭学を弾圧できる立場にあった。

そもそも耀蔵が江川太郎左衛門を不快に思うようになったのは、ただにその主義のうえからのみではない。それには具体的な事件があった。

モリソン号が浦賀より去ってからすぐである。幕府では海辺の防備の必要を感じ、まず、浦賀湾の測量にとりかかることになり、この命を鳥居耀蔵と江川太郎左衛門とに命じた。これは一方は儒学で、一方は新式の蘭学で、偶然に競争させるような結果になった。

耀蔵の家来に小笠原貢蔵(こうぞう)という測量をよくする者がいた。彼は前に松前奉行に従い蝦夷(えぞ)地方にも行って外国の事情にも通じているところから、耀蔵は小笠原の言葉を信用し、彼に測量図の製作を命じた。

小笠原の図面ができて耀蔵が意気揚々として江川に見せたところ、その図がまったくモノになっていない。そこで江川は病と称して鳥居に会わず、使者を急に江戸にやって、門弟筋に当たる渡辺登に西洋流測量者を求めさせた。崋山は長英の門人の内田弥太郎、奥村喜三郎を当てた。

ところが、小笠原貢蔵は、両人が西洋式の測量術と算数に長じていることを知っているから、己れの失敗を惧(おそ)れて、これを鳥居に讒訴(ざんそ)した。

鳥居もまた江川太郎左衛門のためにその功が奪われることを惧れて、理由を設けて奥村を江戸に追い返したが、江川は強(し)いてこれと争わず、もっぱら内田弥太郎に命じて測量させ、精細な図を作り、これを幕府に提出した。

幕閣ではこの両方の図面を対照すると、とても比べものにならないくらい小笠原の図面がお粗末であった。このことから鳥居は面目を失ったが、その恨みが、いつかは江川太郎左衛門を陥れようという機会を待たせたのである。

それが長英、崋山の著書と無人島一件に結びついて、世にいう「蛮社（ばんしゃ）の獄（ごく）」となって両人を牢獄につないだのであった。その悉くは耀蔵の謀略から出ていたのである。

しかし、両人を調べてみても、いわゆる空中楼閣のでっち上げだから具体的な罪科が出てこない。とにかく、崋山は田原に閉居させ、町医者の長英を無期懲役ということにして当面を収拾したが、耀蔵が目的とする江川太郎左衛門の起訴まではついに行かずに終わった。

この事件は、忠邦も初めは耀蔵の上申を信じていたが、審理が進むにつれてしだいに真相がわかりかけた。だが、すでに忠邦の内懐（うちぶところ）にはいり込んでいる耀蔵を忠邦はどうすることもできない。

――いま、耀蔵が南町奉行矢部駿河守の罪状を摑（つか）んでくると言い切ったとき、忠邦は耀蔵の金壺眼（かなつぼまなこ）に陰湿な妖気を見たのである。

ところで、鳥居耀蔵と江川太郎左衛門との抗争は、現在もまだつづいている。

長崎の地役人に高島四郎太夫（秋帆）という者がいる。この者は早くから海外の事情に通じていたが、阿片戦争で清国の敗北を聞くと、すぐに長崎奉行田口加賀守に意見書を提出した。奉行はこれを閣老に取り次いだ。

その意見書は、西洋の砲術がまったく一変していること、清国の敗北はその旧式が因であること、日本の砲術も時代遅れになっているから、この際改革しないと外国の侵略を受ける惧れがあるという趣旨だった。

これに対して鳥居耀蔵は御用部屋の評定に答申して、高島四郎太夫の説があまりに蘭学に毒せられているゆえんを述べ、卑賤の役人の取るに足らない偏狭な知識だから、彼の意見書は却下したほうがよろしいと述べた。

だが、その背後には、やはり蘭学に対する鳥居の憎しみと、高島の弟子が江川太郎左衛門であったことが原因している。しかも、江川も耀蔵の説を反駁して意見書を出していた。

そこで、高島四郎太夫を与力に昇格させて江戸に呼び寄せ、この月の九日に砲術を徳丸原で実験させることになっていた。

これにも耀蔵は、当日審判人として出席するはずの幕府鉄砲方井上左太夫に意を通じて万全の処置をとっていた。

当時、高島の門弟は全国各地方にまたがり、その砲術実験の助手には剣客の斎藤弥九郎がいたくらいである。演習参加の人数も四郎太夫の門弟百余人が集まると聞いて、耀蔵もいささか心が動揺し、審査官の井上に高島砲術を不成績に報告するよう手を打っておいたのである。

鳥居耀蔵は水野の中屋敷から戻ると、すぐに手紙を書いて、この前から自分の家に出入りしている表火番浜中三右衛門を呼び寄せた。表火番というのは旗本の中でも軽い役だ。三右衛門は、鳥居の門に出入りすれば何とか出世にありつけると思い、しきりと耀蔵に取り入っていたのである。

耀蔵の書面を見て、三右衛門は夜になって駕籠(かご)を飛ばしてきた。

「用というのはほかでもない。南町奉行矢部駿河守の非行を探ってくれないか」

耀蔵は三右衛門に言いつけた。

「矢部殿ですか？」

浜中三右衛門も矢部が立派な人物だと知っている。その人の非行を探れと言うので不審の眼を見せると、耀蔵はうすら笑いした。

「人間には無疵（むきず）というものはないからの。どんなに世間で評判がよくても、隠れたところに見えない埃（ほこり）が溜（たま）っているものだ。おぬしは南町奉行所の与力あたりに接近して、矢部の埃を叩き出してくれぬか」

耀蔵は脇息に凭（もた）れて懐手（ふところで）をし、片膝立てて爪楊枝を使っている。

この行儀は、彼が若いとき吉原に流連（いつづけ）したところに覚えた習慣であった。

天保十二年五月から六月にかけての時期は、水野忠邦が自分の態勢を固める重要な期間であった。まず、加判の列のなかで脇坂淡路守安董（やすただ）が病死し、そのあとに信州松代（まつしろ）藩の真田幸貫（ゆきつら）を任じた。太田備前守資始（すけとも）は退隠した。新しく御側御用人になった信州飯田堀大和守親密（ちかしげ）はその子が忠邦の妹婿に当たる関係にあって親戚筋である。

また真田幸貫は早くから老中就任の運動をしてきたもので、家斉が生きているころしきりと中野碩翁に賄賂を贈っていたが、さんざん搾られた末、大坂城代の経歴なくして御用部屋にはいった先例がないと突き放された人物である。それだけに今回の忠邦の厚遇に感激していた。

爾来、堀と真田とは忠邦の両翼にあって天保改革の先棒を担ぐことになる。

太田資始の退隠の裏には、忠邦がこの前鳥居耀蔵に話した筋書どおりの芝居があったのだ。

その日、忠邦は家慶に面謁を求め、御用取次五島伊賀守を通じて都合を聞くと、上さまには今お疲れであるから後刻にしてほしいと家慶の返答を伝えてきた。

「お疲れであっても、これは国家のための一大事であるから、ぜひともお目通りを願わねばなりませぬ。重ねてさように言上されたい」

忠邦は家慶が昨夜大奥泊まりだと知っているから気むずかしい表情をつくった。

忠邦は家慶の性格を知っている。こちらが強く出れば気弱くなるのだ。このことは家慶が長い間大御所家斉の圧力に屈伏しつづけてきた習性でもある。

家慶からは二つの性格が引き出される。一つは、大御所の死で初めて圧力から解放されて、ここで何か自分を見せてやりたいという自主性である。これが忠邦と組んで家斉勢力の粛清を断行させ、つづいて新政策に乗り出させたのである。

一つは、家慶にそれまでの劣弱感が脱け切れず、相変わらず惰性的な私生活の中に安易に潜り込んでいることで、三日にあげず大奥泊まりをするのがその現われだった。家慶も家斉の血をひいて相当に女好きであった。

要するに、家慶にはそれほどの政治性も果断力もない。初めて将軍としての自主権を回復しえた喜びが忠邦の強硬政策を支持しただけで、当人は少々背伸びした格好だった。——

さて、御用取次が忠邦の強硬な意図を伝えたためか、果して家慶が面会を承知した。忠邦は休息の間に御用取次に導かれていく。

いったいに、将軍が老中や三家などに謁見するのは御座の間と決まっているが、家慶はここで会うのが気詰まりになったとみえ、あまり公式でない場合は休息の間で会うようになっていた。

御座の入側(いりがわ)からつづいて萩の廊下というのがあり、畳三十枚ばかりのところを突き当たると、休息の間の入側となる。南向きに建てられたこの座敷は、上段が十八畳、二間の床の間があって、傍らに袋戸、その下に違戸棚を造り、この床の床脇小壁まで一式東海道五十三次を極彩色で描き、富士山が床の正面に現われるように意匠ができている。

諸役人が御前に召されるときは、たいていお次ととなえている間に控え置かれるのだが、忠邦はいま御用取次を待たないで、高麗縁備後表(こうらいべりびんごおもて)の畳をするすると辷(すべ)るように進んで上段の前にぴたりとすわった。

家慶は大奥泊まりの翌朝でむくんだ顔で脇息に凭(もた)れていたが、忠邦の緊張した顔を見て、思わず膝を直した。

休息の間の前には築山の山水があるが、この辺の木立はいずれも武蔵野の樹本をそのままに残したもので、自然林のように鬱蒼(うっそう)としている。夏のことで、簾(すだれ)を通してはいる日光の反射が家慶のたるんだ頬を蒼く染めた。

「恐れながら、今日はわたくしの申し上げることをぜひお聞届け願いとうございます」

忠邦の光をたたえた切れ長な眼が下から家慶を見上げた。

「どういうことだ」

家慶は圧(お)されたように弱い声で訊(き)き返した。

家慶には忠邦から政治向きの細かなことを聞いてもよく呑み込めない。この大意はこういうことでございます、とだいたい前置きをされて、あとの具体的な具申を聞くのだが、事務的なことになると、その判断に自信がない。

　このときも忠邦がひどく面倒なことを言い出しそうな気がした。

「それでは申し上げます」

　忠邦が言いはじめたのは、同列太田備後守資始は今度のご改革についてどうやら自分に異見を持っているように感じられる。自分としては一大決心のもとにこの新政策を遂行したいので、幕閣の中に違った考え方を持っている人物がいれば、何かと掣肘されるようでまことにやりにくい。ついては、この際、上さまのお言葉で太田備後を老中から解任していただきたいという趣旨だ。

「備後がいかぬか？」

　家慶はやはり弱い声で訊いた。

　家慶は、太田資始がそれほど忠邦に楯突く人物とは信じられなかった。むしろ常識円満な男だと考えていたのだが、忠邦が気色ばんで備後の解職を迫るところをみると、二人の仲はよほど悪かったのか、と意外に思った。どうも人事のことはよくわからない。しかし、備後を老中から辞めさせるのは少しかわいそうな気がした。

「とてものことに、あの仁とはいっしょに仕事はできませぬ」

忠邦は長い顎をあげて家慶に迫った。

「備後との間は何とかまとまらぬか？」

「できませぬ。……もし、強って上さまが備後をそのままにしておかれるなら、わたくしにはご政令を実行する自信がありませぬゆえ、わたくしのほうで老中の職を御免蒙りたいと思います」

忠邦は片手を畳に突き、残った片手を懐の中に差し入れて、書付けでも出すように何やらもぞもぞさせている。家慶は忠邦が辞表まで書いているのかと思ってうろたえた。狼狽したのは、忠邦の決心と、いま彼に辞められては当面の政局収拾が家慶につかなくなるからである。

「仕方がないな……」

その語尾が消えないうちに、

「ありがとう存じました」

と、忠邦が平伏した。この一瞬で太田のクビが飛んだ。

忠邦の屈みこんだ背中の上には、張天井の描き牡丹が泉水の反射でゆらゆらと波がたに揺れていた。

忠邦は、この前病死した同列の脇坂淡路守安董が生きていたら、いちばん心強い仲間だったと残念に思う。

脇坂は播州竜野藩主で、寛政三年に外様大名としては異例とされる寺社奉行に就任したが、彼の在任中の大きな仕事は、何と言っても谷中の延命院事件を処分したことである。

この寺は日蓮宗だが、家光の侍妾お楽の方（家綱の生母）の信仰と、つづいて老女三沢の局の帰依もあったりして、古くから江戸城大奥の帰依を受けていた。ところが、三代住職日道が参詣の婦女を加持祈禱と称して淫楽を恣（ほしいまま）にし、堕胎さえ行なうようになった。

寺院関係は寺社奉行の管轄下だが、この延命院には多くの大奥女中が関連しているだけに、普通の寺社奉行では手をつけえないのだ。摘発しようとすれば、大奥から手が回って事件がうやむやになるばかりか、奉行自体の地位まで危険になる。

ところが、脇坂は敢然として延命院に検挙の手を伸ばし、日道以下の寺僧と、証拠歴然たる大奥の高級女中を処分した。

しかし、その脇坂も大奥の反感のために、やはり一時寺社奉行を辞めざるを得なかったが、ほどなく再勤した。このとき市中に「また出たと坊主びっくり貂(てん)の皮」という落首があった。脇坂の供先の槍覆(やりおおい)が貂の皮でできていたのである。脇坂の急死は大奥方面からの毒殺だと一時騒がれたくらいだ。

脇坂の正義感と実行力をもってすれば、今度の改革には最も好ましい協力者になっただろうと忠邦は思う。ことに今の彼には延命院以上の弾圧方針が腹案の中にはいっていた。

脇坂の死は忠邦に痛手だったが、それを補って余りあるのは太田備後守資始の退隠であった。

太田は六月十日に家慶の命で加判の列を免ぜられ、溜ノ間格に帰された。

これは水野美濃守が菊之間縁頬詰に戻されたよりもはるかに厚遇である。溜ノ間というのは、老中御用部屋とは独立した将軍の諮問機関で、いわば戦前の内閣に対する枢密院のようなものであった。これは、井伊、会津松平、讃岐松平など、徳川家に功労ある家柄の世襲詰であったが、溜ノ間格とはそれに準じたもので本人一代限りの極めである。太田備後は老中を免ぜられはしたが、破格の優遇だ。

この辞令を太田備後守に申し渡したのは首座の忠邦であった。

太田備後は頭を下げて聞いていたが、

「まことにありがたき仕合わせ」

と、型どおりお受けの言葉を述べた。

太田をこの待遇にしたのは、忠邦の発意と、家慶の太田への同情である。忠邦にすれば、庄内藩酒井家から転封取りやめ運動として二千両の賄賂を貰っている弱点を太田に押えられているから、あまり酷いことはできない。

すると、太田備後は静かに頭を上げてにこにこ笑いながら忠邦に言った。

「ただ今の御諚（ごじょう）まことにありがたき仕合わせですが、わたくしは近ごろ老齢（とし）のせいか、何となく身体が緩みましてな、とてものことに御役が務まるとは思いませぬ。このへんで隠居をいたし、田舎に引っ込みたいと思います」

「それはあまりに急なことで」

忠邦が少し呆れ顔で言うと、

「いやいや、とかく世の中には無用の者がおっては憎まれますでな。わたくしは他人から憎まれると気が弱くなります。上さまにはよろしく申し上げてください」

太田は眼もとに皺を寄せて忠邦を見た。その細まった眼の中の光が忠邦にはどうにもあとまで気持ちが悪かった。

彼は早く二千両を金座の後藤三右衛門から借り上げて酒井に返さねばと、また新しく思った。

それにしても気にかかるのは矢部駿河守のことだ。この前鳥居耀蔵が、矢部追い落としのことなら手前に任せてくださいとうすら笑いを泛(うか)べた顔で言ったが、太田が退職した今は早急に矢部を取り除かなければならないと忠邦は決心し、今度は自分から耀蔵に向かってかえって催促する気持ちになった。

太田は今日まですわっていた御用部屋を懐かしげに見回し、同席の土井大炊頭、堀田備中守らにそれぞれ別れの挨拶をした。それから、よいしょ、と掛け声をかけて座から起ちあがった。

そのとき袴のさばきで起きたわずかな風が、忠邦には倍以上に大きなもののように思われた。

浜中三右衛門は鳥居耀蔵から南町奉行矢部駿河守の落度を捜してくれぬかと頼まれて、身に余る栄誉だと思ってたいそう喜んだ。もし、この仕事をうまくなしとげると、明日からでも御役が貰えるかもしれないのである。

鳥居耀蔵と水野越前の関係は誰知らぬ者もないほどわかっている。時の老中を抑え込んでいる鳥居の気に入るような報告ができたら、一躍出世ができる。

物価は年々騰(あが)る一方で、元禄以来据置(すえおき)の扶持だけではとても食うに足りない。幕府から支給される蔵米取りも、全部札差の抵当にはいって年賦の借入金となっている。証文はいつも書替え書替えで、借金は順押しとなってふえるばかりだった。

そこで、何としてでもいい役にならなければいけない。要領のいい連中は朝に晩に権門の筋に挨拶に行く。寒暑の時候見舞はもとよりのこと、間にも気候不順だとか、ご機嫌伺いだとかいろいろな理由を設けて、朝晩顔を出すのである。挨拶に行っても、主人が直接に会ってくれるということはきわめて少ない。たいていは用人などが出てきて横柄な態度で追い返されてしまう。

それでも、万が一にも主人が出てくれるかもしれないという期待があるし、用人だけに会っても、いずれは自分の来たことを主人に告げてくれるという恃(たの)みもある。とにかく、こちらの顔をおぼえてくれさえすれば、いつかは何かの役につけてくれるだろうという空頼みだった。

浜中三右衛門はまだ運のいいほうで、ある人物の紹介で目付鳥居耀蔵の門には早くから出入りしている。最近になって水野老中と鳥居の関係がわかるにつれて鳥居の門前もにわかに騒々しくなったが、何と言っても前から出入りしている強みが三右衛門にはある。

だから、矢部の一件を鳥居から頼まれたときは、見込みが立つ立たないは別にしても、足を宙にして四谷塩町裏の屋敷に帰った。

三右衛門は女房に言いつけて、その晩は祝い酒を呑んだ。しかし、翌日からさっそくに行き詰まった。

矢部駿河の弱点を探れと言っても、矢部の身辺には何の近づきもない。南町奉行矢部に対する市中の噂はきわめてよろしい。奉行所の与力、同心にも親しい者がいない。三右衛門は逆に苦しみはじめた。もし、耀蔵の期待にそえなかったら、今度は非運に逆落としされるのである。

三右衛門は中間(ちゅうげん)一人を連れて毎日、数寄屋橋の南町奉行所の前を徘徊した。

それから八丁堀の与力屋敷の辺もうろついた。

だが、数寄屋橋と八丁堀とを毎日いたずらに往復するだけで、何の収穫もなければ、これという人間の手づるも摑めなかった。日が昏れて足を腫らして塩町に戻ってくる。

「毎日お出かけのようですが、何か詮索ごとでもございますか?」

女房が、脛（すね）を出して三里に艾（もぐさ）をつけている夫を見て、心配そうに訊いた。

「なに、別段のことはない」

三右衛門は言葉を濁した。耀蔵から頼まれた一件は、たとえ女房、子、親兄弟でも打ち明けられることではなかった。

「けど、毎日朝早くからあなたが外に出られて、疲れきった様子でお帰りになるのを見ると、ただごとではないようです。ほんとに何かあるんじゃないですか?」

女房は夫の横顔をさしのぞいた。

「うるさいな。おれは少々捜しものをしているのだ。あまり口を出すな」

三右衛門は苛々しているので女房を叱った。

近ごろ、わが女房も顔には雀斑（そばかす）が浮き、眼の縁が黒ずんでいる。唇には艶がなく、首に青筋が浮き、実際の年齢が嘘だと思われるくらいにやつれている。

「わたしがこんなに心配してるのに」

と、女房は恨めしそうに夫に言った。

「そんなに怒ることはないじゃありませんか。ねえ、いったい、捜しものというのは何ですか？　谷町の愛染横のお稲荷さまが捜しものにはとても御利益があるといいます。そこに拝んで参りましょうか？」

「馬鹿な、そんなものではわからないのだ。物ではない。人間だ」

「だから、どんな人間ですか？」

「おまえに言っても仕方がない」

三右衛門が顔をしかめたのは、火の回った艾が大きすぎたせいだけではなかった。何とか矢部の動静を探る手づるはできないものかと、思わず焦りが腹の下から突き上がってきたのである。

このとき、表から誰かが訪ねる声がした。

女房が居間を出たが、しばらくして戻ってきて、

「あなた、平十郎さまが見えましたよ。久し振りですわね」

と、いそいそとしてその辺を片づけはじめた。

「なに、平十郎が来たか」

浜中三右衛門は深尾平十郎を座敷に通した。平十郎は彼の旧(ふる)い友だちで、小普請組であった。

「珍しいな」

三右衛門は深尾平十郎の懐手を眺めて、

「思い出したようにやってくる奴だ」

と、その白い顔に言った。

「近くを通りかかったのでおまえのことを思い出した」

「酒を持ってこい」

と、三右衛門は妻に言って、

「おれを思い出すくらいなら、近ごろ時化ているとみえるな？」

と、友だちに眼を戻した。

「昨夜は内藤の屋敷ですっかり取られてしまった。今朝わが家に戻って、いままで寝てきたところだ」

平十郎は紙の上に載った艾に気づいて、

「おや、おぬし、何をやっている？」

と、咎めた。

「うむ、少し脚がくたびれての」

「脚気か？」

「でもないが」

「あんまりほうぼうを回るからだろう。ちっとは棒に当たるか？」

三右衛門はそれに答えないで、まんざらでもなさそうな笑いを洩らした。

深尾平十郎は三右衛門から見ると怠け者としか思えない。何とかして現在の逆境から浮かび上がろうとする欲がない。ほかの連中は役にありつこうと手づるを求めて上司の門を叩きたがっているが、この平十郎だけは旗本屋敷の中間部屋に出入りして博奕をしたり商売女のもとにごろごろと転がったりして暮らしている。三右衛門から見ると、大多数の小普請組の人間と同じに無気力な男だった。

しかし、三右衛門はこの平十郎に会うといつも気分の上で圧迫を感じる。相手にまるきり出世の欲心がないから、かえって精神的にこたえるのだ。三右衛門は平十郎のそれを、彼の自堕落な生活からくる無気力と考えて、ひそかに軽蔑はしているのだが、当人に会うと、彼の切れ長な眼が冷たく自分を嘲(あざけ)っているように感じられるのである。

酒が出た。

「深尾さま、お久し振りですわね。どうしてらっしゃいますか？」

女房は銚子を取り上げた。

「いまも三右衛門に話したことです。お宅のご主人と違って、わたしはいまの貧乏から脱けたいとは思いませんのでね、気楽に遊んでいます。遊んでいるが、またそれはそれなりに別のほうが忙しくて、つい、ご無沙汰になりました」

平十郎は笑った。

「相変わらず女にもてる奴だから、ねっからの果報者じゃ」

三右衛門が言うと、

「いやいや。甲斐性のない男でな、三右衛門のような出世の心がけはない」

「主人はだめなんですよ」

と、女房がひき取って答えた。

「いろいろと手づるを求めて歩いているようですが、役に立ちそうもありません。さっきも脚に灸をすえていましたが、どこに行って帰ったものやら、とんとわたしには話しません」

「あんまり詳しく言う必要はないからな」

三右衛門は女房の言葉を奪った。

「おれにはおれの考えがあるからの。端からうるさく訊かれると迷惑千万だ」

「もう長い間表火番でおりますので、どこへ行っても相手にしてくれないのでしょう。それを近ごろではさすがに気がさすのか、いちいち話すこともなくなりました。初めはわたしを喜ばせていたのですが、いつも結果がだめになるからでしょう」

「近ごろは、渋川のほうはどうだ?」

平十郎が訊く。

平十郎は三右衛門が天文方渋川六蔵の屋敷に出入りしているのは知っている。が、その渋川の縁から鳥居耀蔵のほうへ回っていることまでは気がつかないようだった。

彼が三右衛門に会うのはしばらく振りだったし、鳥居のもとに出入りするのを三右衛門は極力他人に秘密にしている。

「うむ、さっぱりだ」

と、三右衛門は気のない返事をした。

「渋川殿も天文方だから、たいした実力はなさそうだ。おれとしてはもう少し有力な人物に近づきたいと思っているのだがな」

「いやいや、渋川なら鳥居といいはずだがのう」

「さあ」

と、三右衛門はとぼけた。

「世間ではいいように言っているが、なにしろ、渋川殿は蘭学者だからな、鳥居殿の気性とは合う道理がない。鳥居殿は蘭学者が大嫌いだ。江川太郎左衛門、こりゃ前から犬猿の仲じゃ」

「そうかな」

平十郎は三右衛門の妻女が作って出した酢蛸の脚を掌(てのひら)に載せて舐めて言った。

「世間では、鳥居と渋川とががっちりと手を握って、水野老中の懐に飛び込んでいるという話じゃ。人間、目先の利益次第では、学問の違いも、虫の好き嫌いもお預けだからな。おぬし、あんがい、鳥居耀蔵に取り入っているのではないか？」

「違う」

三右衛門は平十郎に図星を指されて、それをはずすためにまったく違った話題を急いで出した。

「なあ、平十郎。おまえ、南町奉行所関係の誰かを知らないか？」

「町奉行所の人間？　何だ？」

「いや、ちょっと考えがあってな」

「うむ、まんざら、知らぬでもないが」

と、平十郎が洩らした言葉に三右衛門は用心しながら飛びついた。

「そりゃありがたい。どういう人だ？」

「相手は与力だがな」

「八丁堀か」

三右衛門の眼が輝いた。

「ぜひ、近づきになりたい。おぬし、引き合わせてくれぬか？」

「さあ、先方が承知するかな」

と、平十郎は何を思い出したか、鼻の先でうすく笑った。

「そりゃどういうのだ？　おぬしが知っている人物なら、不承知のはずはあるまい」

「えらく性急だが」

と、じろりと三右衛門を見て、

「ははあ、これは臭いぞ。おぬしの腥の灸筋らしいな」

「平十郎、その与力の名前は何という？」

「林田治作という仁じゃ。会うなら、おぬしが勝手に行け。おれの引き合わせでは向こうから断わられる。少々、おもしろいことがあってな。……そうだ、こりゃおぬしに聞かせてやってもいい」

と、平十郎はひとりで、おもしろそうな顔をした。


深尾平十郎の話というのはこうである。

つい、十日ばかり前だった。平十郎が夜更けに数寄屋橋門外の濠端（ほりばた）を歩いていると、うしろから駕籠（かご）二挺を物々しく囲んだ人数がひたひたと近づいてくる。無紋の提灯が一つ先頭にあるだけで棒鼻の灯は消えている。平十郎は濠とは反対の家並みの軒にはいって様子を眺めた。

彼の見ている前を無灯の駕籠が二つ過ぎていく。平十郎に来たのはその駕籠の無気味な予感であった。護送の連中も夜だというのに、さらに人目を警戒しているところがある。

平十郎は一行をいったんやり過ごして、あとから尾けて歩いた。二挺の駕籠は弓町から南に曲がって、俗に北横丁と言われる通りを三十間堀のほうへ向かって急ぎ足でいく。

平十郎はその駕籠の中に死人でも乗せているような感じがした。駕籠脇の人数からも声一つ洩れない。提灯一つが人魂のように先を歩いているだけである。

駕籠は三十間堀に架かった紀伊国橋から木挽町に出て、やはり川沿いに南のほうへいく。

時刻が遅いので町家も暗かったが、この辺になると、伊達若狭守や本多壱岐守の中屋敷の長い塀がつづいていて、鼻を抓まれてもわからない闇になっている。

すると、とつぜん、平十郎の前に黒い人影が立ち塞がった。

「先ほどから、あんたはわれわれのあとを尾けてこられるようだが、この辺から道を変えてもらいたい」

と、前に立ちはだかった大きな男が申し込んだ。一行の中からこの男だけが引き返してきたとみえる。

「別段尾けるつもりはないが、たまたま、ごいっしょの道順になったのだ。迷惑なのはわたしのほうで、道を変えるなら、あんたのほうから逸れてもらいたい」

平十郎が言うと、その男はむっとしたようだが、

「われわれは人数が多い。それに駕籠の者もいるでな。あんたは一人のようだから、ぜひ、ほかへ回ってもらいたい」

と、抑えた声で言った。その言い方が平十郎には高飛車に聞こえた。

「ははあ、駕籠だから脇道には絶対に逸れぬとおっしゃるか？」

と、遠くに離れつつある駕籠に平十郎の眼がすわった。

「ふむ、不自由千万な駕籠だな。……おや、妙な臭いがするようだな」

「なに？」

「いや、風下だからな、よく臭う、こりゃ死人の臭いじゃ」

平十郎は自分の鼻の先をわざとうごめかした。

「失礼だが、お名前を承りたい。わたしは南町奉行手付の与力林田治作というものだが」

と、その男は少し慌てたように言った。

「迷惑な」

と、急に強い口調になった。

先方では平十郎をどこかの藩の勤番武士とでも思ったらしい。

「わたしは四谷に住む旗本で、小普請組深尾平十郎という者です」

彼が名乗ると、与力は今度は少し慌てて、言葉に失礼があったかもしれないが、実は少々事情があって、いま病人を自宅に届けるところである。どうか他の道を取っていただきたい、と重ねて丁寧に頼んだ。

その言い方が真剣なので、平十郎はかえって疑問を起こした。

当人は初め平十郎を田舎侍と思って脅かしのつもりで町奉行所の与力だと名乗ったのだろうが、その与力がどこでできた病人をどこに運ぶというのであろうか。病人と言っているが、どうやら怪我人といったほうが近そうである。いや、平十郎には駕籠の中の怪我人がすでに絶命しているように直感された。

先ほどこの駕籠と出会ったのは数寄屋橋門外の濠端だった。数寄屋橋門内には南町奉行所がある。奉行所から死人が運ばれて出る。――これが牢屋敷だったら、牢死した者が不浄門からこっそりと非人の手で運び出されることはあるが、奉行所から死人が怪我人の体裁で搬出されるのは前代未聞だ。

しかも、駕籠は二挺あるから二人の死者ということになる。

そういえば、駕籠を担いでいる者も、警固している者も非人ではなく、町奉行所付の小者のようだった。

「あの駕籠は南町奉行所から出たようだが、奉行所に何か変事でも起こりましたか？」

平十郎がわざと大きな声で問い返すと、

「奉行所からではありませぬ。よそからの病人です」

と、与力林田治作はうろたえて強弁した。

「林田さんと言われましたな？」

平十郎は念を押した。

「さよう」

と言ったが、先方はうかつに名乗った自分を後悔しているようだった。

「この場はあんたの言うとおりになろう。だが、わたしの眼はそれほど狂ってないつもりですからな。これはとくと知っておいていただく。……おや、また風が向こうから吹いてきたが、今度は血の臭いがするようですな」

与力林田治作は身を構えたようだった。

「妙な晩だな。どうやらこちらも身体が寒うなりました」

平十郎は笑って与力の前から道を変えた。

深尾平十郎が浜中三右衛門に聞かせたのはこのような話だった。

「それは忝(かたじけな)い」

三右衛門は眼を生き生きとさせた。かねて鳥居耀蔵から言いつかった用件にどうやら近づいたと思ったからだ。南町奉行所から死人を乗せた駕籠が二つ出たというのはたしかに珍事だ。ことによると奉行矢部駿河の落度がそこで見つかるかもしれぬ。

しかし、この駕籠の一件は、とっくに御徒(おかち)目付から鳥居耀蔵にも報告されていたのである。

――六月二十九日に南町奉行所内年番所で刃傷が起こった。その下手人は年番方下役佐久間伝蔵という者であった。年番方というのは会計事務を取り扱う役である。殺されたのは吟味方下役堀口貞五郎と年番方下役高木平兵衛という者である。

その朝、佐久間伝蔵は定刻に年番所にきて事務を執っていたが、初めから顔色が悪かった。それにそわそわして落ち着きがない。

同僚が怪しんで訊くと、ただ気分が悪いと言うだけで、すすめられても帰ろうとしない。佐久間は南町奉行所定廻筆頭堀口六左衛門の出勤をひたすら待っているようなふうだった。

六左衛門は容易に顔を見せない。同僚は佐久間伝蔵が堀口に特別に申し立てることがあって不快を我慢してまで執務しているのかと思っていた。そのうち、午過ぎになって堀口六左衛門の伜堀口貞五郎が何かの用事でひょっこりと顔を出した。

佐久間は貞五郎の顔を見ると、堀口殿、と呼んだ。この息子も親父によく似ているが、興奮した佐久間は貞五郎を見て六左衛門と見誤った。

貞五郎が笑って首を振り、出ていこうとするのと佐久間の身体がおどり上がったのと同時だった。貞五郎の首が血糊といっしょに畳の上に落ちた。佐久間は一刀流の使い手である。

妙な音が聞こえたので、高木平兵衛がのぞきに来た。その場を見て仰天し、遁げ出すところを、佐久間はいきなり血刀を高木の肩先に喰い込ませた。高木が脇差を半分抜いたままよろよろと倒れかかると、その右腕が肩口から削ぎ落とされた。

この騒動に他の同僚が駆けつけたが、佐久間伝蔵は二人を殺した刀を持ったまま血の海の中に立っている。

「佐久間、乱心したか」

と、一人が言うと、

「乱心はせぬ。堀口ひとりが倒したかったのだ。堀口六左衛門を生かしておけば、奉行所の秩序が立たぬ」

と、謎のようなことを呟いた。

それから大勢の見ている前で、持った刀を逆に取ると、年番所の柱に凭(もた)れかかり、着物の袖を刀身に巻いて、切っ先を己れの咽喉(のど)に突き通した。

「佐久間」

人びとが駆け寄ると、佐久間の咽喉と口からは血が噴出し、背中が柱を伝ってずるずるとすべり落ち、そのまま畳の上にへたりこんで果てた。

そのあとで、佐久間伝蔵が狙った堀口六左衛門が何も知らないで出勤した。堀口は息子を殺されたが、己れは遅刻のために命が助かったのである。

検視の御徒目付には、佐久間伝蔵は発狂して刃傷に及んだと報告した。殺された堀口、高木の二人は生きたままの体で駕籠に乗せ、八丁堀の役宅に送り届けた。しかし、ほかの事件と違い、殺された役人を勤め先の奉行所から人目の多い真昼間に出すわけにはいかないから、夜陰になって死体を搬出したのであった。——

浜中三右衛門が深尾平十郎に聞いた一件を鳥居耀蔵のところにさっそく耳打ちに行くと、耀蔵には以上のように駕籠の正体が、御徒目付からの報告でわかっていた。

事件は、単に奉行所の下僚が発狂して同僚二人を斬ったというだけである。直接には奉行の矢部駿河守の責任にはならない。

浜中三右衛門はせっかくの注進にもかかわらず、耀蔵が事件内容をこちらの知らないことまで詳しく知っているのにがっかりしたが、

「どうもちっとばかり筋が妙だな」

と、耀蔵はひとりで眼を光らせ、改めて考え込んでいた。

「御徒目付の報告には、佐久間伝蔵は気鬱でずっと引き籠っていたところ、久しぶりに出勤したそうな。そこへ陽気の暑さが癒らない頭にきて、見さかいなく同僚を殺したというが、これは奉行所側の申し立てをそのまま取り次いできただけだ。三右衛門、おまえ、この一件をほじくってみろ、あんがい、おもしろい筋が出るかもしれぬぞ」

おもしろい筋というのは、もちろん、矢部駿河の責任になるような事情が裏に伏在しているかもしれぬ、それを探ってこい、と耀蔵は言うのである。

「だいたい、わしはそのうち、そのほうを御徒目付に推薦しようと考えているでな」

耀蔵はぽつりと言った。

「え、あの、てまえを御徒目付に?」

「うむ、せいぜい励んでくれ」

「ありがとうございます。このうえは身を粉にしましても……」

御徒目付は御目見得以下では最も働きの場のあるところだ。ことと次第によっては、もっと出世ができる。

三右衛門は感激して耀蔵を伏し拝んだ。

「委細かしこまりました」

勇躍して鳥居の屋敷から出た三右衛門の心当たりは、平十郎から聞いた林田治作という与力である。

蝮（まむし）

浜中三右衛門は、八丁堀の役宅に与力林田治作をしきりと訪ねて、南町奉行所の刃傷の一件の裏を聞き出そうとかかった。そのたびに相当な土産物を持参する。

彼は傍杖（そばづえ）を食って佐久間伝蔵に殺された高木平兵衛の遠縁の者だと名乗って面会した。三右衛門にしてみれば、ここで鳥居耀蔵の点数が取れるかどうかの瀬戸際だから必死である。

与力というのは本来は世襲制度だが、町奉行所付であって、奉行に付いている役柄ではない。だから、奉行が下知しても必ずしもそのとおりに働くということもない代わり、素人が奉行に就任しても事務の上でまごつくということもなかった。要するに組織の中の役目であって、奉行と上下の人間関係はなかった。

与力林田治作は百二十石の蔵米取だが、会ってみると、人間もなかなかしっかりしている。浜中三右衛門が音物を持って何とか一件の真相を聞こうとしても、容易に口を開かなかった。とにかく、「あれは佐久間伝蔵の発狂」という一点張りだ。気違いで片付けられると、刃傷の原因も遺恨の因果関係もないから、筋が掴まれない。

しかし、三右衛門はそれでへこたれなかった。彼は執拗に林田を訪ねていく。普通の者が与力の宅を内々に訪れるということは、そう珍しいことではなかった。大名屋敷や大身の旗本の邸内には種々と面倒な事件が起こりがちで、先方ではそれを表沙汰にしたくない事情もあって、与力に内密に探索方を依頼することがある。そんなときは、留守居や用人などが使いになってくるのである。そんなわけで三右衛門の激しい出入りもそれほど目立たなかった。

かなりの時日ののち、根気負けした林田治作がうっかりと一言、三右衛門に洩らした。

「下手人の佐久間伝蔵は、堀口六左衛門の出勤の日を前から気にしていて、凶行のあったつい先日も、同役の台所からはいってきて確かめて帰った事実がある」

三右衛門は喜んだ。倒す相手の勤務の日を確かめるくらいなら、もはや、佐久間伝蔵は狂人とはいえない。これは立派に計画的な犯行なのだ。

しかし、佐久間がなぜ堀口六左衛門を殺さなければならないかというところになると、林田治作の口は後悔したように閉じられた。

堀口六左衛門は定廻筆頭であるから、年番方下役の佐久間からみるとずっと上役だし、先輩である。殺人の原因は同僚間の紛争とは思えない。これには複雑な奉行所の内部事情が伏在していることは明らかだった。それは、事件のいっさいを「狂人の発作」に帰してしまっていることでもわかる。

浜中三右衛門はいちおう林田治作を諦めて、今度は殺された六左衛門の伜（せがれ）貞五郎の風評を近所から聞き集めた。しかし下手人佐久間の本当の遺恨の相手は父親の六左衛門であって、伜ではないから、ここからは佐久間との関係が出てこない。

だが、彼の執拗な聞込みで、堀口貞五郎の葬式が出た日、彼の姉がこっそりとよそから帰って焼香をしたということがわかった。この姉になる女の身装（みなり）など聞いているうちに、どうやら、大身の家に奉公している妾（めかけ）らしいとわかった。

三右衛門はふたたび林田治作のもとに戻った。彼は、貞五郎の姉、つまり六左衛門の娘がどこに奉公しているかをしきりと問い立てた。

するとこの前から三右衛門の襲撃に面倒臭くなっている与力は、ここでもついほんとうのことを打ち明けた。

「堀口六左衛門の娘は、奉行矢部駿河守殿のお側に上がっているのです」

「なに、堀口の娘が矢部の妾に？」

三右衛門は眼を剝いたが、同時に心の中で歓声をあげた。

矢部の妾が堀口六左衛門の娘で、その六左衛門は己れの下役の佐久間伝蔵に狙われた。ここではっきりと、一件は矢部駿河守にも絡んでいる——と判定がついた。

だが、それから先の調査は、浜中三右衛門には無理だった。なにしろ、矢部駿河守の落度はないか探ってこいと耀蔵に言われて、やたらと数寄屋橋と八丁堀とを往復したような男だ。奉行所の絶対秘密主義の前には手も足も出ない。

しかし、被害者の身内が矢部駿河の妾になっているという事実を摑んだだけで、三右衛門は得意になって鳥居耀蔵に報告した。

「そいつアうめえものを拾ってきたな」

耀蔵も、顔色を動かした。彼は私邸で下の者に会うと、とかく遊蕩時代の伝法口調を使いたがる癖があった。

「よくやった。そのうち、また何か握ったら知らせてくれ」

耀蔵は聞くだけのことを聞いて三右衛門を追い返した。

鳥居耀蔵は、はじめから浜中三右衛門などに期待を置いてはいなかった。彼は、自分のもとにしっぽを振ってくる連中に適当に気を持たせて、何か拾ってくれると、それだけを自分の儲けにしておいた。

耀蔵は目付という役柄、いくらも部下を持っている。すなわち御徒目付、御小人目付などだが、こういう専門の者を使っていると、とかく人目について調査が進まない。彼はその定石をはずして支配違いの者を主として使った。支配勘定役の石川疇之丞などがそれである。

浜中にしても、石川にしても、何とかして出世の手づるにありつきたいという心持ちで、鳥居の言うとおりに密偵をつとめている。

鳥居耀蔵は、今度は石川疇之丞を呼びつけて、さっそく、南町奉行所の一件を説明した。

「おれのところには当たりまえのことしか報告が来ていないが、さる筋から聞くと、下手人の佐久間伝蔵が狙った相手は、殺された堀口貞五郎の親父の六左衛門らしいということだ。この六左衛門の娘が矢部駿河の妾に上がっていることを突き止めた。どうも、このへんにからくりがあるらしい。ひとつ働いてくれんか」

それから半月ばかり経った。

本職は支配勘定役だが、さすがに探索には手馴れている石川は、さしもの難物を見事に聞き出してやってきた。

「刃傷の一件は、おめがねどおり、矢部駿河守に大いに関係があります」

「やっぱりそうか」

耀蔵は長煙管に煙草を詰めて、話を聞く身構えになった。

「そもそもは、矢部殿が小普請支配のとき、当時の南町奉行筒井伊賀守殿を蹴落として、あとに自分がなりとうて、いろいろと筒井殿の身辺を探っておったそうで、今回の騒動もそこから出ております」

それを聞いて耀蔵がぎょっとなるかと思いのほか、吸口を含んだ彼の唇はにんまりと笑った。矢部の立場と、いまの自分の立場とがまったく同じなのである。

誰の欲望も同じことだな、と耀蔵は肚の中で笑う。矢部も勘定奉行からはずされて、西の丸留守居、小普請支配と歩いているうちに町奉行を狙ったのだ。それで筒井の落度を探っていたというのはおもしろい。

その筒井伊賀守は見事に追い落とされて、その後釜に矢部が現実にすわったのだから、矢部は筒井の弱点を見事に摑んだに違いない。——

「その筒井の落度とは何かえ?」

「ことは買上米不正に関っております」

と、石川疇之丞は勢い込んでその事件を語りはじめた。

「買上米は南町奉行所与力仁杉五郎左衛門の一手扱いで、しかもその手限りのことになっていましたから、町奉行の筒井殿も詳しいことは知っておりませぬ。矢部殿は当時勘定奉行でしたが、買上米をするたびに不正があると睨み、その資金を出している御用達の者から勘定書控を内々に出させて、その書類を吟味しておったそうですから、早くからそのへんに気をつけていたものとみえます」

天保に入ってから飢饉が頻発し、そのたび江戸市民が飢餓に瀕した。幕府ではその救助策として遠国から米を江戸に運ばせていたが、これを「御救米（おすくいまい）」といった。天保七年には幕府は御救米一万石を出して筋違橋（すじかいばし）外、和泉橋（いずみばし）外に救小屋（すくいごや）を設けて粥をほどこしている。小屋入りする者は五千人以上に及んだ。それでも柳原通りから浅草にかけて三十余人の餓死体をならべたほどである。

「そのうち、天保七年度の買上米は最も臭いと矢部殿は睨んだようですが、肝心の証拠が出て参りません。だいたい、これはもう五年も前の話なので、その古いことを洗うには、どうしても買上米の主役になっていた仁杉の口を割らせなければならないのですが、仁杉がそれを白状するわけはないので、矢部は、仁杉の下に使われていた佐久間伝蔵と堀口六左衛門とを誘ってみたのです」

「なるほど」

「ところが、佐久間伝蔵はなかなかの堅造で、いくら金を摑ませても矢部の自由にはならなかったといいます。一方、堀口六左衛門のほうは、こいつは何とかなりそうだという見込みをつけて当たったのですが、やはり組頭の仁杉を庇って口を開きませんでした。だが、筒井奉行を蹴落としたい一心の矢部殿はここで巧いことを思いつきました」

「それが堀口の娘を矢部が妾にした件だな？」

「そのとおりです。堀口の娘を見初めたということにして、その親父まで手繰り寄せ、だんだんに都合のいいことを彼の口から聞き出してしまったそうです」

「なるほどな。で、その内情というのは何だ？」

「深川佐賀町の米問屋に又兵衛という者がおりまして、これに越後米を買わせにやったところ、番頭の手違いで廻船が遅れたため、大坂、仙台の買付米と入り船が重複いたしました。すると、そのままでは相場が安くなってたいへんな損がいくのを、その損金を又兵衛には出させないで、買上米の資金を出した御用達の仙波太郎兵衛という者に出させ、帳面を押しつけてしまったそうです」

「うむ、うむ」

「そこにもってきて、また越後に買米に行った又兵衛の手代どもが向こうの女郎にうつつをぬかして三百両ほどの金の使い込みをやりました。仁杉は、その金も材木町の地廻米問屋孫兵衛という者に言いつけて地廻米を買い上げさせ、その値開きの金で帳面を合わせてしまったそうです」

「そうすると、又兵衛という奴は、廻船の遅れた科を免れただけでなく、手代どもの使い込んだ金の弁償までせずに済んだわけだな？」

「けっきょく、一文も損をせずに終わりました。この仁杉の取り計らいを町奉行の筒井伊賀殿は黙認し、知って知らぬ顔をしていたといいます。矢部殿は、その仁杉の手下についている堀口六左衛門から、とうとう、これだけの事実を聞き出したようです。つまり、堀口の娘を自分の妾にしたばっかりに内情がわかり、とうとう、目的を果したというわけです」

「それで筒井伊賀が責任を取らされたのだな？」

「矢部殿は上司として部下の不正な帳尻合わせを黙認していたのは筒井殿の不届きである、というふうに上のほうへ吹き込まれたと思います」

上とは、暗(あん)に水野越前を指している。

「……その話は聞いていないでもないが」

と、耀蔵は急に知らぬ顔をして吐月峰(はいふき)に煙管を叩いた。

「そうか。裏にそんなカラクリがあったのか。……で、佐久間伝蔵という男が堀口六左衛門を狙ったのは、どういう理由(わけ)だ？」

「それはですな」

と、石川疇之丞は眼の前の鳥居耀蔵が眼を輝かして上機嫌になっていくのをうれしそうに見て、説明をつづけた。

「この買上米不正のことは、表沙汰にはされないで内々に済まされましたが、とにかく、その責めを負って筒井伊賀は辞めざるをえないところまで追い込まれたわけです。ただ、ここに気の毒なのは仁杉五郎左衛門で、彼はこの不正一件の処分の犠牲になって入牢しましたが、ほどなく牢死を遂げたそうです……」

石川疇之丞は冷たくなった茶で唇を濡らした。

「佐久間伝蔵が腹に据えかねたというのはこの片手落ちの処分で、仁杉が深川佐賀町の米問屋又兵衛に損をかけさせなかったのは、これまで又兵衛がたびたび江戸に御救米を運んできた功労を考えていたからです。いわば、特別の気持ちで取り計らってやったものを、誰かのために不正行為とキメつけられてしまった。そのために、自分をかわいがってくれていた仁杉が牢死をする始末になった、仁杉に私心があったわけでもないのにこういう非運に遭わねばならなかった、それもこれも堀口六左衛門が矢部殿の口車に乗せられてべらべらとしゃべったからだ、しかも堀口はほどなく定廻筆頭と出世して、密告の口を拭って知らぬ顔をしている、とてものことに秘密の多い奉行所でこのような人間を生かしておくわけにはいかない……、これが佐久間伝蔵が堀口に刃傷に及ぼうとした考え方だったようでございます」

石川疇之丞は一気にしゃべった。

「そうか、よくわかった」

鳥居耀蔵は酒を運ばせて石川の労苦をねぎらった。

「やっぱりおぬしでなければ埒があかない。ほかの者ではとても手に合わぬ」

賞められて石川は杯を手に持って頭を深く垂れた。

「さように仰せくださると、まことに恐れ入ります」

「いやいや、わたしは人材主義だからな、旧いしきたりや、吝な慣習にとらわれずに、役に立つ人物はどしどし登用したい」

「それはおてまえさまこそ第一でございましょう」

石川は即座に鳥居に追従を言った。


「うむ。……石川」

「は？」

「ここだけの話だがな」

耀蔵は声を低くして相手の心をくすぐるようなことを言った。

「おれはいつまでも御目付ではおらぬでな。そのうち、必ず上のほうへいく。いま、それをはっきりとは明かせぬが、まあ、見ておれ。ここ半年の間に、おれはある職に就く」

「それはおめでとうございます」

「そうなると、おぬしから頼まれていた一件もすらすらっと運ぶというものだ。何せ、おぬしのことは気にかかっているが、いまのおれの身分ではほかの者が煩(うる)そうて、やれ、先例がどうの、規格がどうのと吐(ぬ)かしおる。だが、今度の新しい職に就けば、もう、端(はた)の者につべこべは言わせぬ。きっと、おぬしを上のほうに取り立ててみせる」

「恐れ入ります」

石川は杯の上に涙をこぼさんばかりに頭を下げた。

「わたしもご奉公に上がったからには、働き甲斐のある役目に就きとうございます」

「それだ。お互い、実力のある者は、とかく今のままでは満足せぬものだ。……石川、おれはおぬしを今後おれの右腕になる人間だと思っている。いいな?」

「忝(かたじけの)う存じます。おてまえさまのためなら、死んでもくちおしゅうございませぬ」

石川が喜んで帰ったあと、鳥居耀蔵は暗い庭へ出た。

黒い梢の上に星が出ている。

（いまの話で、矢部駿河が筒井伊賀を逐って奉行に就いた事情がよくわかった。矢部が筒井のことを吹き込んだ先は水野越前だ。越前はもともと水野出羽の息のかかった筒井伊賀を嫌っていたから、一も二もなく矢部の言うことを聞いたのだ。……越前め、今まではおれにはそんな顔色は少しも見せなかったが、これで読めた）

耀蔵は家来に手燭（てしょく）を持たせながら勝手な方角を思索しながら歩きつづける。

（矢部が筒井伊賀の落度を探っていたというが、あれは矢部だけの下心でなく、越前との打ち合わせもあったのだな。越前はこの不正買付米の一件を知っている。いま、ここで、これを彼に言ってやっても効果はない。かえって渋い顔をされるだけだ）

森の上で梟（ふくろう）が啼いていた。

（どうしたものか）

雪駄（せった）が同じところを行ったり戻ったりした。

（そうだ、もう少し矢部の様子を見てみよう。問題は前奉行の筒井伊賀の時代だが、その不正を知っている矢部が堀口六左衛門という男を未だに使っているのは、少々片手落ちだな。矢部としては筒井伊賀追落としの功労者だし、妾の親父だから処分はできないわけだろうが……しかし、堀口を矢部が今後ずっと使っていくとなると、かえってこっちには仕合わせかもしれないぞ。どうやら、このあたりで細工ができそうだ）

梟がまた啼いた。

烏居耀蔵は定刻に登営した。

目付は若年寄の支配下だが、諸士を監察する任務にあるから、殿中でも帯刀を許されるただ一つの役目であった。ただし、奥向きと大名はその権限外で、主として旗本が監察の対象である。

耀蔵は当番の御徒目付や組頭などの出迎えを受け報告を聞いた。それから書院番士などの勤務している虎之間の前を咳払いしながら通り、目付部屋の中にはいる。ここで交替者と目礼し合って当日の勤務に就くのである。

午過ぎごろ、耀蔵は老中部屋に呼ばれた。行ってみると、水野越前守が夥(おびただ)しい書類を机の脇に積み上げて決裁をしていた。

彼はしばらく越前の仕事振りを見ていた。相変わらず速い。書類などは手もとで流れて動くだけでたちまち花押をしてしまう。斜め読みしているとしか思えないのだが、急所はちゃんと抑えているらしいのには、いつものことだが感心した。

老中は毎朝四ツ刻（午前十時）の太鼓で登営して八ツ刻（午後二時）に退出する。その間に昼飯の時間もはいるから、実働時間は三時間ばかりだ。その間に将軍に政務の報告もあれば、閣議もあるし、評定所が開かれるとそれへも出なければならない。御三家が登城すれば挨拶もする。書類の決裁はその合間にするが、それが物すごい数なので、普通の老中だと、この決裁事務を済ませるのに夕方まで居残りしなければならない。油断すると、たちまち溜って山積する。今までの老中のほとんどが、正直にやるとこの書類決裁に追われて定刻に下城できなかった。とても内容までいちいち確かめる余裕はない。

たいていの老中は、奥祐筆から回ってくる書類を受け取って、

「これで間違いないな？」

と念を押す。間違いないと言えば、それを信用したことにして判を書く。丁寧にしてはいられない。

ところが、越前は、その切れ長な眼と、痩せた指先とを同時に書類に回転させながら、不審のところは必ず奥祐筆に問いただすのであった。彼はここはもっと資料を出すようにと言ったり、この点は腑に落ちないから調べ直せなどと指示する。毎度のことだが、耀蔵は見ていて越前の勘のよさに感心するのだ。

ことにこのごろは改革にとりかかっているので、書類事務は輻輳するばかりだ。そのほか、彼の登営を待って詰めかけている大名たちへの面会も夥しい。耀蔵の眼の前にいる奥祐筆組頭桑山治郎兵衛が、越前に追いまくられて書類整理に汗を出していた。

この老練な奥祐筆桑山が耀蔵に向かっていつかこう言ったことがある。

「越前殿は、伺書の類が堆積して膝まで隠れるようになっても、だいたい、即日に処理をなされます。長文の伺書や申達書などはただささらと巻き返すようにみえるが、よくその要領を得て立ちどころに裁決がきまります。これまでの御老中は、そんなところまで気がつかず、だいいち、夥しい書類に圧倒されて、調査などはわれわれ奥祐筆に一任してしまうのが普通です。そういう人にはわたくしもいい加減なものを出しがちになりますが、越前殿だけは流れるように見ていられても眼はちゃんと逐条的に検閲しておられるので、ちょっとの不備もすぐに咎められます。まったく油断も隙もなりません。しかし、わたしとしてはこういう方の傍だとまことに仕事の仕甲斐があります。もし、越前殿が老中をお辞めなさるようなときがあれば、てまえは進んでこの役を退隠したいと思います。ほかの方では張合いがありませんでな」

奥祐筆は中奥にいて将軍の秘書も兼ね、老中や若年寄の下で文書を整理し、老中の政務上の顧問でもあった。

ようやく越前が長い顎をあげて耀蔵のほうにちらりと眼を向けて、合図をした。おりから、このまえ就任したばかりの御側用人堀大和守がはいってきて忠邦の傍に近づいてきたからで、家慶からの連絡でもあるらしい。忠邦は手間取るとみて、耀蔵を別室に待たせるようにしたのだ。

耀蔵が忠邦と二人きりで会う部屋は決まっていた。御用部屋に近い一室で、ほとんど忠邦が腹心の部下との大事な打ち合わせに使っている。

しばらくして忠邦が、待たせたと言って現われた。

「相変わらずお忙しいようで」

耀蔵が言った。

「うむ、なんのかんのと手間がかかる」

その言い方が、将軍のことを言っているように聞こえたのは、あるいは、さっき堀大和守の姿を見たためかもしれない。

もし、そうだとすると、忠邦が勢いこんでいる改革に家慶が足手まといなことを言い出しているようにも思えた。近ごろとかく気弱になりそうな将軍を忠邦が尻を叩いている感じであった。

「ちと、ゆっくり相談しようと思ったが」

と、忠邦は言った。

「だいたい、当面の法令の目安がついたでな。わたしの心憶(こころおぼ)えだが、具体的には渋川に草稿を作らせて起案したいと思っている」

渋川とは天文方見習六蔵のことで、今やこの無名で身分の低い下僚は忠邦に目をかけられて、彼の頭脳になっている。しかし、渋川を用いているのは忠邦だけではなく、耀蔵も彼ととっくに組んで利用している。近々、渋川は耀蔵の推薦で御書物奉行に昇任することになっていた。

「それは結構ですな。お伺いいたしましょう」

耀蔵は聞いた。

「まだざっとだが。……いや、やろうと思えば、次々とほかのことに関連があって際限（きり）がないのにはおどろいた。しかし余分なことはあとまわしにして。このへんから手を着けたいのだ」

忠邦は懐から鼻紙を出してかんだ。隆（たか）い鼻の頭が赤くなっている。

忠邦が耀蔵に聞かせた具体的な改革案というのは、むろん、市中に対する倹約令の徹底だが、まず、それが奢侈品の禁止からはじまる。

奢侈の風潮が諸物価を高騰させたことに忠邦は着眼し、質素倹約によって物価の自然下落を図る一方、商人に対して価格の人工的値下げを断行させようとする。

しかし、贅沢といっても、それは町人階級のことで、武士の困窮はいよいよ眼を蔽（おお）うものがある。今日、切米（きりまい）を抵当に札差から金を借りていない者はなく、それでも足らず、市中から高利の金を借りて暮らしている武士も多い。春秋の衣替えには、武士が平気で質屋にはいって質草の交換をするそうな。

ひっきょう、これは商人どもが私利のために勝手な値をつけて物価を上げるからで、この際、相場の上下操作を一手に握っている各問屋、仲買、小売などの株組合の利を全廃したら、値下げに効き目があるにちがいない。

享保、寛政当時から見ると、すでに情勢はもっと荒療治を必要とするからだとし、この趣旨で忠邦の腹案として言い出したのが次のようなことであった。

「倹約はまず大名の台所からはじめねばならない。それには虚礼廃止が第一である。たとえば、献上物はなるべく手軽にする。祝儀などに鮮鯛(せんたい)献上のときも、暑中や時化(しけ)の場合は品物が整いかねるのを無理して高い値段で買ったりしているようだが、これらは無益の出費だから、樽代や鯖(さば)代の例のように、それぞれの家格に応じた金銭に代えさせる。

また、武家においては相変わらず能、狂言に金をかけ能役者どもを出入りさせているようだが、このような風潮は下々(しもじも)が倣(なら)って自然と贅沢の因をなしている。その華美な影響が田舎にも移っている。それで向後在方(ざいかた)においては、狂言、操り、相撲の類を禁止する。遊芸、歌舞伎、浄瑠璃の類などすべて芝居同様に人を集めることは寛政の禁制にもなっているのに、近ごろはそれが乱れて、神事、祭礼、虫送りなどにこと寄せて村々で盛大に興行している。右は風俗を乱し、耕作を怠るから、向後人を集めるような催しものはいっさいやめさせる。

また、近ごろ各人が身分をわきまえず、身装（みなり）の立派を競い、また、外見には目立たなくとも、牡い内実では金高な品を用いているが、これもいっさい禁止する。たとえ武家方でも高価な品を誂（あつら）えるときは、いちいち奉行所へ伺書を出すようにして、その許しを得させる。

また、医者の風儀が悪くなり、病家へ行くたびに酒料または弁当代と唱えて金銭を受け取り、病気によっては特別に療治代を取ったり、患家の心づけを要求したり、供方への手当を出させたりするようなねだりがましい行為があるが、このようなことでは身上不如意の者や貧乏人は療治が受けられなくなるから、規定以上の料金を取ることを禁止する。

また、富突（とみつき）、札売は射倖心を唆（そそ）るので禁止する。凧（たこ）の絵があまりに派手であるから彩色を禁止する。

百姓も年々都会人に倣って奢侈になり、衣服、飲食とも身分不相応になって、辺鄙な田舎も草鞋（わらじ）の代わりに雪駄を穿き、少し金を持っている者は都会並みの家をこしらえるなど、農業を怠り、ほかの儲け仕事に走って、農家に不似合な遊芸などに耽っているが、このような奢りがましいことはいっさい禁止する。

　また、関東筋の村々では上菓子を造ったり、江戸菓子を商ったり、あるいは髪結床が村ごとにできたりしているが、これも早々にやめさせる。

　さらに、市内の一般町家と混じって芝居小屋があるのは風俗上よろしくない。近ごろの野卑な流行はすべて芝居から起こっているところをみれば、この悪弊が痛感されるので、ゆくゆくは小屋を市中から追い出して一つ場所に集めたい。

　さらに、同様の理由で遊廓(くるわ)もずいぶんと辺鄙な所に移し、一般から隔離したい。ほうぼうに岡場所と称する卑猥な場所があるが、それらは全部禁止する。また、浅草、両国あたりには水茶屋と称していかがわしい女をおくものもあるが、これもいっさい撤回させる。船宿と称して料理屋まがいの営業をしているものもあるが、向後はこれも禁止する。女の髪飾りも金銀鼈甲の類はいっさい用いざるようにするか、制限する。また、町中で女義太夫、女浄瑠璃、女髪結床などがあって風紀を乱す因(もと)になっているが、これらはいっさい禁止する……」

　――こういうことを忠邦は水が流れるように一気にしゃべった。

この話の中には、耀蔵自身が献策したのもあるし、また、その後、忠邦の考えや渋川の発想と思われるものも織り込んである。

ことに市中の物価高は株札として一定の人数を限った問屋組合の独占操作が重大な原因だと断じているところなどは、忠邦らしい観察だった。

「いや、まだある」

と、忠邦は言い出す。

「風紀のことだが、谷中天王寺の一派になっている雑司ケ谷の感応寺はとかく参詣の大奥女中との風評が世間に絶え間がない。市中に禁令を出しても、こんな風評が立っては何にもならない。これも近々感応寺を破却して適当な処分をするつもりだ」

感応寺は家斉の愛妾お美代の方のために建立されたものだが、世間では、加持祈禱と称して大奥から出ていく長持の中に女中の生人形が忍ばせてあるという噂が高かった。

同じ法華宗でも総州中山の智泉院は、脇坂淡路守が寺社奉行のときに摘発を受けたが、感応寺はまだ手がついていなかった。現在の寺社奉行は阿部伊勢守正弘だが、このころはまだおとなしい存在だった。

「まだある」

忠邦の面(おもて)は意気軒昂としている。

「霞ケ浦は、毎年雨季になると汚水が溢(あふ)れて近隣の田畑を荒廃させている。これは困ることだから、霞ヶ浦から外に向けて掘割を造り、水を外洋(そとうみ)に流したい。さすれば自然と霞ケ浦あたりの干拓もでき上がり新田ができるから一挙両得だ」

耀蔵はただ黙って聞いているだけだった。

「それに」

忠邦はつづけた。

「これはたいそうな事業になるが、次は印旛沼(いんばぬま)の開鑿(かいさく)だ。いや、霞ケ浦よりこっちが大事だな」

「印旛沼？」

「うむ。いま、関東の北から東北にかけての米は、知ってのとおり、房州の外灘(そとなだ)を通って浦賀にはいり、江戸に回ってくる。これは大きに時日を要するし不便である。時化がつづけば廻船が遅れるし、これまでも難破してせっかくの積荷の米を失っている。また、このごろのように天候悪しく、米作不如意で飢饉の多いときには、一日も早く安全と、米の廻漕は内洋からすぐに江戸へ通じるから、時日も少なく、転覆もない。……こに江戸に運ぶ方法をとらねばならぬ。もし、印旛沼を掘鑿(くっさく)して利根川に水を通じさせる

の狙いはどうだ？」

「そうですな」

耀蔵は、親方もだんだんのぼせてきた、と思った。

女の義太夫を禁じたり、髪飾りの世話まではいいが、印旛沼の開鑿というと大工事だ。

この土木工事はべつに忠邦が初めて気づいたのではなく、地元の堀田家が前に手をかけてしくじったことがある。また歴代の老中の中にもひそかに目をつけていた人もあったことで、いわば為政者にとっては誘惑的な仕事だった。

いったい、それだけの金がどこから出るのか。また労力はどこの藩を動員してやらせるのか。金の工面(くめん)も、人の工面も忠邦に才覚があるのか。

しかし、人間、上げ潮に乗っているときはおそろしく、一大事業がいとも簡単に忠邦の口から語られるのであった。

「詳しいことはゆるゆると案を練りたいがな」

忠邦は、自分でもよき話相手を見つけてしゃべったあとの快さに陶酔していた。

「まあ、印旛沼の工事のことは必ずやりたい。ただ廻船の便利のためだけでなく、近ごろのように外夷がわが国を窺っているような時代には、万一の場合の軍用にもなる。米だけは安全に運べるからな」

これは耀蔵には殺し文句だった。蘭学嫌いの耀蔵は、外夷打払いの熱心な主唱者だった。

耀蔵は肚の中で、越前は、工事の金を金座の後藤三右衛門に出させるつもりだな、と睨んだ。近ごろ後藤とも親しくなっている耀蔵は三右衛門が話に、越前がしきりと自分の才覚を買ってくれていることを自慢で聞かせられている。忠邦は後藤を煽っているのだ。その後藤も煽てに乗っているようにみえる。

だが、後藤三右衛門という人物がそれほど単純でないことは耀蔵も知っているから、金の駆引に関しては忠邦はお人よしだと思った。べらぼうめ、三右衛門がそう簡単に出すか、と耀蔵は肚の中でせせら嗤った。

しかし、そんなことは顔色にも出さず、いちいちのご意見ごもっともで、全部賛成である、と言った。

「いちおう、こうして倹約のご政令を徹底させる法案はできたがな」

　忠邦はようやくもとの白い顔にいくらか冷静を戻して言った。

「案じるのは、この法令の徹底だ。とかくこういうものは三日坊主になりかねないからな。つまりは末端まで実行が届きかねるからだ。ついてはそれを徹底させるには市中の監察を厳しくせねばならぬ」

「なるほど」

「とかく末の役人はいい加減に法令を聞き流してしまうでな。それと、近ごろのように町人と役人との間に腐れ縁ができていると、手加減を加えたり、見て見ぬ振りをする。このへんから政令の実行が崩れてくるのだ。わたしは、今度はただのかけ声だけでなく、この改革には身命をなげうっている」

「よくわかっております」

「そこで、市中の取り締まりには奉行所の与力、同心はもとより、秘(ひそ)かに忍びの目付を相当に放って、少しでも政令に違反した者はどしどし捕えて懲罰する。今の人心を政令一本だけで抑えることはできぬでな」

「そりゃそうです」

鳥居耀蔵は油をかけた。

「そこまでのご決心がないと、ご改革もお言葉のとおり有名無実となりましょう。違反者の検挙は、これは必ず無慈悲なくらいにおやりになったほうがよろしいかと思います」

「そう思うか？」

「ただし、その上に立つ町奉行の人間次第ですな。……越前さま、矢部駿河ではむずかしゅうございますぞ」

「うむ」

「ご改革が成功するかどうかは町奉行の覚悟と手腕次第です。矢部ではいけません。やはり、あなたと一心同体の者でないとおぼつかないです」

ここまで言って耀蔵は急に気がついたように声を潜めた。

「ときに庄内酒井家からお借りになった二千両は、お済ましになりましたか？」

「ああ、あれか」

と、忠邦はちょっとばつの悪そうな顔をした。

「後藤に借りてすぐに返させた」

「それはよろしゅうございました。……矢部のことはわたしにお任せください。あの仁も口先ではきれいなことを申しておりますが、近ごろ手にはいった情報では、世間の好評とはうらはらな内輪がわかりました。やっと摑んだばかりですが、きっと、このタネを育ててご覧に入れます」

今度は耀蔵が忠邦を抑え込むように言い切った。

鳥居耀蔵が狙っている者は三人いる。

第一に矢部駿河守定謙である。第二が伊豆韮山代官江川太郎左衛門英龍である。第三が前の側用人水野美濃守忠篤だ。

耀蔵は一度狙ったものは相手が完全に参るまで金輪際諦めない性質だった。じっくりと細工して相手を罠にかけて絞り上げていく。これが愉しくて仕方がないのである。

先方が何も気づかないのに、こちらではこっそりと策略を進める。呑気な顔をしている相手を見ていると、最後の罠に落ちてもがくありさまがよけい効果的に眼に泛んで咽喉を鳴らしたくなる。

耀蔵は一度相手から不快な目に遭わされたらそれを絶対に忘れなかった。向こうではもうとっくに記憶にないことでも、彼は執念深くいつまでもおぼえている。また先方ではそれほどの気持ちでしたことでなくても、彼の屈辱感は二倍にも三倍にもなって、深く刻まれるのである。一度でも自分が傷つけられたと信じると、それがどのように些細なことでも、その決算をしなければ承知できなかった。

復讐の仕方も、相手がそれとは知らずに打撃を受けるのを彼は最上の方法にしていた。だから、緻密な計算を立てて、その一つ一つの確率を吟味し、実行に移して行くときのおもしろさといったら、世にこれほどのものはないくらいだった。

さらに、それが正確な手順で運ばれて見事に目的を遂げたときの喜びとなると、彼は身ぶるいが出そうだった。

耀蔵は自分でも普通の人間と変わっていると自覚している。彼の父親は養子の身の上で、美濃国岩村という田舎大名の子だ。耀蔵の不幸は次男に生まれたことで、もし長子なら、彼の才能と俊敏は早くから周囲に称賛されていたから、父述斎の立派な後継になりえた。

が、生来の性格は後天的に身につけた学問素養とは別だった。小さいとき、家来が彼を叱ると、その家来に対しては必ず仕返しをしたし、そのため機会を待つとなれば五十日でも百日でも辛抱した。

その復讐のいずれもが、決して彼の策略とは相手に気づかせないのが特徴だった。事実、それは相手のほうに心覚えがないか、とっくにその原因を忘れているかする事柄が多かった。

彼が目付として手腕を忠邦に見いだされたのも、この復讐心が動機になっている。耀蔵は若いときは無頼の徒と交わって相当な放蕩者だったが、それでも蘭学に対する反感は、やはり自分が林家の息子であるという意識から出ていた。

彼が渡辺崋山と高野長英とを罪に落としたのは儒学の大敵である蘭学への憎しみからだが、両人の罪因を具体的に教えたのは、実は天文方見習の渋川六蔵であった。幕府天文方は、天文、暦術、測量などを掌る役目だが、蘭書の翻訳などにも従っていた。

むろん、耀蔵は蘭学には無知である。それで、渋川六蔵は同じ蘭学者として崋山と長英の文書の中に不穏なものと解釈できそうな箇所を発見し、耀蔵に伝えたのである。耀蔵はたちまちそれを拾いあげて自己流の解釈を施し、おりから無人島問題で訴え出る者があったので、これをつなぎ合わせ、老中水野越前に報告したのであった。

このときは、まだ崋山の「慎機論」も、長英の「夢物語」も公刊されず、草稿にすぎなかったのだが、耀蔵が早くもその内容を知っていたというので、周囲は彼の機敏におどろいた。

もっとも「慎機論」の罪になった部分は他愛ない箇所で、「井蛙(せいあ)」「鷦鷯(しょうりょう)」「盲瞽(もうこ)象を看(み)る」などの字句が政治を批判しているというのである。不穏文書の実体というものは、たいていこんなものだが、相手を罪に落とすのが目的だから、どんな言いがかりでもつけようと思えばつけられる。

とにかく、蘭学には不案内なはずの耀蔵が逸早(いちはや)くこれだけの摘発をしたというので、あの男は仕事ができる、という印象を水野忠邦は持った。大塩平八郎の乱を役目で監察した耀蔵を能吏と見込んだ越前が、耀蔵を用いるようになったのはこの機縁からで、ここから忠邦と耀蔵との切っても切れない関係が生じた。

さらに、耀蔵の推挙で、渋川六蔵と忠邦との線ができ上がる。しかし、ここで奇妙なのは渋川で、同じ蘭学者でありながら、排斥派の鳥居に付いて、蘭学弾圧の片棒を担いだのは不可解だ。耀蔵は利用する立場から蘭学者といっても渋川だけは例外に待遇したのだが、渋川自身は同じ学派の同志を売っているわけで、その心理には特別なものがある。

鳥居耀蔵の蘭学への反感は、具体的には韮山代官江川英龍に対する嫉妬、憎悪となっている。

浦賀湾の測量競争で、江川の新技術に完敗を喫した彼は、いよいよ江川をそのままにしておけない気持ちに凝り固まっていた。

崋山と長英とをひっかけたのも、その奥にいる江川を狙って引きずり出そうとした魂胆だったが、これは途中で線が伸びなくなった。

しかし、江川をこのままにしておく気持ちは耀蔵にはさらさらない。必ずあいつを落としてみせるという執念に燃えている。

いま、国じゅうに蘭学者の数は夥しくふえているが、彼らはその学問の傾向から互いに横の連絡をもっている。いま蘭学者ほど問題にしようとすれば嫌疑をかけやすいものはないのだ。彼らはほとんど開国論者であり、鎖国否定論者だ。これだけでも国禁であるうえに、数少ない蘭書の入手に狂奔している。そのために非合法な購入手段になるのは、先年、シーボルト事件を起こした幕府天文方高橋作左衛門のような例でもわかる。

一人でもいい。一人でも、誰か蘭学者の違法行為を発見すればいい。そこから芋蔓式に手繰(たぐ)っていけば、必ずその深部に子細げな顔で控えている江川太郎左衛門をひきずり出すことができる。

耀蔵はそう思い、しかも、その日がさほど遠くないように信じていた。

矢部駿河守のことは、いま、着々と追落としの手順がすすんでいるから安心として、次は水野美濃守忠篤のことである。

耀蔵は、水野美濃守には直接に含むところはない。一方は側用人だったし、目付の耀蔵とは、地位も身分も違うし、役目のうえでも没交渉であった。

側用人は将軍の側近くにいて政治の機密に携(たずさ)わるたいそうな勢力だが、目付はただ旗本の監察官で、若年寄支配、定員十名という身分的には低い役柄だ。この上下の隔たりに美濃守との人間関係の生まれる余地はない。

しかし、直接な恩怨がないからといって、耀蔵の場合には当てはまらない。耀蔵が美濃守に抱いている反感は、もっと彼自身の皮膚からくるものであった。

だいいちに、耀蔵は美濃守の権勢時代が憎い。耀蔵は権力に憧憬(どうけい)をもっているが、それだけに他人の権力が憎い。ことに、その座から滑り落ちた者に対してはその憎悪が加重する。これまで相手からさんざんいやな目にあわされているからだ。

耀蔵が、美濃守を嫌うのは何よりも、その色の白い、女にしてもいいような顔である。美濃は家斉の愛妾の甥で、叔母そのままの容貌をもっている。女色も男色も達者な家斉にかわいがられて、旗本の極官ともいうべき側用人まで昇ったが、その才知はともかく、あのつんと澄ました隆い鼻と、澄んだきれいな眼と、熟(う)れているような赤い唇とは、遠くから見ただけでも耀蔵は反撥を覚えたものだ。

ことに、側用人は将軍奥入りの日は大奥にも自由に出入りができるので、美濃は大奥の女中どもにたいそうな人気があった。いま、大奥で絶大な勢力をもっている老女姉小路(あねこうじ)も中臈三保野(ちゅうろうみほの)も、美濃守にひそかな恋慕を寄せていたという内証話がある。――目付だけにこんな噂はすぐに耀蔵の耳にはいってくる。

家斉時代に出世を願おうとすれば、まず美濃守に頼らなければならなかった。大奥でなら、お美代の方とその一派のいわゆる西の丸派女中である。現に、水野忠邦も、その両方に賄賂をせっせと贈って念願の老中職にありついたくらいだ。

かつての美濃守のこういう権力が耀蔵には憎い。彼から直接に何をされたというわけではないが、例によって耀蔵だけが一方的に感じる侮辱は際限なくある。たとえば、営中の御廊下などで行き会うとき耀蔵の敬礼など美濃守は小虫ほどにもなく黙殺して通った。――だいたいに、目付など側用人は問題にしていないから、耀蔵に対する人間蔑視は、あらゆる機会に現われる。それがこちらの感受性にことごとくこたえる。

すなわち、美濃守当人はまったく知らなくとも、こちらでは恨みに思うことがいろいろとあるのだ。

忠邦が美濃守を罷免すると決めたとき、これを一番に相談した相手が耀蔵であった。

「言い渡しはどのようになさいますか？」

耀蔵は反問した。

「彼の屋敷に上使をさし向け、翌日未の刻（午後二時）に継上下で出頭するよう申しつける。これまでどおりの定法だ」

継上下で城中への午前中の呼出しは吉（昇進、加増などの申渡し）、午後の呼出しは凶と慣例が決まっていた。だから、本人もその覚悟で登営できたのである。

耀蔵は少し考えていたが、

「それは手ぬるいようですな。翌日とはいわず、美濃殿が勤務中に言い渡されたほうがよろしいでしょう。そのほうが効果があります。当人の打撃もひどいと思います」

「それはだめだ。先例がない」

「これはしたり、この期におよんで先例にとらわれることがありましょう。ご改革の劈頭の宣言には、わざと先例慣習を無視したほうがふさわしいです。さすれば一般も粛然となります」

これで忠邦の心が決まった。

美濃守が忠邦に呼ばれて何気なく御用部屋にはいり、何か用ですか、といつもの尊大な調子で言ったとき、突如として忠邦の命令を聞き、あまりのことに呆然自失したのは、すでに評判のとおりである。

この美濃守処分一件はたいへんな好評で、江戸市民が喝采し、これを諷した落書が川柳やチョボクレになってしばらくはあとを絶たなかったくらいだ。

「それごらんなさい。わたしの申し上げたとおりでよかったでしょう」

耀蔵が言うと、

「そうだったな」

と、忠邦もしごく満足げであった。

耀蔵の満足も変わりはない。彼は、その日、あいにくと当番でなかったので、その実行に当たれなかったが、処分告知をうけた美濃守が蒼白な顔になってよろけるのを両側から抱えて御用部屋から引き立て、表から突き放した顛末を同僚から聞いて、長年の仕返しの爽快さを噛みしめたのであった。

しかし、耀蔵はこれだけで美濃守に対する復讐が完成したとは思わなかった。

水野美濃守の具体的な処罰といえば、免官と、加増分五千石を召し上げられたことと、外桜田の屋敷を取りあげられて、目白台の下屋敷に移ったことである。

しかも、彼は本知は安全であるから、いわゆる寄合衆として残っている。寄合というのは三千石以上の旗本で無役の者をいう。しかし、同じ無役でも、美濃守の場合は他と異なって、たいへんな内福である。いうまでもなく、彼が側用人として権力をふるったとき、諸大名や旗本からたんまりと取り込んだ賄賂の貯蓄である。

これは桁はずれに大きいだろう、と耀蔵は想像しているが、どれだけ美濃が取り込んでいるかは、ちょっと推定がつかない。

しかし、それは忠邦の例でもわかるのである。

忠邦が裕福な唐津から浜松に転封になったのは、己れの立身出世の欲心からだったが、その代わり、浜松藩の財政はたちまち枯渇した。裕福な唐津から実収の少ない浜松に移った罰は、てきめんで、家臣にはさっそく借知（減俸）を申し付けている。

だが、これだけでは窮乏した藩財政を救うことができない。のみならず、老中になってからも当時老中筆頭で勢威を張っていた水野出羽守忠成への音物や、美濃守忠篤への贈物で金がいくらあっても足りない。それまで浜松から江戸藩邸に送られた金は年七千両であったが、国もとからしばしば訴えてくる財政窮乏は、借財に借財を重ねる報告ばかりだったから、忠邦はいちおう、江戸送りの七千両を五千両に下げさせた。

しかし、これだけではとても交際ができないというので、何事も「忠邦昇進のため」に藩財政の困難は辛抱するように申し付け、さらに二千両の交際費増額を申し付けている。けっきょく、一両も減額なしである。

内向きの節約はできても、外向きの簡略などできるものではない。忠邦くらいの立場になると、同列衆への進物、見舞、そのほかの入用は年々嵩むばかりで、権門筋との往復が頻繁で、それらだけの入用だけでも、時には五、六十両から百両になることがある。

また諸家への贈答も、隔月には少々気張って贈ったり、あるいは先方から金、品物が到来するときは、その返礼に相当な金高も都合しなければならない。また老中ともなれば、お取次そのほかの役々への心づけも馬鹿にはならない。

忠邦が浜松へ江戸送りの費用の増額を申し付けたのはこのような理由からだが、国もとのほうもそうそう忠邦の勝手な要求を聞いていられない状態であった。しかし、忠邦は己れの出世のために少々無理をしても都合しろ、と頭から命令的である。そのため家老が大坂の商人の間に頭を下げて金の調達を頼み回るが、どこも浜松藩の内情を知っているからいい顔をしない。これまでの貸金が相当に上っていっこうに返済してもらっていないのだ。

いったい、水野家は浜松のほかに古くから大津に飛地をもっていた。ここから上がる米を抵当にして大坂の商人から金を借りていたのだが、今後、江戸屋敷の費用増額を調達するには、この飛地の百姓に年貢の増額を申し付けるほかはなかったが、しかし、それは一揆発生すれすれの線であった。

要するに、忠邦が現在の地位に来るまでには相当な財政的苦しみを味わっているのだが、老中職に昇任するにはこういう犠牲の上に立って、いかに運動資金をばら撒かねばならないかがわかる。

現に今度新任された老中真田信濃守幸貫にしても、早くから加判の列に加わりたくて莫大な黄白を各方面に撒いている。そのため松代藩では藩庫が底をつき、家来たちは塗炭（たん）の苦しみを嘗（な）めた。幸貫は白河楽翁の子だが、彼にして出世の虫に取り付かれると自藩の窮乏など顧（かえり）みていられなかったのだ。

こういう大名の権力欲、出世欲、猟官運動のたびに莫大な賄賂を取っていたのが側用人水野美濃守だ。

耀蔵からみると、美濃守は御役御免になっても、この溜めこんだ金で悠々と暮らしているのが不合理千万で仕方がない。もともと、蓄財そのものが収賄の蓄積なのである。美濃が莫大な金銀を擁しているのが憎い。これでは真に美濃守が打撃をうけたことにはならないのだ。当人に苦痛を味わわせるには、ただ御役御免という生ぬるい処置でなく、もっと酷烈な処罰が必要であった。少なくとも、耀蔵が満足するには、美濃守を半殺しの状態にまで追い込まねばならない。

矢部駿河の追落としは目下のところ算段がついているから別として、あとの江川太郎左衛門と水野美濃守の二人を何とか没落させる手段は見つからぬものか。

近ごろの耀蔵はそればかりを考えていた。

——耀蔵はお城から下がると、三日に一度は剣術の師匠を呼んで稽古をつけてもらっている。これは役目柄ひと働きしなければならない場合があるのと、身体を鍛えるためだった。

剣術の師匠は井上伝兵衛といって真影流の使い手である。道場は飯倉のほうにあった。かなりな剣客で、門人も多い。

今日もその井上伝兵衛が出稽古にやってきた。半刻ばかり庭で汗を流し、家来に身体を拭かせると、耀蔵は伝兵衛としばらく居間で話した。

「ときに」

と、耀蔵は思い出したように言った。

「あなたのお供でここにも来ている長崎生まれの男は、今日も来ておりますか?」

「いや、今日は参っておりませぬ」

「あの男は、ちょっとおもしろいようですな」

「さよう。小利口なだけになかなか話もおもしろうございます。そうそう、そういえば」

と、伝兵衛は思い出したように言った。

「茂平次は……いや、名前は本庄茂平次という者ですが、その茂平次が鳥居さまに内々申し上げたいことがあると言っておりました」

「はて、何でしょう?」

「しわたくしには何も申しませぬ。何やら混み入ったことをお耳に入れたいそうです」

「いつでも」

と、耀蔵は言った。

「寄こしてください。……そうですか、本庄茂平次という名前ですか」

耀蔵は、そのときはその話にたいした期待は持っていなかった。

まさか、そんな男の口から、彼の狙う美濃守と江川と二人分の追落としの手がかりが一ぺんに出ようとは彼も予想しなかった。

剣術師井上伝兵衛が、鳥居耀蔵の問いに答えた門弟の本庄茂平次とは、一年前から彼の道場に顔を見せはじめた男である。伝兵衛が剣術を教えに耀蔵の宅に通っているうち、ときどき供に連れていったのだが、耀蔵の眼にもおもしろい男と映ったようである。

実は、この同行のことも本庄茂平次から伝兵衛に頼みこんだことで、

「わたくしは長崎の田舎者(いなか)で、まだ天下の御目付のご威勢に接しておりませぬ。鳥居さまは御目付の中でも一段とご立派な方と承っております。せめてよそながら鳥居さまのお顔を拝見しとうございますから、先生のお供にぜひ加えてくださいまし」

と、熱心に言っていたものである。

伝兵衛は地方から出てきたものにはありがちな好奇心だと思い、微笑して、

「鳥居さまは御目付としてなかなかの切れ者で、みなから憚(はばか)られているが、なに、役目をはなれたら、みな普通の人間だ。とくに偉いという感じがするわけではないが、おまえがそんなに会いたいなら連れていこう」

と約束した。茂平次はたいそうよろこんで、

「てまえもこれで江戸に出て参った甲斐がございます。それというのも、そのような身分のある方に剣術をお教えになる先生の門弟にならせていただいたからで、先生の偉さがよくわかりました」

と感激していた。

この本庄茂平次の前身については、井上伝兵衛もよくわかっていなかった。一年前、とつぜん、入門したいと言ってきたとき、試しにその腕を見たが、あんがいに筋がよかった。地方では相当な使い手で通用していたと思われる。伝兵衛は即日、彼の弟子入りを承諾した。

それから茂平次は熱心に道場に通ってくる。べつに主取りをしているわけではないので、内実は苦しそうだったが、そんなところは少しも顔にも姿にも現わさず、いつも明るい表情を見せていた。

この明るさは、茂平次の人を逸らさないひょうきんな性格と、長崎訛のおもしろさからも来ているようで、話題も珍しいものを豊富に持っていた。ことに長崎の紅毛人の生活ぶりのことではいろいろと変わった話をするなかに、異国人の性生活などに触れたりして門弟たちを興がらせる。それも受売りでなく、本人のたしかな見聞でないとわからないような実感があった。

いったい、長崎では何をなされていたか、という当然の質問には、

「なに、つまらない地役人をしばらくしておりました」

と、本庄茂平次はきまって簡単に答え、強いてそれ以上の説明を求めると、

「紅毛方取締まりの見習を勤めたことがございますので。はい」

と、視線を相手の顔から横に逸らせた。

たいていの江戸者は、長崎の地役人といっても特殊な知識がないから、そのへんの返答で曖昧に満足せねばならなかった。

「で、江戸にはどうして参られたか？」

と訊く者があると、

「いや、長崎で暮らしていてもつまりませんでな。やはり、江戸でないと生きる張合いがありませぬ」

と、これは昂然と答えるのであった。

実は、本庄茂平次は長崎で悪事を働いて土地にいたたまれなくなって出奔した人間であった。紅毛方取締見習というのも少々ごまかしがあり、ほんとうは「唐・商賈紅毛方取締」という歴とした地役人であった。

長崎の行政は幕府から任命された長崎奉行の下に代官を置き、その支配下に、七、八名の町年寄がいて自治的な仕組みになっている。

——長崎の外国貿易は、幕府直轄の長崎会所が置かれて、会所調役が、唐貿易とオランダ貿易とを掌っていた。この調役は町年寄のうち老巧な者がえらばれる。地役人とは幕府任命の奉行以外のこういう自治制役人で、オランダ通詞、唐通詞、唐人屋敷乙名、諸目利役、会所吟味役、遠見番、船番、町使、散使など種々な役名があった。彼らはすべて町年寄の支配を受けていた。

要するに、長崎の貿易、民政とも一団の町年寄組が実質的に握っていたわけで、高島四郎太夫はその町年寄の一人であった。

本庄茂平次の悪事とは、その職権を利用してオランダ貿易品をごまかして横流ししていたことで、これが露顕して長崎を逐電する始末になった。しかし、これを表向きにすると、ほかに怪我人が出るので、博奕の常習者ということにして処分した。江戸では誰一人としてこのことを知っている者はいない。

茂平次は才知が利いて、小気味よく立ちまわるので井上伝兵衛も便利な弟子だと思っていた。彼の希望どおり鳥居耀蔵の屋敷に連れていったのも、伝兵衛が心を許していたからである。

耀蔵の屋敷に供するようになってからも、茂平次は、師匠伝兵衛が主人耀蔵と話している間、供待部屋にぼんやりとはすわっていないで、必ず鳥居家の家来に話しかける。それが意識しての長崎弁なので、家来も女中もおもしろがって聞いてくれる。ことに、紅毛人の話となると、彼の得意中の得意でどこでも珍しがられるから、伝兵衛が連れてくる茂平次という男は、いつの間にか鳥居家では名物男になってしまった。

　鳥居家には人の出入りが多い。耀蔵が密偵にさまざまな人間を使うからだ。いったい、目付というのは、その監察の職務上、ことさらに交際や付合いを遠慮したものだが、耀蔵の屋敷は別である。石川疇之丞（とものじょう）、浜中三右衛門、金田故三郎（もとさぶろう）などという連中は、耀蔵に取り入っていい役にありつきたいから、彼の言うとおりになって密偵をつとめている。すでに、耀蔵の推挙で、天文方見習の渋川六蔵が御書物奉行に昇進した新しい事実を見ているので、忠邦と組んでいる耀蔵に取り入れば絶対だと信じこんでいる。それで、朝晩、このような連中が、ひそかに鳥居邸に詰めかけていた。

　本庄茂平次の奇妙な人気は、こういう人物の間にも伝わった。耀蔵に会うまで、退屈して待っているときに、結構、こちらを愉しませてくれる人間だからである。

　こういう噂が、自然と主人の耀蔵の耳にもはいった。耀蔵も、それからは伝兵衛の連れてくる茂平次を、それとなく気をつけるようになった。これこそ本庄茂平次の最初からの狙いであった。

本庄茂平次は、いま権勢の鳥居耀蔵に何とかとり縋って己れの出世の緒口をつけたいと思っている。もっとも彼の場合は素浪人だから、せめて小さな大名か旗本の家来にでもなれたらと考えていた。それには、まず耀蔵に注目されるのが第一だった。

井上伝兵衛が耀蔵に会って、「門弟の本庄茂平次が何か申し上げたいことがある」と言ったのは六月の末だった。次のことは、その話の原因になる五月のころのことである。

——幕府では、かねて長崎の町年寄高島四郎太夫を出府させて、その砲術を徳丸原で試演させることになっていた。それがこの月の九日に決まった。

いったい、こんなことになった契機は、四郎太夫が前年に幕府に上書した砲術改正の意見書からで、これはわが国の兵制改革の端緒となる有名な献策だから、読者には面倒でもちょっと触れてみたい。

四郎太夫はその上申書のなかで言う。

「今年（天保十一年）紅毛船が入港して外国の風聞を伝えたが、それによると、エゲレス人が唐国広東で騒擾に及んだ（阿片戦争を指す）が、唐国の砲術は児戯に等しく、エゲレス人のためにさんざんに撃ち破られた。西洋の火砲は近来戦争がつづいて変革し、砲術も実戦向きに大いに変わっている（ナポレオン戦争以来の経験でヨーロッパの軍事が一変したことを指す）。唐国が惨敗し、エゲレス方に一人の死亡もなかったというくらいに大勝したのは、まったく両国の平生の武備の違いであると考える。

しかるに、わが国は、西洋ですでに数百年前に廃棄した時代遅れの砲術をおのおの鉄砲方（幕府鉄砲方は稲富、井上その他の諸流があった）が形式的な流儀を立てている状態である。この貧弱な実情が万一蛮夷に洩れ聞こえたならば、かえって侮りを招くことは必定である。この際天下の火砲を近代式に改変する必要がある。現在、自分はモルチール筒（臼砲）その他発明の筒を用意しているので、これらを江戸表その他の沿岸防備に採用になるならば、一段と警備も固められると思われる。

また非常の節は奉行所の手勢が手うすだと思われるので地役人に武芸等を励むように申しつけたら、非常の節は手伝いにもなるし、人数の備えにもなるので、このへんを考慮されたい。

　右いろいろ申し上げたが、広東の一件を機会に年来考えていたことを申し上げた次第である」


　要するに、高島秋帆の上書は、阿片戦争によって清国が英国の侵略を受けた現状に鑑（かんが）み、日本もいつ同じような外患が生ずるかわからないが、その防御手段がはなはだ旧式で、疎漏薄弱（そろうはくじゃく）であるから、まず新式の砲術を練習し、軍備を充実して緩急に備えねばならない。このことを行なうには、まず幕府より指導する必要があろうという意味のものであった。

　この高島秋帆の上書は、田口加賀守の取次で幕閣に上達されたが、水野忠邦はこれをすぐに鳥居耀蔵に諮問している。

　これに対する耀蔵の答申は真っ向から高島の説をしりぞけたものだった。要領は次のとおりである。

「いったい、砲術の儀は天文年中に蛮国より伝来し、お家（幕府）でも専ら用いて、享保以来わけて諸砲術は充実して、十分な備えの用に立っている。

しかし、西洋で用いられているモルチール筒は的中を第一とする技ではなく、接戦に臨んで多人数の群衆のなかに火薬を撃ち込むことのみを目的としているようである。それというのも、西洋諸国の習俗は礼儀の国と違い、ただ功利をはかり、いたずらに勇力を戦わすだけで、和漢の知略をもって勝利を取る軍法とは大いに違うからだ。したがって西洋で利用しているからといって一概に信用もできない。とかく新奇を好むのは古今の通弊で、況(いわ)んや蘭学者たちは新しがり屋が多く、火砲のみならず、行軍布陣の法より兵術の風俗教習までも新奇を衒(てら)って、その害は少なくない。広東の騒乱で唐国(もろこし)が敗亡したのは、ひっきょう、唐国が二百余年の泰平で文弱に流れ、武備が弛緩したところにエゲレス国が熟練した戦技で向かってきたまでで、あえて火砲による勝因とばかりは考えられない。

火砲の利は、もともと地役人など卑賤の者が偏小の考えから言い出しているまでで、いっさい採用しないほうがしかるべきかと思われる。

もっとも、万一発明の品があって、それを諸藩の武士にのみ伝習させても幕府にとって利益と思われないから、いちおうその器具を取り寄せて試されるのも一方法かと思われる。右同役一統評議の末お答え申し上げる」

すなわち、耀蔵は、その蘭学嫌いから高島の言う新しい火砲をまったく認めず、ただ万一の場合を考慮して器具だけを取り寄せて鉄砲方に調べさせたらよかろう、という意見である。

この鳥居の意見に対して、高島四郎太夫の心服者である江川太郎左衛門の駁論(ばくろん)は、当時の蘭学者の意見を代表したものだ。簡単に要領だけを掲げる。

「鳥居の説は、西洋のことはいっこう知らざる人間の言うことである。鳥居は、西洋諸国の習俗は礼儀の国と違い、ただ功利をはかり、いたずらに勇力を戦わすだけだと言い、和漢の知略をもって勝利を取る軍法とは大いに事情が違っていると言っているが、それならば、何ゆえにこのたびのエゲレスとの騒乱で、礼儀の国であり、知略の国である唐国が脆(もろ)くも敗亡したのであるか。

これは要するに机上の空論であって、近年の戦争の実情を知らざる者の言である。わずか地役人の一句を取って卑賤の偏小な意見などというのは、ひっきょう、己れが高い所からものを言っている高圧的な口吻(こうふん)にすぎない。また近年の火砲を新奇と評しているが、元来、鉄砲は西洋より伝わったもので、当時は新来のものであった。儒教も仏教も、異国より来たことで、それを摂取したからといって奇を好んだとは言われまい。無用の玩物ならともかく、有用の事物を用いるのは決して好奇なことではない」

江川の駁論は、鉄砲そのものが外来のものであり、儒教や仏教の場合と同じく、苟しくもわれに必要ならば進んで採って利用すべきである。これすなわちわが国が古来、外国輸入のものを摂取してきた常道であって、ひとり最新火砲のモルチール筒のみを排斥すべきではない、というのである。

——このような砲術論争を経て、幕府でも長崎から高島四郎太夫を江戸に呼び出しその実演をなさしめることになったのだ。百の論議よりも、まず実物を試すに如くはないというわけである。

高島四郎太夫は正月二十二日に長崎を出発し、二月十九日に大坂に着き、間もなく江戸へ到着した。

演習日は五月九日と予定されていたが、これに二日先立つ五月七日には、四郎太夫以下全員は江戸の西北五里のところにある北豊島郡赤塚村の松月院に集合して宿泊した。演習場所は、この寺院から約十町ばかりの荒川沿岸の低地徳丸原（とくまるがはら）に決められていた。元来、この土地は大砲発射の演習地であった。

四郎太夫が長崎から持ってきた大砲は、一二〇ドイムモルチールとホウィッツルの二門で、人夫を指揮して据付け（すえつ）をなし、四郎太夫自らが発砲することになった。人数は、長崎から引率してきた地役人のほか門人及び新しく江戸で入門した者を加えて二個中隊（コンパグニー）八十五人を編成した。また、ほかに野戦砲三門は門人をもって砲員とし、これに人夫四名ずつを配したので、たいそうな人数になった。

諸隊は五月八日に予行演習を行なったが、まず上々の首尾であった。

五月九日の当日は、朝から晴れ上がった好天気であったが、午（ひる）近くなると油照りの暑さになった。

徳丸原の南隅には紅白の幕舎五張が張られ、当日の監察使や幕吏及び諸侯の人数が充満していた。諸隊は反対側の西隅に設けられた天幕の中に集合していた。

そのほかは急ごしらえの竹矢来を組んで見物人の侵入を阻止した。

この見物がまたたいそうな人数で、朝から続々と江戸方面から集まってくる。徳丸原まではかなりな道程なので、見物人はいずれも弁当持ちで、ちょっとした旅姿であった。

本庄茂平次もこの見物人の中に加わっていた。

彼は竹矢来の外から、演習の準備にかかっている長崎の地役人たちの顔をのぞきこんでいた。みんな知った顔だ。高島四郎太夫の色の黒い顔も見える。

本来なら飛び出してでも挨拶するほど懐かしいはずだが、悪事を働いて出奔した身にはこちらから顔を隠さねばならない。

演習の人数の扮装が珍奇なのは、見物人の眼を愕かした。まず頭に被っているのは頂点が尖っている三角帽で、これは陣笠を射撃に便利なように改良したトンキョ帽と称されたものだ。

その服装はと見ると、まず、指揮官の高島四郎太夫は銀月の紋を付けたトンキョ帽に、桃色の筒袖に筒袴を穿いている。隊員はいずれも紺色の同種服を着していた。

号令はすべて蘭語を用いた。だから横で聞いていても、何を言っているのか意味がわからない。

見物人は大砲が鳴るたびに耳を塞いでどよめいた。発射の駆引には、すべて四郎太夫が采配を振って合図し、「ヒュウ」「マルス」「ヒル」などと掛け声をかけている。これがまた物珍しく聞こえるのだ。横隊、縦隊の駆引も純然たる洋式であった。

一発撃つたびに見物人は喝采を送った。不発が一つもなく、悉くすごい破壊力をもっている。江戸市民は初めて新式砲の威力を見せつけられたわけである。

見物人には、男も女も、年寄りも子供もいる。それが竹矢来を押し倒しそうなくらいあとからあとから詰めかけて、たいそうな人気であった。

——見物している本庄茂平次の視線にふと一人の顔が映った。演習をしている連中ではなく、群衆の中の顔だった。

売込み

徳丸原での演習はつづいている。

百人あまりの兵（いずれも高島秋帆の弟子）は四郎太夫の指揮で隊伍を組んで一糸乱れず敏捷に行動している。まず横隊をつくり、左右に打方、後方へ打方が済むと、左方へ陣形を変えての打方となり、次に方陣形の打方がある。

それが終わると、着剣をして二重陣をつくって突撃に移って喊声をあげての打方となる。そのあとは三重陣に変わって退却の形、さらに横隊に展開して野戦砲を列前にすすめて発砲、つづいて追撃に移っての打方、次が後退輪形陣を作っての打方というふうに砲を中心に戦闘隊形やその展開がすべて西洋式になっている。

被っている帽も奇妙な形なら、着ているものも見馴れない扮装である。掛け声も聞きなれない蘭語の号令だ。ホウィツルは距離八町の目標に向かって榴散弾二発、四町の目標に向けてはドロイフコーゲル一発を発射したほか二〇ドイムモルチール砲、野戦砲三門も間断なく発射された。

隊伍の進退駆引も、砲の操作も見事な出来で、見物人は初めて洋式の砲撃演習を目前に見て息を詰めた。燃えるような陽の下だったが、演習が終了するまで、誰一人として途中から帰るものがいない。小隊の指揮者のなかに、暑さに半裸となったのがいたのは、やはり日本人であった。


号令と、突撃の声と、ものすごい炸裂音とに耳を塞ぎ、眼をむいている見物人のなかに、本庄茂平次が見つけた顔というのは、三十四、五ばかりの女だった。これも両耳に指を詰めて、竹矢来の外から一心に砲撃を眺めている。

茂平次は、演習のほうにはときどき視線を戻すだけで、その女の顔ばかり凝視していたが、流れ過ぎた歳月と女の年齢とを計算して合わせ、その表情の動きに遠い特徴を思い出した挙句、間違いなしとうなずくと、人ごみのなかを移動して、その女のうしろからそっと肩を押した。

女は振り返ったが、微笑している茂平次を見ても怪訝な表情をしている。

「おまえはお袖ではないか?」

と、茂平次は言った。

「おれだ、おれだ。長崎の茂平次だよ」

すると、女はしばらく彼の顔をのぞくようにしていたが、

「あ」

と叫んだ。

「ほんとに、おまえは茂平次さん!」

やっとわかったらしく、大きな眼をしてつづいて何か忙しく言ったが、おりから野戦砲が轟き鳴ったので、声が消された。

茂平次は、群衆の輪の外に出るように手招きした。女は人をかき分けてついてきた。

「やっぱりお袖だったな、あんまり大きくなっているので人違いかと思った」

と、茂平次は額の汗を手の甲で拭いながら女をふり向いて言った。

「わたしこそ、はじめ誰かと思いましたわ。まさか茂平次さんがこんなところに来ているとは夢にも思わないもの」

と、まだ茫然と茂平次の顔を見上げていた。

「いつ、江戸に出てきたんですか？」

「ここ一年ばかり前だ」

「ちっとも知らなかったわ。まだ長崎の会所に勤めてなさるとばかり思ってたものだから」

「うむ、向こうはわけがあって辞めてきたのだ。……なにしろ暑いな。こんなところでは倒れそうで話もできない、あっちの木陰に行こう」


茂平次は榎の立木の下に歩いた。

――江戸は広いようで狭いものだと思った。こんな場所で従妹のお袖に会おうとは予想もしていなかった。この女は、母の妹の子だが、十七、八年前に別れたままだった。叔母の亭主、つまり茂平次には義理の叔父になる者が小間物の商人で、江戸に移ったきり見ていないのである。

「いろいろと積もる話があるが」

と、茂平次は榎の根方にお袖をならんで掛けさせて言った。

「叔父さんも叔母さんもだいぶん前に亡くなったと聞いたが……」

「はい、父は江戸に出て間もなく死にました。母も、もうおりません」

「それは気の毒なことをしたな。二人ともいい人だったが。おれは叔母さんにはよくかわいがられたものだ」

「………」

お袖は思い出したのか黙って袂（たもと）を眼に当てた。遠雷のようにホウィツル砲が鳴った。

「それで、おまえはいまどうしている？」

「はい」

お袖は袂を顔から離して言った。

「父が死んだあと、母は小間物商売でお旗本の奥向きの顧客（とくい）に回っておりました。そのうち、すすめられて、わたしはある大身のお旗本のお屋敷に女中に上がりました。そしてうかうかとこの年齢（とし）になるまで勤めてきました」

「この年齢だというが、まだ若く見えるよ」

「いえ、もうだめです」

「そんなことを言うが、おれだって四十近くになった。いったい、お袖はいくつになる？」

茂平次は幼な顔の残っている女の顔をじろじろとみて言った。

「従兄のおまえさんだから言うわ。……三十三になります。ご奉公してから、もう十七年になるのですもの」

「そうは見えないよ。どうして、まだ二十五、六くらいだ」

「茂平次さんも、江戸に出てから口がうまくなったのかしら……そうそう、そういえば長崎にいるころから口達者のほうだったわね。子供心におぼえているわ」

喊声が起こったので、茂平次はちらりとそちらへ眼をむけた。群衆の上に尖ったトンキョ帽の列が疾駆していた。

「大身のお旗本の奥向きに奉公しているなら結構ではないか。今日はお暇をもらって、これを見物に来たのかえ?」

と、茂平次は従妹のお袖に訊いた。

「それならいいんですが」

と、お袖はうつむいて言った。

「見物に来たのは、あまり評判だから見たくなったのです。やっぱり長崎の人というと懐かしいものですから……聞けば高島四郎太夫さまというのは会所のお役人ということですが、茂平次さんも、高島さまに会いにきたんですか?」

「うむ、まあ、そんなところだが、おまえほど長く離れてないからそう珍しくもない」

と、茂平次は口を濁した。

「そんなことよりも、おまえ、奉公のことがあまり気乗りがしないようだが、どうかしたのかえ?」

「はい。……実は、このひと月前にお屋敷からお暇が出ました」

「なに、暇が出た? そいつはいけないな。まさか、おまえに落度があったわけでもあるまい?」

「そうではないのです。お殿さまが御役を御免になって。お屋敷も小さなところへ移られたので、人数がいらなくなったからです」

「いったい、そのお殿さまというのは、どこのお旗本だえ?」

「近ごろ、世間に評判になった方ですから、あんまり言いたくないのです」

お袖は眼を伏せた。

「おれも江戸に出て長くはないから事情がよくわからない。だから、おまえの口から何を聞いても、人にしゃべりはしないよ」

「そんなら内証で言いますが、実は、水野美濃守さまのお屋敷でした」

「なに、水野美濃守さま？」

茂平次がおどろくと、

「それごらんなさい、茂平次さんも噂で聞いているでしょ？」

と、お袖は彼の顔を見た。

聞いているどころではなかった。御側用人水野美濃守忠篤の御役御免は江戸じゅうの評判になっている。その落書の数々も茂平次は見て知っていた。

みづの（水野）泡、消ゆく跡はみの（美濃）つらさ、
　重き仰せを今日ぞきく（菊）の間
越前（忠邦）の奉書紙もいかならん美濃（忠篤）紙さへも、や（破）れる世の中
飛ぶ鳥を落せしことは昨日今日、沈みきつたる水野みのかみ
美濃いらぬ、そば（蕎麦を側用人にかける）はいやだと御意が出る

ほかにおみくじをもじったのもある。「第百年目凶」と大きく横書し、その下に「権門一時亡」「家内驚騒声」「雖有金銀多」「三人成無庵」を四つに区画し、それぞれの欄には「望みの如く高禄に昇るといえどもかかるひどき目にあう」「家財雑具を一時にはこび出し、急の引越大方ならず」「諸侯諸士より金銀つかみ取りし故、有得になるといえども住所に迷うなり」「金銀をちりばめた家を作るといえども、急に取上げられ、そのまま置いて立ち去ることあるべし」と書き記した。

水野美濃守、林肥後守、美濃部筑前守の三人の免職がどのように世間の喝采をうけていたか、また、どれだけの世人の憎悪が彼らにかかっていたかがわかる。

「うむ、おまえが水野美濃守さまの屋敷に奉公していたとは知らなかったな」

本庄茂平次は唸った。

「それごらんなさい。わたしも主家のために肩身が狭うございます」

お袖は肩を縮めて顔をうつむけた。

「いやいや、それはおまえの罪ではない。そういう先に奉公したのが不運だったのだ。それでも十七年も辛抱したのだから偉いものだ」

茂平次は慰めた。

彼は従妹の風采を改めて観察した。そういえば、屋敷を出されたというのに、まだ立派な身装をしていた。これも賄賂で裕福な水野家から過分な手当を貰ったことと、奥向きからの贅沢な下がり物のせいだろうとひそかに推量した。

「それで、おまえ、水野さまのお屋敷を出てから、今はどうしているのだえ？」

「はい、またどこかのお屋敷へ奉公しようと思っていますが、この年齢ですから、むずかしいと思います。乳母の口でもあればと思い、口入屋に頼んでいますが、いまはどこも人があまっているそうで、なかなか決まりません」

「今は、どこに住んでいるのだえ？」

「仕方がないので、日本橋辺の旅籠についています」

「なに、一ヵ月あまりも旅籠についているのか。そいつは豪勢だな」

「女ひとりですから、こういうときに困ります。うかつに裏店借りもできないし……雑用がかかって困ります」

「旅籠についていてはかかるのは当たりまえだ」

「茂平次さん、何かいい知恵はありませんか？」

「江戸に出てきて間もないおれにそんな才覚はつかないが……」

「茂平次さんは、どうしていますか？」

「おれかえ、おれはおまえと違って金がないから、芝口あたりの裏店の長屋に巣をつくっている」

「おかみさんは？」

「そんなものはいない。膝小僧抱えてしおたれているよ」

茂平次は従妹が相当に金を貯めていると睨んだ。勤めていた屋敷が屋敷だ、気前よく女中にも金品をくれたであろう。また、この女の年齢ならむだ遣いせず貯蓄する一方だったにちがいない。

十六のときから屋敷奉公に出ての男知らずは、年齢に似合わず顔の皮膚も艶やかだし、皺もなかった。

大砲の大きな音響がつづいて二つ轟いた。鴉の群れが空をけたたましく羽ばたいて駆け迷った。

本庄茂平次は、お袖といっしょに中仙道を戻った。西陽が首筋に焼けつくように暑かった。

茂平次はさきほどから胸に考えがある。この従妹の持っている金が目当てだ。長崎から持ってきた乏しい金を使っている彼には何よりも魅力だ。

魅力といえば、お袖の成熟した身体も彼の欲心をそそった。男を知らずに三十を越した女の身体には十分すぎる興味がある。

二人は炎天の埃(ほこり)をかぶって板橋の宿(しゆく)まで来た。

女は汗をかいて、乱れた髪が頬に粘りついている。

「おまえもくたびれただろう」

と、茂平次は言った。

「なにしろ、こんな暑さじゃやりきれない。これから日本橋まで歩くのはたいへんだ。おれだって芝口まで行くのは大儀になった。どうだ。今夜は板橋で一晩休もうじゃないか？」

「…………」

お袖は思いがけない茂平次の申し出に、さすがにどきりとしたようだ。が、真っ向からそれを拒絶するでもなかった。

「おまえの歩き方を見ていると、くたびれて倒れそうだぜ。これから日本橋までは、三里はたっぷりとある。今夜は身体を休めて、明日涼しいうちに発ったほうがどのくらい楽かわからないぜ」

茂平次はしきりとすすめた。

普通の間ではなく従兄妹同士だった。その安心がお袖にもあったのか、それとも茂平次の誘いに心が動いたのか、彼女はこっくりとうなずいた。

板橋は江戸にはいる最後の宿場で、人馬が混雑している。往来には乾いた馬糞が無数に転がっていた。

二人はなるべく静かな旅籠を選んではいった。

茂平次が先に風呂にはいり、浴衣に着更えて涼んでいるところに、お袖がやはり宿の浴衣で上がってきた。茂平次の視線は、湯上がりに化粧している女の腰の線にいやでも流れていく。彼は胸をときめかせて生唾を呑んだ。

「おまえも一杯どうだえ?」

茂平次は食膳に出された酒をすすめた。

「わたしは不調法ですから」

女は化粧したばかりの顔を微笑わせた。とても三十過ぎた顔とは思えない若々しさがある。縹緻もまんざらではないのだ。幼いころのお袖の顔はお多福だと思っていたが、こうして眺めると十人並以上に見えて映る。

「くたびれているときは、一、二杯は薬だ。まあ、呑みなさい」

お袖は茂平次にすすめられて二、三杯を過ごした。

「なんだか酔ってきたようだわ」

女は瞼をうす赧くしていた。

茂平次は二本ばかりの銚子で済ませた。このころになると外も暗くなり、少し風がはいってくる。

女中は膳を引くと、あとはさっさと床をのべはじめたが、茂平次が慌てて、

「おっと、ねえさん、その床は離して敷いてくれ」

と注文をつけた。お袖は二階から外をのぞいているので、表情はわからなかった。

二人はかなり離れた蒲団の中にはいったが、お袖は容易に寝つかれないようだった。

茂平次も腹匍いになって、しきりと吐月峰に煙管を叩いていた。

「おまえも長崎を出てから十八年も経っていれば、国に帰りたくはないかえ?」

彼は話しかけた。

「はい、帰りたいですが、今さら戻っても仕方がないし、なんだか江戸の水に馴れてきたようです」

「そういえば、おまえもきれいになった。今日、あそこでおまえの顔を見たときは、人違いじゃないかと、声をかけるのによっぽど勇気が要ったぜ」

「茂平次さんは相変わらずお口が巧いわね」

「なに、ほんとうのことを言っているのだ」

茂平次は行灯を吹き消すと、お袖の床に匍い寄った。お袖はそれほど抵抗はしなかった。

「おまえとおれとは従兄妹だが、他国の江戸では、頼りになるのは二人きりだ。お袖、おれは今夜限りおまえを従妹とは思わないぜ」

「茂平次さん、わたしを嬲るんじゃないでしょうねえ」

「なに、嬲るものか。おれはほんとうのことしか言えない男だ」

彼はお袖の腋に手を回した。お袖の身体は瘧のように激しく震えていた。男を知らない三十三の女は、まったく小娘と同じだった。

静かになっての寝物語に茂平次はお袖から思いがけない話を聞いた。

「お殿さまは」

と、お袖は茂平次の胸に身体を横たえて旧主水野美濃守のことを言った。

「水野越前さまをたいそう恨んでいらっしゃいます。せっかくのお役目を取り上げられたのも、結構なお屋敷を立ちのかねばならなくなったのも、みんな越前さまの悪企みだと、たいそう腹を立てていらっしゃいます。それで、今でも太田備後守さまなどとこっそり往き来をあそばしていらっしゃるようです」

「なに、太田さまと？」

元の老中太田備後守の退役も水野越前の仕業だと、市中でも評判になっている。その太田と美濃守とがまだ往来しているとすれば、二人の間に何かの糸がつながっていなければならなかった。

茂平次は、かねてから鳥居耀蔵に近づくのを念願としている。耀蔵と水野越前とは特別の間柄だ。

こうなると、茂平次は、お袖の貯めている小金のこともさることながら、今度は水野美濃守の内情を訊きほじることに心が向かった。十七年も美濃守の奥向きに勤めているお袖なら、かなり秘密な内情も知っていそうである。

「お袖」

と、茂平次は言った。

「おまえ、おれと夫婦(めおと)になる気はないかえ？」

本庄茂平次は、お袖を芝口の裏店(うらだな)に引き取って、ずるずると同棲をはじめた。近所には、まさか従兄妹ともいえないので、長崎から女房を呼び寄せたことにしておいた。

茂平次は、もう少しで有り金を使い果たすところで、どこかの屋敷の中間(ちゅうげん)奉公でもせねばならぬと覚悟していた矢先だった。お袖の貯めた金を使えるのはありがたかった。

しかし、彼の狙いは鳥居耀蔵に取り入ることだ。そのためお袖が水野美濃守忠篤の奥向きに長い間奉公していたことは何よりのつけめで、このへんから美濃の秘密を嗅ぎ出して、耀蔵への手土産にしたいと考えている。

風評によると、耀蔵は他人の隠し事をあばくことが大好きで、そのために目付という職務以外のかくれた情報機関を持っているということだった。じっさい、これまで摘発したものでも、どうしてそんなことが耀蔵の耳にはいったのかとおどろくようなことが多く、また執念深く対象を追跡して、相手が倒れるまで喰い下がって離れないという。世間では彼を「蝮の耀蔵」とも呼んでその苛察ぶりを畏怖している。

そんな耀蔵だから、彼の親玉の水野越前守に関係した材料でも持っていけば、一も二もなく買い上げてくれるに違いなかった。

水野美濃といえば先代家斉のころには勢威絶頂だった人物だ。水越（水野越前守の略）に蹴落とされたといっても、そのまま、すごすごと縮こまっている男とは思えない。果たして、お袖の口からは美濃が忠邦を深く恨んでいるという言葉が引き出せた。しかし、それが具体的にはどうという形では語られない。お袖も旧主家のことだから、うかつには口外できないのだ。その口を割らせるには愛情関係を結ぶほかはない。女は身体を許した男には弱い、というのが茂平次の考えであった。幸いこの女からは金を引き出せるという余得までついている。最初は金が目当てだった。——

茂平次は、耀蔵との目下の弱い線を確保するためには、井上伝兵衛から離れてはならなかった。できるだけ彼の供で鳥居の屋敷に行く機会を多くすることだ。そのためにまず伝兵衛に気に入られるよう毎日の道場通いに精励した。

井上伝兵衛は融通の利かない男で、弟子が剣術に励みさえすればよろこんでいる。その点では当世ふうではなかった。弟子たちのする両国あたりの茶屋女との遊興話でも聞きつけると、実に厭な顔をした。

「おまえさんは、毎日、剣術の稽古に通いなさるが、いい侍奉公の目当てでもあるのかえ?」

同棲の時日がかなり経ってからお袖は訊いた。無収入で、これという仕事口も捜さずに道場通いをしている茂平次に少し呆れたようだった。

「うむ、目当てがないでもない」

と、茂平次は刀の手入れをしながら言った。

「それならいいけれど、わたしの持ち金だってたいしたことはないのだから、そればかり使って暮らしていると心細くなるわ」

「そのへんも、おまえよりおれのほうが気にかかっている。実は、いま結構な奉公先が目の前にぶら下がっているのだ」

「そりゃ、ほんとうかえ？」

お袖は顔を明るくして訊いた。

「嘘を言うものか。それでおれも一生懸命になっているのだが……なにぶん相手が御大身だけに、すうと行くようでなかなかむずかしいのだ」

「世話人さんに少しお金をはずんだらどうですか？」

「世話人などは要らない。おれが直接(じか)にお願いするのだ。しかし、こいつは、よっぽどいいお土産がないとなア」

「御大身でも当節は内証が苦しいそうだから、よっぽどお金をたくさん出さねばいけないんですか？」

「そんな不景気なお先じゃない。お金などは腐るほど持ってご裕福でいらっしゃるのだ。それだけに難儀だよ」

茂平次は肩を落として溜息をついた。

「そのお土産というのを何にしたらよいか、おまえさんにはわかっているのかえ？」

「うむ、これなら間違いなしというのが一つある。ほかのものじゃ利き目がない」

「それは、高価い物かえ？」

「品物じゃない。銭金では買えないものだ」

「いやだね、そんなものがおまえさんの手にはいるはずがないじゃないか。いくら結構なご奉公先でも、そうむずかしくては諦めるより仕方がないじゃありませんか」

茂平次は刀を鞘に収めて、お袖の顔をじっと見た。

「ところが、お袖、実はおまえの口一つでそれができるのだ」

「なんだか、さっきから奥歯にものが挟まったような言い方だと思っていたけれど、わたしから何を聞き出そうというのかえ？」

お袖は何かを察して怖れるように茂平次の顔を上眼で窺った。

だが、これは茂平次の思うとおりだった。夫婦になってもお袖は水野美濃守の具体的な動静は絶対に言わなかった。勤めていたころの奥向きのことなどは少しずつ話すが、それは茂平次にとって何の役にも立たなかった。知りたいのは水越を恨んでいるとうっかり洩らしたお袖の言葉に、より実証的な事実を求めることであった。

が、今までは茂平次の探りがそこまでいくと、お袖の言葉がさっと逃げてしまう。これはどう機嫌を取っても、怒ってもむだだとわかった。お袖はその話には恐怖しているのだ。単に、旧主家に義理を立てているばかりでなく、それを打ち明けると、現在進行中のたいそうな秘密を暴露することになる。その跳ね返りもおそろしい。——茂平次にはお袖の沈黙の意味がそうわかった。しかし、それだけに耀蔵にさし出す手土産の価値があるわけである。

生活の行詰まりをお袖に心配させて、是が非でも彼女が口を開けねばならないところまで手繰(たぐ)り寄せる——それが本庄茂平次の最後の着想であった。

徳丸原における高島四郎太夫の大砲演習は、臨席の幕府役人によってどう審査されたのか。

審判官の役目に当たった幕府鉄砲方井上左太夫は次のように報告をしている。

「馬上銃六発発射は、実弾射撃でないから業(わざ)は不明である。しかし、取扱いはしごく不出来である。

鉄砲備射ちは空放につき業はわからない。また不発銃が相当あったように思われるが、一斉射撃であったため目立たないだけである。隊形変換や進退などは一見、見事に揃って見えるけれども、そのやり方は児戯に類するものである。

野戦筒は空放発射であったため業は不明である。軽い大砲におのおの八人ずつかかったため操作はよかったが、これは意味のないことである。

要するに、西洋砲術といっても日本在来の砲術に勝った点はないと推断する」

なお、井上は、翌六月には幕府鉄砲方田付四郎兵衛と相談のうえ、西洋の火器は効力弱く、御用には立ち申すまじく、また異体の服装にて蘭語を用いることはお差留めになるように意見具申した。

この審判に江川太郎左衛門は駁論を試みているが、その中で井上が高島の蘭語を用いたのを非難したのに対して、

「異国といって頭から忌み嫌うならば、唐国文字も異国の言葉に違いなく、また天竺、琉球、朝鮮、和蘭陀、南蛮、蝦夷の言葉までも日本語の中に混じっている。それを悉く取り去るなら、日本本来の言葉だけでは通用できないことが多い。ひっきょう、異国語であっても使い馴れたならば自国の語のようになるものである。私の考えでは、唐音でも、蘭語でも、軍兵を指揮する場合に便利を主体にすれば、それでよろしいと思う。これを日本語に翻訳してもかえって不便であって、無益のことと考える」

井上左太夫が高島四郎太夫の実演を非難したのは、幕府鉄砲方として稲富、田付、井上の諸流の立場から新しい砲術に対しての反感があってのことはもとよりだ。

これに蘭学嫌いの鳥居耀蔵が大いに焚きつけている。

これを新旧思想・技術の対立と見ることもできる。だから、徳丸原の演習はたとえ成績が良くても悪くても審判官の結論は最初から決まっていたといっていい。

「長崎の地役人ごときに幕府鉄砲方がひけを取ってはなるまい。高島の後ろ楯は、江川太郎左衛門だからな。江川は韮山代官でありながら蘭学者と気脈を通じ、おのれの勢いを伸ばそうとしている。今度の高島の出京も、ひっきょうは江川あたりの後押しがあってのことだ。うかうかすると、おてまえ方が異国の砲術にしてやられますぞ」

耀蔵は井上を説いたり脅かしたりして「きわめて不成績」の結論に持っていかせた。

秋帆高島四郎太夫は坦庵江川太郎左衛門に砲術を伝えたかったが、江川は韮山代官として江戸に居住していないので、四郎太夫は江川の弟子下曾根金三郎に伝授した。

ところが、この一件をめぐって、はしなくも水野越前と鳥居耀蔵との意見の対立が起きた。

井上左太夫は四郎太夫の砲術が「至って不出来」と報告したが、その実力は眼のあたりに見た者の評価によって忠邦の心を動かした。彼は七月の末に長崎に帰った四郎太夫に対して長崎奉行から金五百両を与えて、その大筒二挺を買い上げさせた。また徳丸原の火術実演には「かれこれ入費もいったことと思われる」ので褒賞として金子二百枚を与えた。また「その砲術は直参のうち執心の者一人に伝え、右のほか諸家へ相伝しないように」申し付けた。他藩の者には伝授すべからずと命令したのだ。

ここに、蘭学を蛇蝎のように忌み嫌う耀蔵とは少し違って、忠邦が多少とも国防に進歩的な考えを持っていたことがわかる。

もとより、江川は高島から直接に砲術の伝授を熱望していた。これも幕府は許可し、五月には江川の願書を聞き届けて、七月にはすでに江川から皆伝済みの届書が出されている。

こうして秋帆の砲術は幕府の制限にもかかわらず、一年後には解禁となって全国にひろがっていくのだが、七月に長崎に帰った高島四郎太夫は幕府の賞詞を受けてたいそうな人気振りであった。これが江戸まで伝わって、耀蔵の気持ちを苛立たせた。

耀蔵は心からの攘夷の信奉者だ。彼は怜悧だから、西洋の技術が日本固有のものに勝っているくらいは感じている。井上を唆して秋帆の異国大砲演習が「至って不出来」で「童児戦にひとしき仕方」で「不益の義に御座候」と報告させたが、異国火砲の優秀さを知ったのはだれよりも耀蔵であった。その点は、否応なく高島を認めた忠邦の気持ちと同じである。

だが、これから先が違う。すでに軍事にして然りだ。多少でも開国したら西洋の諸技術は一時に流れこんで日本の古い、後れた技術を圧倒してしまう。日本は蛮夷に占領されかねないのだ。これは今のうちに些細なことがらでも防遏しなければならぬ——幕府学問所の儒者の家に育ち、儒学をひいきにしている耀蔵はそう考える。少なくとも儒学を衰亡させようとしている蘭学の前に立ちはだかろうとしている。

それで、高島の大砲を買い上げ、江川に高島の砲術を伝授させた忠邦の妥協が耀蔵にははがゆい。忠邦のふらふら腰が情けない。いま、彼とそのことで喧嘩する気はないが、あんな弱気な男に、大改革などという事業がやってのけられるものであろうか。人間、口先ばかりの強がりでは仕方がないのだ。

これは一つおれが忠邦のうしろに控えて、砕け腰を始終叩き直してやらなければならぬ。

そのためには彼は一日でも早く町奉行に就任することだった。

蒸し蒸しする雨の日だった。

井上伝兵衛が本庄茂平次を連れて、城から退ったばかりの鳥居耀蔵の屋敷に来た。

「本日は、先日お話しした門弟本庄茂平次を召し連れて参りました。本人より何やら申し上げたいことがあるそうでございます」

耀蔵は伝兵衛のうしろで頭を畳にこすりつけている小太りの背の低い男に眼をやった。言葉らしいものをかけるのは初めてだが、もとより、顔はよく知っている。

「何だか知らないが、遠慮なく言ってくれ」

耀蔵はくだけたところを見せていった。

茂平次は強い長崎訛で、丁寧だが、くどくどと長い挨拶を述べた。

「挨拶はそのへんのところでいい、早いとこ本筋を聞こうではないか」

耀蔵はたいして期待していないので、少し面倒臭そうに催促した。

「はい。てまえの口から申しますと、ご信用になりませぬかと存しますので、まず、この話の出所から申し上げます」

茂平次は慇懃に言った。

「この話をてまえに申し聞かせましたのは、寄合水野美濃守さまの奥向きに十七年つとめておりましたお袖と申す女中でございます」

「なに、水野美濃守殿の？」

耀蔵は脇息から肘を起こした。落ちくぼんだ眼の奥が光った。——まず、反応はあったと茂平次は見た。

「はい。その袖と申す女中から、てまえどもでも容易ならぬと思われる話を聞きましたので、日ごろお屋敷に出入りさせていただいている冥利に、恐れながらお耳に入れたくてお目通りを願いました」

横の伝兵衛が膝をもじもじさせて、

「わたしはご遠慮いたしましょうか？」

と、耀蔵に言った。話が意外にも秘密めいてきたからである。伝兵衛は、茂平次から何の下話も聞いていなかったのだ。

「いや、かまわぬ」

と、耀蔵が止めたのは、まだこの男の話の内容が海のものとも山のものともわからぬからだった。

雨のために、三人とも顔が影のように暗くなっている。

「話してみろ」

耀蔵は、もっと濃い翳りの中にいる茂平次の顔に言った。

「はい。その女の申しますには……」

茂平次は横の伝兵衛にちらりと眼を走らせたが、思い切ったようにつづけた。

「水野美濃守さまはこのたびの御役御免にご不満をお持ちあそばし、前の御老中太田備後守さまとひそかに御往来あそばしているそうにございます。そのほか、南町奉行矢部駿河守さまも、この組の中におはいりになっているとか……」

「矢部殿が？」

と、耀蔵は思わず高くなった自分の声に気づき、脇息に身体を傾けて笑い出した。

「おい、あんまりいい加減な話を持ってくるなよ。これでもわしは目付だからな。調べさせたらおまえのでたらめはすぐにわかる。そのときは縛り上げるからそう思え」

「いえ、嘘偽りを申し上げたらどのようなことになるか十分に心得てのことでございます。またご威勢のある殿さまに恐れあり、いい加減なことは申し上げられませぬ」

「そうか。それほどまでに言い張るなら、話してみい。今、おまえが挙げた三人はどこでどういうことをしているのだ？」

「お三方とも、老中水野越前守さまを快く思っておられぬそうにございます。太田備後守さまは越前守さまとご意見合わずにやむなく退役あそばしたとか……御奉行矢部駿河守さまは越前守さまのこのたびのご改革のやり方がお気に入らぬとか、そのためお三人とも水野越前守さまに弓引く格好の由でございます」

「よし、それはわかった」

と、燿蔵は言った。話はまんざら、信憑性がないでもなさそうである。ことに、太田備後と水野美濃との間に、矢部が一枚噛んでいるところがおもしろい。それは燿蔵がかねてから想像していたところで、近く矢部のその方面の行動を誰かに探らせるつもりでいた矢先だった。

「それで、その三人はどこで、どういう連絡を取っているのだ？」

燿蔵の身体がいつの間にか脇息から離れて正座していた。

「その前に申し上げたいことがございます」

茂平次はまた視線を伝兵衛の横顔に走らせた。

「これには、さらに西の丸大奥の手が動いておりまする……」

「なに?」

耀蔵は本気に愕いた。これも彼の予想にあったことだ。しかも、誰もこのことには気づいていない。忠邦自身にさえもわかっているかどうか。——西の丸大奥が反忠邦に動くにはたしかにそれだけの心当たりがあった。

この元長崎の地役人の口から、あまりにも正確に裏側のツボがぴたりと抑えられて出るので、耀蔵も瞬時は呆然となった。

横の井上伝兵衛が咳払いをして、

「てまえは、お勝手のほうで休ませていただきます」

と、片膝から動かした。今度は、耀蔵も制止しなかった。

伝兵衛は起つときに、茂平次の横顔を睨みつけていた。

井上伝兵衛が遠慮して中座したので、あとは耀蔵と本庄茂平次とだけが残った。両人は第三者の伝兵衛が姿を消してくれたことで、ほっとすると同時に、話は急に核心にはいった。

「西の丸の手が動いているというのはどういう次第だ?」

と耀蔵は、まだ気を許さないで茂平次を尋問した。

「てまえはよく事情がわかりませぬが、お袖という女中が申しますには……寄合笠原外記(げき)さまのところから、用人がたびたび、水野美濃守さまお邸に来ていたそうで、そのときに限り、美濃守さまが直々に用人に会っていられたそうでございます」

「笠原外記の?」

耀蔵は胸の中に閃光(せんこう)を感じた。外記は西の丸中﨟たにの養父になっている。たには家斉の大御所時代に西の丸にいて、寵愛のお美代の方の一派だったが、家斉が死んでからは、世子家定と入れ替わった西の丸にそのまま残っている。

耀蔵が、ははあ、とうなずいたのは、西の丸中﨟たにがお美代の方の残した旧勢力の中心になっていることだ。この派は家斉在世中の栄耀栄華(えいようえいが)の夢が忘れられないでいる。かつては大御所の威風を笠にきて、本丸大奥派を侮ってきたのである。

それが今では逆になって、大御所死後は凋落(ちょうらく)して本丸派からは馬鹿にされている。

本丸派からいえば、かつてうけた屈辱の仕返しをしているのであった。西の丸派は歯を喰いしばっているが、これまで頼みに思ってきた美濃部筑前守、林肥後守、水野美濃守などが水野越前のために、いっせいに罷免されたので、手も足も出ないでいる。

それにしてもひどいのは水越(みずえつ)だ、と西の丸派は考えているようだ。家斉の生きているころは、しきりと西の丸派の機嫌を取り、ことにお美代の方に取り入って、念願の老中にしてもらったのだ。大御所存命中は側用人水野美濃守の顔色を伺っていたくらいだ。

水越は、その美濃を蹴落としただけでなく、恩人のお美代の方まで見殺しにしている。

お美代の方は、家斉が死ぬと、本郷の加賀邸に引き取られ、御主殿(ごしゅでん)の中に押しこめ同様になった。御主殿は御守殿ともいい、将軍の子女を妻にもらった大名は江戸藩邸の中に妻専用の住居を作らねばならなかった(現在の東大の赤門は加賀藩の御主殿の旧門)。これは美代の生んだ溶姫(ようひめ)が前田家に嫁しているからだが、この軟禁の意味は、水越が近く破却を断行するはずの、悪評の高い雑司ケ谷感応寺一件にも関連があって、前田家が遠慮したのである。そのことにも水越は知らぬ顔をしている。

のみならず、忠邦は、今では、本丸大奥一辺倒で、御台所(みだいどころ)や、老女姉小路(あねこうじ)、中臈三(み)

保野などに取り入ることに懸命である。御台所は有栖川宮家から入輿していて、喬子という。

西の丸派からすれば、忠邦のこの行為も裏切りに見えるにちがいない。利用する間は西の丸の機嫌をとり、その価値が失せたら、たちまち敵側の本丸に転向する――ばかりでなく、本丸にゴマをすって西の丸を圧迫しようとしている。西の丸派には許しがたい水野越前の背信行為として映っているに相違ない。悪いことに、肝心の世子家定は身体が弱く、癇ばかり強くて精神薄弱であった。

西の丸中﨟のたにも一派がかっての栄華の夢を追い、立場は違うが同じ境遇の水野美濃、太田備後、不平分子の矢部駿河と連絡をとって水越追落としを策動する――なるほど、これはありえないことではない。たにの養父笠原外記の用人が水野美濃守の邸に内密にたびたび来ると茂平次の口から聞いて、耀蔵はこれだけのことをたちまち理解した。目付の彼は、大奥から旗本までの勢力分布が江戸の切絵図よりも明快に頭脳にはいっていた。

笠原外記も水野美濃派と見られて、忠邦によって御小姓組から逐われているのだ。

「そうか。それはいいことを聞かせてくれた」

と、耀蔵は茂平次の薄い唇と反歯とを見ていたが、

「ところで、おまえは、さっきからそのお袖とかいう水野美濃どのの女中からしきりと聞いたように言っているが、その女とおまえとはどういう関係なのか？」

と、気になっていることを訊いた。

「はい、お袖とてまえとは従兄妹同士でございます」

茂平次は眼を伏せて答えた。

「幼いときから気心を知っておりますが嘘を言うような女子ではございません」

嘘ではない、と誰よりも耀蔵が判断した。この男、あんがい、使えるぞ、と彼は目の前に畏まっている小太りの、背の低い、眼玉の大きな男を見すえた。

――笠原外記の用人が水野美濃の邸にくるのは、外記からの連絡だろうが、その大根の連絡は西の丸のたにから外記のもとに来ているにちがいない。それによって、外記が水野美濃や太田備後や矢部駿河にそれぞれ使いを出し、相互の密談があって、さらに外記のところから西の丸のたにに連絡を返す。おそらくそんなところにちがいない。してみると、笠原外記の用人を抑えても仕方がない、もっと根本のたにと外記を結ぶ連絡線を抑えなければ意味がない。耀蔵はそう思案した。

これは、部下の者や、いつも使っている石川や金田などよりも、この茂平次に細工をやらせてみよう。そのほうが目立たないし、美濃の奥向きに長くつとめたというこいつの従妹の操作はこの男しかできないのだ。——

「茂平次、おまえ、わしのために働いてみる気はないか」

耀蔵のその声に、茂平次がとびついてきた。

「それは願ってもない仕合わせで」

と、茂平次は感動に身を震わせて両手をついた。

「殿さまのご命令で働かしていただければ、てまえは粉骨砕身して勤めまする」

茂平次は、早くも予想以上の手応えがあったのに狂喜している。

「殿さまのところには、毎朝、立派なお旗本がご挨拶に詰めていらっしゃいます。その中からてまえごとき者にお眼を止めていただいて、ありがたき仕合わせでございます」

いま羽振りのいい耀蔵のところには、無役の小普請連中が何かと理由をつけながら挨拶に顔を見せている。どのように煩さがられても、彼らのご機嫌伺いはいっこうに熄まなかった。

「茂平次」

耀蔵は、このとき、ふいと思いついたように言った。きっかけは、この男の癖の強い訛からである。

「おまえは長いこと長崎の地役人をしていたそうだな」

「はあ」

茂平次はとたんに眼を伏せた。悪事をして国もとを出奔してきただけに、耀蔵からその点を握られるとせっかくの幸運を取り逃がす。また苛察をもって聞こえる耀蔵のことだから、手を回して茂平次の前歴を調べさせないともかぎらないのだ。

「長崎といえば、この前来た高島四郎太夫は町年寄をしているそうだな？」

話は茂平次の予想とは違ったところにきた。

「さようでございます」

「おまえは四郎太夫をよく知っているか？」

「はあ、向こうにおりましたころは高島さまは上役でございましたので」

耀蔵はあとの言葉を出さないで、眼を横に向けて考えている。

「何か……？」

と、茂平次のほうからその顔を窺った。

「いや」

耀蔵は急に思案をやめたように、

「まあ、それはあとでいい」

と、言葉を呑みこんだ。

「いや、それよりも、お袖とか申すおまえの従妹(いとこ)が水野美濃殿のところに長くいたとすれば、いろいろと聞き出せる話もあろう。……どうだな、御側用人を解かれた美濃殿は毎日どうしておられたか？」

「てまえもそれを従妹に訊きました」

と、茂平次は元気をとり戻して言った。

「美濃さまは鬱陶(うっとう)しいお顔つきで日を送られていたそうでございます。もっとも、近ごろのことは、従妹もお暇(ひま)を頂戴したのでわかりませぬが、御役御免になられてからはもっぱらご祈禱(きとう)に頼っておられたそうでございます」

「祈禱？」

「はあ。今の境涯から早く立ち直るために、なんでも大井村あたりに住む修験者(しゅげんじゃ)に頼んでご祈禱をさせていたそうでございます。従妹のお袖もその使いにたびたび祈禱師のところに参ったように聞いております」

耀蔵は失笑した。

在職中の水野美濃守は、法華に熱を上げていた。お美代の方が法華宗の信者なので、西の丸は表から奥まで全部法華だった。このことを伝え聞いた大名が、わざわざ宗旨変えをして法華に転向したくらいである。

「美濃殿も法華では助からぬとみえるな。人間落目になると、いろいろと焦りが出てくる」

呟いた独り言が茂平次の実感をそそったとみえて、

「まことにさようでございます」

と、その尾に従いた。

その話はそれきりでひとまず済んだ。——だが、これがあとになってたいそうな謀略の手がかりを与えるのである。

「おまえに働いてもらうのはほかでもない。茂平次、も少しこっちへ寄れ」

「はっ」

茂平次は膝をにじり寄せた。

「そこではまだ遠い、こっちへこい」

「はっ」

茂平次は耀蔵の前近くまで膝行した。互いの息が触れそうな近距離になった。

耀蔵は茂平次の耳に囁いた。

合点合点をして聞いていた茂平次の顔が、しだいに緊張してきた。

「どうだ、やれるか？」

耀蔵は茂平次から顔を離して微笑し、茂平次は蒼ざめたように顔を強ばらせていた。

「茂平次、これはおまえでないとやれない。……井上伝兵衛殿もおまえの筋は賞めていた。田舎では相当に使える腕だっただろうと、いつかわしに話したことがある。だが、これは今度は使ってはならぬ」

「はっ」

茂平次は身体を支えるように畳の上に両手をついて、

「大役でございますが」

「やるか？」

「何とか……ご命令どおり仕ります」

茂平次は請け合った後、今度は決心したように声を改めた。

「お殿さまにお願い申し上げます」

「何だ？」

「実は、てまえ目下浪々の身でございます……」

「金か？　金なら十分に出そうではないか」

「いいえ、それよりも、てまえを殿さまのご家来衆に加えさしていただきとうございます」

「なに、わしの家来になりたいと？」

「身のほどを知らぬ奴と思し召す（おぼしめす）かわかりませぬが、てまえはどうしても殿さまのようなお方にお仕えしとう存じます。ぜひお聞き届け願いとう存じます。その代わり、命を賭し（とし）てお役に立ちまする」

懇願する茂平次の額に汗が流れていた。

耀蔵は、蟾蜍（ひきがえる）のように匍い（はい）つくばっている茂平次の格好をじっと上から見おろしていた。

茂平次は井上伝兵衛と連れだって鳥居耀蔵の屋敷を出たが、茂平次がうれしそうにしているのにひきかえ、井上伝兵衛はむっつりと押し黙っていた。

武家屋敷町のことで通行人の影もなかった。雨が上がって、強い陽が射していた。中間が一人、海鼠塀の狭い影を拾うようにして歩いている。

「茂平次」

と、伝兵衛は呼んだ。

「おまえ、鳥居さまにあれから何か言ったのか?」

「はあ?」

茂平次は不快な顔になった。伝兵衛が余計なことに興味を持ったらしいのだ。あのとき気を利かして中座したと思ったが、やはりああいう話は気になるらしい。

「少々存じよりを申し上げましたが……」

しかし、おまえさんなんかの知ったことでない、という口吻が自然と出た。

「わたしは知らなかったのだ」

と、伝兵衛はさらに不機嫌な声で言った。

「ただ、おまえが鳥居さまに何か申し上げたいと言うから、わたしは連れていったまでだ。まさかおまえが密告をするとは思わなかった」

「………」

「茂平次、おまえは江戸に出て日も浅いが、人倫(じんりん)の道は知っていよう。およそ人間として何が卑劣かといえば、密告ほど卑怯なものはない。……鳥居殿は御目付として諸人の監察に当たられている方だ。これはお役目の上だからいたし方がない。だが、おまえは役目でも何でもない。他人のいい加減な噂や隠し事を密かに告げるのはよろしくない。わたしはそのつもりでおまえを鳥居殿に引き合わせたのではないぞ」

伝兵衛の口調が次第に叱責となった。

「およそ剣とは、人の道を正しく踏むことに通じるのだ。剣とは人間の正しい心だ。邪悪な心を持てば剣もまた邪(よこしま)になる。わたしはおまえが鳥居殿に何を言ったか知らない。聞くこともない。また中座する前に耳にしたこともきれいに忘れている。しかし、茂平次」

「はあ」

「以後さようなことはせぬように慎(つつ)しめ」

「………」

「どうやらおまえはわたしの言葉に不服そうだな？」

井上伝兵衛は茂平次の顔色をじろりと見た。

「めっそうな」

「それならいい。鳥居殿は、いま権門とつながってご出世の途中にある方だ。おまえがその鳥居殿へ取り入る気持ちもわたしにわからなくはない。だが、それはあくまでも正道を履んでこそだ。他人の曲事を密告してまでご機嫌を取ろうと思うな。男として最も卑しいことだ。わかったな？」

「よくわかりました」

茂平次はいちおううなずいたが、この野郎何を吐かすと心の中で嗤った。そんな世迷言を言っているから、いつまで経っても町の剣術師で暮らすのだ、と悪態をついた。

そんな茂平次の表情が井上伝兵衛にもわかったか、

「わたしはこれから寄るところがある」

と、急に茂平次から離れた。

「さようでございますか。では、お気をつけて」

弟子としていちおうの敬礼だった。

茂平次は、眩しい陽が両肩に白く落ちている伝兵衛のうしろ姿をちょいと見送ったが、彼の心を躍らしているものは、たしかに自分に運が向いてきたという歓びだけであった。

彼はさっきの雨でできた水溜りを跳ね上がるようによけて歩いた。

井上伝兵衛が本庄茂平次と別れて足を向けた先は青山だった。

夕方近くになっていたが、陽はまだ残っていて、じりじりと首筋を灼く。陽は崩れた築地塀にも白く当たっていた。

大きな構えだったが、外からみても荒れ放題の屋敷だった。乳鋲の付いた門はいかめしいが、屋根に載った瓦が砕けて、赤土が出ていた。

伝兵衛は横の小門を押した。錆びた音がして開いた。乳鋲の金具も錆びついているし、扉は、古寺のように風格をつけて木目が浮き出ているが、ところどころが割れていた。

内にはいっても、人の住居でないように庭が雑草で埋まっていた。玄関までの路がわずかに開いている。さっきの雨がなかったら、草いきれがするくらいだから、蛇でも匍い出そうであった。

これが二千三百石の旗本の屋敷とは思えない。旗本も千石以上取れば歴々といわれた。小普請飯田主水正というのが主の名前である。

雨雫の溜った草の陰から五十過ぎた男がうずくまったまま顔を上げた。伝兵衛の姿を見ると急いで起ち上がり、

「これはいらっしゃいまし」

と挨拶した。

この家の旧い中間で、源助という名前である。彼は薪を割っていた。

「ご主人はおられるか？」

伝兵衛が訊くと、主は昼寝をしているという返事である。

「起こして参りましょう」

「いや、せっかくのところだ」

「いいえ、もう、一刻（二時間）あまりもお寝いになっていらっしゃいます」

「相変わらず夜が遅いとみえるな」

源助は笑って裾を叩き、

「おや、旦那さま、ずいぶんとお汗が出ております。ただいま水を汲んで参ります」

と、裏口へ回った。

井上伝兵衛は、荒れた玄関先に佇(たたず)んで庭を見ている。草が勝手放題に伸びているのは、むろん、手不足でもあるが、このほうが主人の好みに合うのだ。

伝兵衛は唾を吐いた。茂平次のことで不愉快さが戻ってきたのだが、唾は水溜りに浮いた。

井上伝兵衛は座敷で待たされた。

さすがに二千三百石の旗本だから、屋敷はかなり広い。大工の手こそはいっていないが、書院も清潔だった。荒れ果てた庭とはまるで違っている。

書院から眺めると、ここにも草が生い茂っている。庭石は草の中に埋没し、石灯籠も腰まで隠れていた。池は水が涸れて、さっきの通り雨でできた水溜りが斑に光っていた。

築山(つきやま)も荒れ放題で、勝手に伸びた松の枝と夏草とで、まるで荒れ寺を見るようだった。

主人の飯田主水正は遊び好きで、柳橋あたりに通っているが、これはそうとう派手にやっていた。

近ごろの物価値騰りで切米暮らしならとうに干乾しになるところだが、知行所を持っているため、まず、この程度で済んでいる。もっとも、主水正が浪費をしないかぎりはもう少しは豊かに暮らせるのだが、傭人は若党と中間二人きりというありさまの男暮らしであった。

主水正は妻に十年前に死なれ、子供もいなかった。当人が気ままな暮らしをしているのはそのせいだと言う人もあるが、もともと濶達な性格にできている。

よくあれで甲府勝手にならないものだと噂する者があるが、同じ遊びをしていてもどこか折目があって、すっきりとしているのであろう。手もつけられない無体な遊蕩とは違っている。

小普請の中には、何とかして役入りをしようとして支配や組頭の筋に始終顔を出す型と、はじめから已れの境遇に絶望して自棄半分になり、女遊びや博奕、喧嘩口論などの不行跡に日を暮らす型とがある。支配衆の再三の注意にも耳を藉さない。こういう連中を江戸から掃蕩するのがいわゆる甲府勤番だ。この制度は吉宗のころにできたそうであるが、不良旗本の処分と同時に過剰旗本や御家人の対策でもあった。

甲府詰になるのは小普請組に限られている。一種の懲罰だから、いったん甲府流しとなると、生きて江戸の土を踏まれなかった。一種の「山流し」であって、甲府勝手と聞くと、どのように手のつけられない不良旗本も怖気をふるったものである。甲府に行くことが一生の別離だから、家族や親類縁者の嘆きはひとかたではなく、当人もさながら流人の覚悟であった。

――伝兵衛が待っていると、主水正が昼寝からさめて洗ったばかりの顔を見せた。当年三十五歳だが、その男盛りの端正な顔は柳橋や深川あたりの芸者に騒がれているという噂だった。

「よく寝た」

と、主水正は屈託なげな表情で肩を叩き、草ばかりの庭に眼をやった。

「ほう、いつの間にか霽れたな」

これで当人が寝る前は雨だったことがわかる。そのころ、伝兵衛は鳥居耀蔵の屋敷で本庄茂平次とうす暗い座敷にすわっていたのだ。

草の茂みの中には、まだ雨の滴が溜っていた。

「久しぶりだ。運動の代わりと言っては申し訳ないが、一手お願いしましょうかな」

飯田主水正は伝兵衛とは互角の腕を持っている。伝兵衛が主水正の屋敷にときどき来るのも、そのへんの交遊があった。

「いや」

と、伝兵衛は辞退した。

「今日はおとなしくお話を聞いて帰りましょう」

井上伝兵衛は、先ほどの不快をこの濶達な男と話すことによって忘れようとしていた。

「それは残念な」

と、主水正は笑った。

「近ごろは、こちらのほうは怠けているでな。ばかな遊びばかりやっていると、少々、肩が凝ってきました」

「やはりあちらはお盛んですか？」

「他人が羨ましがるほどではありません。内証は、これでやりくり算段ですからな。近ごろのような町人の金持ちの遊びには足もとにも寄れぬ。それでも、毎日偉い人のところにご機嫌伺いに行くよりは少しはましだな。あれは見ていても肩が凝る」

この人もとうに立身出世を放棄していた。

小普請になってからもそうとう長いのだ。元は書院番だったが、硬骨で聞こえた人物で、上役と衝突し、非役となってからはきれいさっぱりと役入りのほうは放棄している。

話は世上のことになった。

「女どもが近ごろ騒いでいる。絹物を着てはならないの、派手な帯を締めてはならないの、簪（かんざし）や櫛笄（くしこうがい）に金具、鼈甲（べっこう）の類は法度（はっと）だのという禁令が近々出されるということで、みんな怖気づいている。あの連中からそういうものを奪ったら、なるほど、これは生甲斐（いきがい）がないにちがいない」

「今度のご改革は享保、寛政にも倍して強（きつ）いようですな」

「水越殿がだいぶ力を入れておやりになるそうな」

と、主人は言った。

「いろいろと噂は飛んでいる。ことに花街（いろまち）の女どもは、早晩廃業しなければならなくなるだろうなどと、怖気づいているようだ。だいぶ、多方面にわたってお手入れがなされるようだが、あれは鳥居耀蔵殿が相当に進言されているそうな」

ここまで言って、主人は途中で気がつき、伝兵衛の顔を眺めた。

井上伝兵衛は何となく気乗りのしない顔をしている。それは先ほどから主にもわかっていたのだが、剣術の手合わせを辞退したときからはっきりと感じられた。だから、主水正が鳥居耀蔵の名前を持ち出したからとくに不機嫌になったというわけではない。

何かあった、と主水正は気がついた。

「あなたは相変わらず鳥居殿には出稽古に参られているようだが、あの人もいろいろと忙しそうだな？」

主水正は何気なさそうに訊いた。

「それは相当なものです」

と答えたあとで、言葉を切った伝兵衛が、

「てまえも鳥居殿の屋敷に行くのは、もう、辞退しようかと思っています」

とつけ加えた。

「ははあ、先方が忙しいからですか？」

「それもありますが、どうも気のはずまないことが多くなりました」

質問者は黙った。伝兵衛の先ほどからの屈託顔は、そのことに関係ありげだった。もっとも、これはあまり良いことではなさそうなので、主水正もそれ以上は立ち入って聞かなかった。

夏草に照っている陽がしだいに翳り、夕方のものになっていた。

今度は伝兵衛が主の顔色に気がついた。

「失礼」

と、彼は言った。

「どうも心に染まぬことがありましたので、それを晴らしにこちらに伺ったのですが、そのことが自然とわたしの顔色に出ましたようで、ご無礼を仕りました」

「まだ気分は晴れませぬか?」

と、主水正は眼を笑わせた。

「こういう性質でして、融通がききませぬ」

伝兵衛は答えた。その頑固さが彼のいいところだ、と主水正は言いたそうだったが、口には出さなかった。おだやかな微笑で彼の表情を見守っているだけである。

「いま、ご改革のことで鳥居殿の名前が出ましたが」

と、伝兵衛は言った。

「あの方もなかなか切れる人で、その点は近ごろ珍しい一人物だと思います。しかし、わたしには何となくあの方の権謀術策が露骨に眼についてきて、どうも従いていかれぬ気がしてきました」

この男には珍しい批判であった。ことに自己が出入りしている耀蔵のことだ。よほど腹にすえかねることがあったにちがいない。聞いている主水正はそんな面持ちであった。

伝兵衛も漫然と鳥居耀蔵を非難したことに気がついたか、弁解するように言い足した。

「わたしの弟子に怪しからぬ男がおりましてな。日ごろから鳥居殿にお目にかかって申し上げたいことがあると言っていたので、今日、鳥居殿にお目通りさせました。その話が何のことかわたしにはわかりませんでしたが、その場に居合わせて聞いておどろきました。いきなりぺらぺらと追従を申しおるのです」

「当節は、追従と賄賂とは普通のことですからな」

「いや、それがただの追従ではありませぬ。なんでも、当人の知合いに元水野美濃殿の奥向きに仕えた女がいるとかで、その女中の口から聞いたという話をしゃべりはじめました」

「………」

「なんでも、水野越前殿を気に入らぬ人たちがどうのこうのと申しておりましたが、そのうち西の丸大奥の話が飛び出しましたので、てまえもその場にいたたまれなくなって中座しましました」

「ほほう」

はじめて主水正の顔色が動いたが、それ以上に詮索する人ではなかった。

「もともと、その弟子なる男は才気走った奴でして、他人に取り入るのが巧みでした。わたしも気をつけていたのですが、まさかそのような大事をしゃべるとは思いませんでした。もとより、真偽のほどはわかりませぬし、あとでどのようなことを鳥居殿に話したか存じませぬ。とにかく、当節流行の密告をする怪しからぬ奴だと思い、帰り途にさんざん叱っておきましたが。……しかし、なんとも胸の納まらぬ話で不愉快になり、こちらへ気晴らしに参ったわけです」

「近ごろ、そういう人間がふえた」

と、主水正は笑った。

「わたしの知っている男も、朝晩、しつこくそれぞれの向きへ挨拶に罷り出て、なんとか顔を覚えてもらい、役入りを運動している。これだけでもたいへんな努力ですな。なにしろ、それが毎日の仕事になっている。いや、そういう辛抱強さはわたしには持ち合わせがない。あなたのその弟子も多分に目下羽振りのいい鳥居殿に取り入ろうとするあまりとみえます。あまり気にかけられぬほうがよろしかろう」

主水正は、忿懣がぶり返したような伝兵衛の顔に言った。

「そんなことにいちいち腹を立てていては、近ごろは一日でも気は楽になりませぬよ。そのうち柳橋にでもお誘いして、ごいっしょに押し出すことにしましょうかな」

「いや、そればかりは」

と、伝兵衛はようやく苦笑を浮かべた。

「どうもわたくしには苦手でして」

「お堅いことは知っているが、人間、腹が立つときには、女どもの顔を見るのがいちばんです。わたしはそういうことにしている」

この人ももう一生非役で埋もれる隠居の覚悟であった。伝兵衛は主水正の言葉にそれを感じた。……そういえば、いつも屈託のない明るい顔をしている主水正だが、その姿には思いなしか寂しい翳を見るのであった。

「わたしの友だちに」

と、主は言った。

「川路三左衛門という男がいて、いま佐渡の奉行をしているが、この男、前にも鳥居殿に狙われたことがある」

伝兵衛も川路の名前を知っていた。先年、但馬出石の仙石家の騒動が起こって、虚無僧に身を変じた神谷転なる者が仙石家と訴訟争いになった。このときに寺社奉行付調役として寺社奉行脇坂淡路守を扶けて裁判を公正にしたのが川路だった。この獄は川路三左衛門の名を世間に有名にした。

「しかし、あの男はわたしの友人だから賞めるわけではないが、信念を持っている。それに耀蔵の実父の林述斎も川路を認めているので、さすがの鳥居も川路だけは落とすことができなかったそうな。だが、それも川路の正当さがあってこそです。……佐渡奉行としての評判も至ってよろしいようだ。……世にはこういう男もいるから、わたしも安心しています」

「それを承って、なんだかわたしも心が落ち着きました」

伝兵衛は初めて納得したように、二、三度つづけざまにうなずいた。

三左衛門は、後の川路聖謨である。


井上伝兵衛は自宅に戻った。

女房のつやが迎えて、

「伝之丞さまがお待ちになっておられます」

と、さっそくに告げた。伝之丞は伝兵衛の舎弟である。伝之丞は他家に養子に行き、伊予松山の松平隠岐守（勝善）の家来で、江戸詰となって芝愛宕下の藩邸の長屋にいる。

伝兵衛が居間に通ると、痩せて、背の高い弟は出された酒を呑んでいた。

「午、こちらへ来たが、兄者は鳥居殿の屋敷に行かれたと聞いて、ほどなく戻ってこられるだろうと待っているうち、腰がすわってしまった」

と、伝之丞は兄を見上げた。

「帰りに寄り道をしたのでな」

伝兵衛は妻のつやに手伝わせて袴を脱いだ。

弟は酒好きだが、伝兵衛は酒が一滴も呑めなかった。

「今日は茂平次をお供に鳥居殿に参られたそうだが、茂平次はさぞ喜びましたろうな？」

伝之丞もたびたびこの家に来て、本庄茂平次を知っている。おもしろい男だ、と伝兵衛も言っていた。

茂平次が鳥居耀蔵に正面からぜひお目にかかりたいと言っていたことは、この兄の口から聞いていたのである。

「うむ」

伝兵衛の顔がとたんに曇った。彼は、茂平次が喜んだともそうでなかったとも言わない。

「茂平次は鳥居殿にどのようなことを言ったのですか？」

伝之丞はまだ茂平次に興味をもっている。

「あいつは明日から、道場には来ぬかもしれぬな」

機嫌の悪い声だった。不快さが露骨に顔に出ている。

「ほう、どうして？」

伝之丞はおどろいて兄の顔を見た。

「ちと子細があってな」

伝兵衛はそれ以上茂平次のことについて言おうとはしない。伝之丞もこれは何かあったなと察したが、兄の気性を知っているので、そのまま口を噤んだ。彼は黙って杯を口に運んだ。

伝兵衛も自分の不機嫌さを弟に露骨に見せたことに気がさしたか、

「どうだ、伝十郎も無事にしているか？」

と、他の話題に移った。伝十郎は伝之丞の息子だった。伝兵衛は実子がないので、この甥をかねてからかわいがっている。

「元気にしている」

と、伝之丞はさすがに眼の縁にうれしそうな微笑をみせて、

「近いうち、兄者のところに遊びに来るようなことを言っていたが」

「そうか。このところしばらく会っていないな。ぜひ、よこしてくれ」

伝兵衛の機嫌がやや直ったように見えたが、そのあと何かを考えるように、また表情が元に戻った。その顔色を伝之丞が窺うように見ていた。

伝兵衛が来ぬかもしれないと思っていた茂平次は、翌る日、けろりとした顔で道場にやってきた。

昨日から不愉快にとりつかれている伝兵衛は、その横着そうな顔を見るとたまらなくなってきた。これまでは剽軽なことを言って皆を笑わせていたのだが、あんがい、その下には狡猾なものが隠されていると思うと、伝兵衛は抑制を忘れた。

「茂平次」

と、伝兵衛は鋭い声で呼んだ。

「ちょっと話がある。こちらへ参れ」

「はあ」

茂平次は、一瞬、伝兵衛を上眼遣いに見たが、おとなしく稽古着のまま師匠の居間へ従いてきて、閾際にかしこまった。

「茂平次」

「はい」

「昨日、鳥居殿の帰りにわしがおまえに言ったことをおぼえているか?」

くどいようだが、伝兵衛はあのときの小言ではまだ足りない気がした。この男の行動から、昨日以来、まるで胸に砂が詰まっているような気持ちで送ったのだ。それに、前も口先だけの詫言で、茂平次が心から反省しているようにもみられない。伝兵衛はもう一度ここで叱責しなければ、自分の心が癒えない気がした。

砂の筋

夏の午下(ひるさ)がりの屋敷町は人の歩きが途絶えている。この青山の界隈も両側に築地塀が長々と伸びているために、人間ひとり憩(やす)む場所にも困った。距離を置いてそれぞれの家のいかめしい門があったが、強烈な陽射(ひざ)しに門扉の金具が灼かれているのを見ると、いかめしくて佇(たたず)む気にもなれない。

飯田主水正(もんどのしょう)の屋敷の中では、中間(ちゅうげん)の源助が軒の陰の中にしゃがんで草取りをしていた。

主人は庭が伸びた雑草に埋まるのをおもしろがっているが、軒の周(まわ)りだけでも抜かないと歩けた話ではなかった。

その主人は他出している。若党で与平というのがいるが、どこかの隅に昼寝をしているらしく、さっきから姿を見せない。——身体の丈夫な人間ほど眼がとろけてくるような時刻であった。

草取りをしていた源助の耳に、表のほうから妙に鈍い音が聞こえた。塀の向こう側だ。

もっとも、源助のうずくまっている場所から塀までかなりあって、その間に草むらがある。音がそれほどはっきりと耳にはいったわけではなかった。

しかし、たしかに地面に物が落ちた音だった。

この家の築地塀は、よく道に瓦(かわら)を落とす。源助は、はじめはそれだと思った。古くて大きな瓦だから、地面に落ちるとかなり重量のある響きを聞かせる。

耳を澄ませていた源助に、今度はばたばたと人間が走っていく足音が伝わった。

子供が悪戯(いたずら)をして瓦を落として遁(に)げたと源助は合点した。長いこと手入れをしないので塀のいたるところに瓦が危なっかしく載っている。それを子供がおもしろがってわざと棒先でつつき落とすことがある。

源助が表の様子を見て片づけをするつもりで腰を上げようとしたとき、ふいと門の潜(くぐ)り戸が開いて人間がはいってくるのが映った。

源助が棒立ちになったのは、この暑いのに、その男が黒い布片(きれ)で顔を覆(おお)っていることだった。先方でも真正面からいきなり源助と会ったのでどきりとしたらしく、ふいと立ちどまってこちらを見ている。源助の側からいうと、光線の加減で男の姿が逆光になって、強い陽射しのため影も濃かった。

あとになって源助が気がついたことだが、その男は、誰か表に人が通りかかったので、身を隠すつもりで、この門の脇戸が半開きになっているのを幸いにはいってきたらしい。

源助がその男の風采を普通と感じたら、かえって大きな声を出したかもしれない。しかし、真昼間の覆面という異形(いぎょう)には、出る声を呑(の)まれた。

すると、相手はゆっくりと彼のほうへ手をさし伸べた。その先に光った短刀が握られていたのを見てまた仰天させられた。

源助は眼をむいたまま、足が動かない。相手の意志がわからなかった。近寄るな、というようにもとれるし、この屋敷に無体なことをしに来たようにもとれる。

これは夜の出来事といってもおかしくなかった。あたりには声一つないのだ。強い夏の陽射しが、草いきれをものうく蒸しあげている。

短刀を突きつけられて立ちすくんでいる源助の耳には、夥(おびただ)しい小虫の羽音に似たものが一時に鳴っていた。

相手がどのような服装をしていたか、源助はあとになってもよく憶えていない。武士らしいことだけは感じとれたが、その覆面の男が縞物を着ていたか、黒紋付だったのか、着流しだったのか、袴をはいていたのか、嘘のように記憶が抜けていた。

対決は、しかし、そう長くつづかなかった。相手の男がまたふいと脇戸を開けて出ていったからだ。

残念だが、そのあとを源助はすぐ追えなかった。門を出たとたんに横合いから刺される危険もあったが、真昼間、よその屋敷に抜刀で押しこんできたのには胆を奪われ、はじめから後れをとっていた。

源助の頭には、この次第を若党の与平に急報する処置が泛んだが、さすがにこのままでは報告もできないと知って、外の様子を見届けることにした。

彼の眼にはさきほどの曲者の姿がまだ幻影のように揺れている。現実には、草の上に蠅が飛びまわっていた。

源助は、自分の臆病を叱るように、潜り戸の内側に走った。

が、たちまち、そこで脚がとまったのは、その脇戸の開き具合に、たった今、人の出ていったあとを感じさせたからで、これでまた気味悪くなった。

向かい屋敷の塀に、とんぼがはねを揃えていた。

やっと外に出て、往来に眼を走らせたとき、源助は、あっと声をあげるところだった。

駕籠が一挺、この屋敷の塀の前に、つくりもののように据えられていた。

源助は眼をつりあげた。

塀の上の瓦が落ちてくだけたあとはなかった。さきほど聞いた音は、この駕籠をここに降ろしたときだったとわかった。

それにしても駕籠かきの姿がない。駕籠だけが、埃の道に、濃い影を溜めてすわりこんでいるのだ。

源助は、さきほどの人の遁げる足音を思い出した。子どもがいたずらをして逃げ去ったと思ったのは、駕籠かきの間違いだった。

してみれば、これは異変が起こっているのだ。普通に駕籠を路におろしたぶんには、あのように地に響くような音はしない。乱暴が行なわれたとみていい。

人が内にはいっているのかいないのか、置きすえられた駕籠は、こそとも揺れない。

声も聞こえない。

源助は、直感で内に人がいると思った。同時に、短刀をもった覆面の男が眼に泛んだ。

源助は、駕籠の傍にゆっくりと近づいた。内をのぞいてから、彼の膝の骨は抜けたようになった。奥向き奉公の女中ともみえる女が、首を前に傾けてすわっている。紅い血が胸衿から下に滲んでいることも眼からのがれなかった。

門内に駆け戻るのも、夢中だった。

ひとりでは処置のつかない話だった。主人の主水正は外出している。若党の与平の所在はわからない。二千三百石の屋敷だから、荒れてはいても広大なものだ。源助は狼狽と、与平捜しのあせりとで、おそろしく手間どった。

「与平さん」

源助は、やっと納戸の隅に暑そうに汗をかいて寝ている若党を見つけて起こした。

「たいへんだ。ちょっと起きてくんねえ」

与平は、横たわったまますう目を開けた。

「なんだ、どうした？　また殿さまが客を大勢つれてお帰りになったのか？」

「そんな呑気(のんき)なことじゃねえ。この屋敷の前で人が殺されているのだ」

与平は、まだぴんとこないらしく、赤い眼をぼんやりさせて、眠っている間に頬に流れた涎(よだれ)を手でふいた。

「どこであったんだ？　え、その人殺しのことだが」

「しっかりなせえ。屋敷の真ん前でさ。たったいま、それを見てきたばかりでさ」

若党がとび起きたのは、その言葉を正気に戻った耳に聞いてからだった。

源助も今度は与平という味方がいたから気が強かった。

二人は揃って門外へ駆け出た。

「あれ？」

源助は道路を見て眼をこすった。

駕籠がないのだ。

たった今、この眼で見たばかりの駕籠が消えている。ただ、白い道だけが向こうの曲がり角までつづいて、正面は寺の門だった。陽が少し動いて、片側の塀に影を伸ばしていた。

「源助」

と、与平は咎めた。

「どこで人殺しがあったのだ？」

「そこですよ」

源助は指さした。むろん、何もない道の上だった。塀には蔓が匍い、下にも草が伸びていた。その中から蜥蜴が頭を出していた。

「何もねえじゃねえか」

と、与平は不服そうに言った。

「いったい、どうしたのだ？　源助、はっきりと言ってみろ」

「あっしは、ただ、この眼で見ただけだが」

と、源助はつぶやいた。

「駕籠があったのでね……」

「駕籠？」

「その中で女が殺されていた」

「…………」

「胸を刺されて、すわったまま死んでいた」

与平は笑い出した。

「おめえ、草をむしりながら夢でも見たのじゃねえか」

「とんでもねえ」

と、源助は言った。

「あっしは正気の眼で、はっきりと見たんだ。そうだ、庭で草むしりをしていたとき、お屋敷の小門から男がひょっこりはいってきた。妙な武士で、顔を黒い布片で隠していた。その男が、短刀をあっしに突きつけたんでさ」

与平は、当てにできない顔で聞いている。

「それからどうした？」

「向こうでもいきなりあっしと向かい合ったものだから、少々おどろいていたようだが、そのうち、また外に走り出ましてね、そこで、あっしがあとからのぞいて駕籠を見たという次第でさ」

「どこにその駕籠があったのだ？」

与平が源助に位置を教えられて、その場所に移った。地面に眼をさらしていたが、与平の態度が一変した。

「源助」

与平のほうが声をうわずらせた。

「血だ」

「えっ？」

水分を吸い取られたどす黒い色が埃をかぶって二、三滴道を彩(いろど)っていた。

「ちげえねえ」

と、源助が言った。

「この血の具合は、駕籠に溜ったものが漏れたあとだ。こっちにもつづいているぜ」

東側にも同じものが間をおいて落ちていた。

「その男は、どんな格好をしていたのか？」

外から帰った主水正が与平の報告を受けて、源助を呼び出していた。

欠伸(あくび)をしながら、自分でもわざわざ塀の外の現場まで血のあとを見にいき、引き返してからだった。裸になって身体じゅうを冷たい水でふき、さっぱりした気分で煙管(きせる)を取っていた。体格はいいし、この格好に少し崩れた粋が見えて、柳橋の芸者が騒いだりする。

「さようでございますね」

と、源助は濡縁の外にかしこまって首を傾けている。

「…………」

記憶が出ないのだった。

「黒い布片で顔を隠していたのは本当だな?」

「へえ、そりゃもう……」

そこだけは源助もはっきり断言できる。

「武士だということも間違いないな?」

「へえ、間違いございません」

「着物の柄とか、袴の具合などどうだった?」

それがどうにも思い出せないのである。不意の出来事で、自分の眼からすると、まるで幻のように現われて消えたといっていい。しっかりと見ていたつもりだったが、まるきり視覚の記憶から消えていた。

「では、体格はどうだ？」

と、主水正は服装のことを諦めた。

「へえ……」

「つまり、背が高いか低いか、痩せているか肥えているか……そのへんのところだ」

「へえ」

と、また首を捻った源助が、

「そう高くはなかったように思います」

「では、低いほうだな？」

「へえ……」

何とも頼りない話だった。

「背が高くないというと、まず、どれくらいだな？　そうだ、源助、おまえがその男を見ていた場所に立っていろ。与平」

「へえ」

「おまえは門の戸を開けてはいってくるのだ」

主水正は煙管を投げ出して、庭下駄をはいた。

二人は主の言うとおりになった。源助が軒の下にしゃがみこむ。これは草を取った跡があるから前の位置に間違いはなかった。

与平が門の脇戸を開けてはいってきた。源助の瞳がその位置を測って、

「あ、そのへんです」

と、主人を振り返った。主水正は扇をつかって立っていた。

「よろしい。与平はそのままでいろ」

二人をその位置に固定させて、主水正は源助のすぐうしろに同じ頭の高さにしゃがんだ。

「どうだ、そこで源助の眼だが、与平はわりと背が高いほうだ。おまえの眼から見ると、与平の頭が門扉の上から二番目あたりの横木にかかっているはずだ。その男は、おまえの感じとしてどれくらいだった？」

顔も、体格も、着物もふしぎなほどおぼえがなかったが、源助は曲者の頭の位置だけは指摘することができた。

「もうちょっと下のほうに頭があったように思います」

「与平の耳のあたりか？」

「さようでございますね、もう少し低いようでございました」

主水正はうなずいて立ち上がった。

「次におまえが見た駕籠だが、それは辻駕籠か？」

「いいえ、もっと上等な乗物でございました」

「うむ。内に乗っていた女というのは、大身の奥向きに奉公している女中のようだと言ったな？」

「へえ、それはもう間違いございません」

「おまえがその殺された女を見て屋敷に戻り、与平を連れてまた現場に引き返すまで、どれぐらい間があいていたか？」

「へえ。だいぶ経っていたように思います。と申しますのは、与平さんの居所がわからなくて、しばらくうろうろしておりましたから」

「そうか。相当の暇はあったのだな」

と、主水正は考える眼つきになった。彫りの深い顔だし、強い顎の線だった。

「殿さま、てまえは決して嘘などは申し上げておりません。そりゃもう奇態なことで、何とも申し上げように困りますが、与平さんと出ていったとき、たしかにこの眼で見た駕籠が人間もろとも消えておりましたので」

「おまえの正直はわかっている」

主水正は笑った。

「なに、駕籠の消えたのは不思議でも何でもない。源助、おまえが与平を捜しに屋敷の中にはいっている間に、誰かがその駕籠を担いで持ち去ったのだ」

「けど、殿さま、てまえが見ましたときは道の上に人間はだれもおりませんで、駕籠だけがぽつんと残っておりました」

「おまえをおどかした曲者が現われて、ふいと女を刺したので、駕籠かきどもがびっくりして遁げたのだ」

「すると、人足どもはそのへんの陰に隠れていたのでございましょうか」

「そうではあるまいな。知っている家に急を知らせに行ったのだな」

「すると、てまえが与平さんを捜しにいった間に?」

「そうだ。そのとき、誰かが置いてけぼりの駕籠を引き取りにきたのだろう。面妖な話だが、裏の理屈をつけてみれば、まあ、そのへんのところだな」

立っていた与平が草の間に何かを見つけたらしく、声を出してしゃがみこんだ。

その指先に一本の紐(ひも)が垂れ下がっていた。

飯田主水正は、柳橋の船宿では桔梗屋(ききょうや)がひいきであった。

五月二十八日の両国川開きの前後から本格的になるのが川遊びであった。旗本や、各藩の留守居などもしきりと遊びにくる。そのなかで主水正は、宿のおかみにも、芸者たちにも歓迎されていた。

飯田の殿さまは遊び方が垢(あか)ぬけている、というのが皆の言い合わせたような評判であった。旗本のなかにはずいぶんと悪ふざけをして遊ぶ者があるし、藩の留守居などは自分の芸ごとを自慢にして、芸者たちにも意地悪く当たるし、遊びずれがしているので万事があくどい。主水正は、強い酒だったが、決して乱れないし、いつも愉(たの)しそうな微笑がその男らしい顔に漂っていて、芸者どもが、もう少し残ってもらいたいと思うのに、あっさりと切り上げてしまう。

あれで御役入りなされたら、ずいぶんとご出世なされるだろうという者があるが、当人は女どもを相手に酒を呑むのが極楽だと言って笑っている。

芸者は呼んでも、これといって決まった女がいるわけでもなかった。気に入ったと思われる芸者を四、五人くらいに限定したのも、主水正の気性を知っている桔梗屋のおかみが計らったことで、彼が来ると、近くの置屋に使いを走らせる。

主水正の気分次第で、芸者は大勢がいいということもあるし、一人か二人にしてくれということもある。その注文で、男衆は置屋を五、六軒走り回ったり、一、二軒だけで済ましたりする。当時の芸者の置屋は、柳橋や深川、三十間堀あたりに居を構えていたが、たいてい一軒に芸者ひとりか、妹ぶんひとりを置く程度で、数人を抱えこむということはなかった。

いらっしゃいまし、と桔梗屋のおかみは二階に上がってきて、主水正に挨拶した。

「殿さま、今日は、いく人お呼びいたしましょうか？」

「そうだな、暑いから大勢で来ても迷惑だ。一人にしようか」

「お珍しいこと。誰でもよろしゅうございますか？」

「かまわぬ」

「それでは、小菊さんを呼びます。……小菊さんはさぞ大よろこびでございましょう」

「小菊か。酒の相手には申し分ないが、いつかのように酔いつぶれて皆に厄介をかけるようでは困るな」

「日ごろはあんなふうではないのですが、酔うのは殿さまの前だけでございます。それではさっそく、使いをやりますが、今日はお船でございますか、それともここで？」

主水正は黄昏の川を眺めて、

「今日はまたたいそう出ているな」

と、船の群れに呆れていた。

「はい。今ごろが盛りでございます」

と、おかみも眼を手すりの向こうに遣った。

夕方の大川には屋形船が夥しく動いていた。どの船からも小さな顔がのぞき、三味線や唄声が櫓の音といっしょに漕ぎのぼっていた。両国橋を中心に、中洲から吾妻橋あたりの大川を上下するのが、このころの船遊びであった。空には澄明な明るさが残っているのに、気の早い船は、もう灯をつけていた。

川を埋めそうなその屋形船の群れの間を、饅頭売り、餅売り、水売りなどの小舟が、先に赤い行灯をともして客船にまつわっていた。

「これでは、とても船に乗る気になれぬ。邪魔だろうが、ここに居すわることにしよう」

と、主水正は眼を笑わせた。

「かしこまりました。それでは、ただいま、支度をさせます」

「ちょっと待ってくれ」

と、彼はおかみをとめた。

「芸者もいいが、このへんに少々上等のものを扱う小間物屋はいないか？」

「小間物屋でございますか？」

おかみは眼をみはって、上げかけた腰を落とした。

「そりゃ、ないこともございませぬが……、このへんは芸者衆相手の商売が多うございますから、粋ものを扱っております」

「それでいい。その小間物屋もいっしょにここに呼んでくれぬか」

おかみは主水正の顔を見て、

「殿さまがそんなにご親切にあそばすから、女どもが夢中になるのでございますよ」

「そうかな。おれは何も買ってやるとは言わなかったが」

「あら」

「小間物屋には、ただ、ここに来てくれるだけでいいのだ。実は、少々、鑑定(めきき)してもらいたいものがあってな」

　おかみが、おはぐろの口を手の甲で抑え、身体を曲げて笑い出した。

「これは、とんだ早合点の失礼を申し上げました。はいはい、かしこまりました。小間物屋さんは、吉兵衛さんといって古いご商売ですから、どのような品か存じませんが、目だけはたしかでございます」

　おかみが階下に降りたのと入れ違いに、酒と料理が上がってきた。六畳と四畳半の狭い二階だが、間の襖を取り払っているので、大川の風が軒いっぱいにはいってくる。女中が行灯に火を入れると、膳の上にならんだ椀や皿が明るくなった。下の船つき場では、さきほど降りていったおかみが大きな声で船頭に言いつけていた。

「伊平、日本橋の備前屋の旦那だよ。気をつけてお送りしな」

　そのおかみは、芸者がくるまでと言って忙しい身体ですぐに上がってきて、主水正に酌をした。

「ここはいいから下に行ってくれ。だいぶん混んでるようだな」

　主水正が一杯だけで断わるつもりでいると、

「いいえ、大事な殿さまですから、おひとりではおけません。そのうち小菊さんと役者交替いたします。あら、もう、来たようでございますよ」

梯子段を上がってくる足音がした。が、これは途中の咳払いで男とわかった。

ごくろうさま、とおかみは小間物屋吉兵衛に座をゆずった。縮みの上布をきた四十年配の男だったが、商人らしく前掛けをつけるのを忘れていない。

主水正の身分も名前も相手に告げないのがこの場合のおかみの礼儀で、吉兵衛も黙って主水正に低頭した。

「気楽にしてほしい」

と主水正は、おかみに言いつけて杯を出させた。

「こちらから、呼び出して、ものを教えてもらうのだからな」

「とんでもございませぬ。恐れ入りました」

と、小間物屋は律義に恐縮した。それでも、長い辞退の末、その杯だけは恭々しく口に運んだ。

「これだがな」

と、主水正は懐から懐紙に包んだものを出して、小間物屋の前でひろげた。白い紙の上には、うす桃色の細長い紐がのっていた。

昨日、屋敷の草の間から、若党の与平が拾いあげた紐だった。

吉兵衛は、それを丁寧に受けとった。おかみが行灯を傍に運んだ。

「どうだ、おまえは商売人だ。鑑定してもらいたいのはその紐のことだが、遠慮せずによく手にとって見てくれ」

小間物屋は主水正に言われたとおり、紐を手につまんで瞳を近づけていた。

「これは平打の紐でございますが……」

と、吉兵衛は品物を眺めて言った。

「うむ。訊きたいのは、そこいらで売っているような品かどうかということだが。いや、たとえば、おまえの店でも扱っているものか？」

階下から女中が顔を出しておかみに、客が呼んでいると告げ、次に小さな声でささやいた。

「殿さま。小菊さんは大車輪でおめかしだそうでございます。もう少々、お待ちくださいまし」

と、おかみは笑って言い、また忙しそうに降りていった。

「いえ、てまえのほうでは、なかなか、このような品は扱えません」

と、小間物屋は主水正と二人だけになって紐の鑑定をつづけた。

「と、いうと、相当な品か？」

「はい、まず……」

と、吉兵衛は言い渋っている。

「そうか。……では、大身の旗本、それも寄合以上の奥向きで使っているものか？」

主水正の眼が大きくなっていた。

「いえ、なかなか……」

「うむ。もっと上か。では、大名の奥向きか？」

「いえ、そうではございませぬ」

「はてな、大名でもないとすると……」

主水正の眼がすわった。彼は吉兵衛の手から紐をうけとると、改めて自分でも見入って、

「みたところ、ただの紐だが。……吉兵衛。どこが普通の品と異うのだ、それを聞かせてくれ」

「それは、編み方でございます。ちょっと見たところ、別段のことはないようでございますが、それは特別な向きのものに編ませたものでございます。艶、重さ、伸び縮み、そういうところがこの編み方の工夫でございます」

「特別な向きにな？」

主水正の頬に満足げな影が泛んだ。

「そうか……」

と、なおも眼を沈ませて考えていたが、

「どうだろう、くれぐれも迷惑はかけないと約束するが、この品物をさる向きに納めた商人はどこのだれだか見当がついたら、教えてくれまいか？」

「…………」

「実は必要があって、ぜひともそれを知りたい。……知るだけでいいのだ。それがわかったからといって、おれが何をするというわけではない」

吉兵衛は両手をついて眼を伏せていた。

「おまえはそれを知っている顔つきだな。古い商売で、芸者どもの凝った品を扱って目も確かだと、ここのおかみも言った。同業のことになるが、その商人の名前をきかせてくれぬか？」

「よくわかりましてございます。殿さまをご信用申し上げて、お答えさせていただきます」

しばらく黙っていた吉兵衛が、決心をつけたように頭を下げた。

「ありがたい。話してくれるか」

主水正の顔色が輝いた。

「はい。この紐は、麹町の浜中屋儀右衛門という袋物屋が作って、さる方面に納めているものでございます」

吉兵衛の語調が少し改まっていた。

「間違いないな。いや、これは念を押しているのだが……」

「見誤りはいたしませぬ。浜中屋の出来でございます」

「浜中屋というのは、御用達（ごようたし）か？」

主水正は何気ないふうに御用達と言葉に出した。

「そうではございませぬが、御用達碇屋（いかりや）の手を経て、西の丸大奥に納めておるように聞いております」

と、吉兵衛もついにさる向きの正体に踏み切った。

「うむ、西の丸大奥とどうしてわかるのだ？　碇屋は本丸大奥の御用もつとめているはずだが……」

「ごもっともでございますが、それは、こうでございます。……恐れながら大御所さま御在世のころ、お美代の方さまが浜中屋調達の紐をたいそうお好みになって、それがいまだに西の丸奥向きにつづいているそうでございます」

いつのまにか川面が昏れて、大小の屋形船の軒に吊りならべた提灯が精霊流しのように水に映えていた。

主水正は考えこんでいた。

「いま、門口で小間物屋の吉兵衛さんとすれ違いましたが」

と、急いですわった芸者の小菊が主水正からもらった杯をいそがしく呑み乾して言った。

「ここの姐さんの話では、吉兵衛さんが殿さまに呼ばれてきたそうですが、お珍しいこともあるものとびっくりいたしました。どなたかごひいきの芸者衆に鼈甲の笄でもおやりになるのかと思いました」

「おまえが、もっと早くくれば櫛の一本でも買ってやるところだった。遅れてきたばかりに散財せずに済んだよ」

主水正が笑った。

「おじょうずをおっしゃってもだめでございます。階下でおかみさんから聞いて参りました」

小菊も面長な顔に微笑をひろげた。昼間だと、少し強い容貌だが、行灯の明りに翳が淡くうすれていた。小紋の中形が幅広の帯にしまって、すんなりとした白い姿が胴をくくっていた。

「これでも、この家からお知らせをうけて、大急ぎで支度をして参りました。お殿さまからわたくしひとりとお名ざしをいただいたそうで、胸がはずんで、気があせるばかり、かえってあわてて遅れてしまいました。ご勘弁くださいまし」

「大汗かかせて悪かったな、少し川風に吹かれて涼むがいい」

「もったいのうございます。わたくしひとりのお相手では、ほかの誰かさんに恨まれそうです」

小菊は眼を伏せた。

「気の弱いことを言うが、酒を呑めば怖いもの知らずだからな」

「いいえ、今夜はいただきません。殿さまの前にわたくしひとりではとてもその気になりませぬ。それに今日は一日じゅう、ふさいでおりましたが、殿さまに呼ばれていちどきに気が晴れましたから、お酒まで欲しくありません」

「ふさいでいたというのは、何か嫌なことでも聞いたのか？」

「はい。なんでも近いうちに、きついお政令（ふれ）があるそうでございます。水野越前守さまが御老中におなりなされてから、ずっと肚（はら）づもりなされていたのが、いよいよわたくしどもにきびしいお達しとなって出るそうです。今日は、みんなで寄って、その話ばかりで、まるで昼間のお通夜のように青い顔をしていました。いいえ、芸者だけではありませぬ、船宿や水茶屋のおかみさんたちも、噂を聞いて溜息をついております。ねえ、飯田の殿さま」

と、小菊は主水正の顔を見上げた。

「お布令（ふれ）で、ほんとに茶屋は廃業になり、芸者稼業はお禁（と）めになるのでございましょうか？」

「さあ」

と、主水正は首をかしげた。

「このたびの水野殿の方針は享保、寛政のご禁令を手本となされるようだが、肝心の寛政のご政令も掛け声だけで沙汰やみになっている。今度も、噂だけは大きいが、おまえたちが心配するようなことはあるまい」

「それならよろしゅうございますが、ついこの前の山王(さんのう)さまのご祭礼も、あのようなきびしいお達しで、寂しい山車(だし)と、天鵞絨(ビロード)や絹物を遠慮した野暮な練子(ねりこ)の装束で、近年にない気の抜けたお祭りになりました。また、先日も、あるお茶屋に奥祐筆が遊びに見えて、今度のご改革は本ものだと話されたそうで、ますます怯(おび)えております」

「奥祐筆は御用部屋の大事な仕事をしているから、まんざらでたらめも言わないだろうな」

「ですから、みんなで悄気(しょげ)ているんです。今年の川開きは……」

と、小菊は屋形船に埋まった川に眼を遣(や)った。

「鍵屋や玉屋の新趣向で賑わいましたが、来年からはどうなるかわかりません。花火玉の大きさもご制限になるらしいんです」

赤い行灯をつけた物売りの小舟の間から、新内流しや、声色(こわいろ)が風にのって流れてきた。

「あれは海老蔵(えびぞう)でございますね。四月の中村座の蓮生(れんじょう)法師がたいそうな評判でございました」

と、声色にちょっと耳を傾けていた小菊は言った。

「堺町、葺屋町、木挽町の芝居座も、三座は多すぎるからどれか一座にするとか、悪くすると、お取りつぶしになるかもしれないという噂もございます。それで寝込んでいる新造(しんぞ)や芸者衆もございます」

「それは、気の毒な」

「殿さま。笑いごとではございませぬ。もう、わたくしどもへも内々で、金銀や鼈甲の頭の飾りもの、派手な着ものの帯などはなるべく遠慮するようにとお達しがきております。いまはそれくらいで済みますが、本気にお取り締まりでもあれば、まだまだ、どういうことになるかわからぬそうです。……もし、飯田の殿さま、そんなことになったら、いったい、このお江戸はどうなるんでございますか。権現さまご入部のころのように草ぼうぼうのお江戸にかえすお考えでしょうか？」

「そんなことをおれに聞いてもわからぬ。どうもおまえは酔わないでも、筋違いのからみ癖があるようだな……そんなに芸者稼業の先々が心配なら、いまのうちにいい旦那をみつけておくことだ」

「あれ、薄情な……」

小菊が、杯を手に主水正を睨んだとき、

「ごめんくださいまし」

階下から足早に上がってきたおかみが主水正の傍らにぴたりとつくと、低い声で何かささやいた。


耳を傾けていた主水正の瞳が大きく動いた。

おかみのささやきは、この辺を持場にしている薬研堀(やげんぼり)の岡っ引で卯助(うすけ)という者が、この船宿の二階で遊んでいる客は誰か、と名前を訊(き)いたというのである。

「どうしてそんなことを尋ねるのだ？」

と、主水正はおかみに訊き返した。

「わたくしにもよくわかりませんが、その前に、小間物屋の吉兵衛さんが殿さまに呼ばれたのを、卯助さんは見ていたそうです」

と、おかみはうすい眉をひそめて低声で答えた。

「あの人は、いつも暗いところをうろうろしているので、わたくしも気がつきませんでしたが」

「それで、小間物屋もその男に何か調べられたのか？」

「いつになく夜の商売に船宿に来たというので妙に思ったのかもしれません。あの人はなんにでもひっかかる性質ですから。でも、吉兵衛さんには、そう深い詮議はかからなかったと思います」

しかし、それはおかみの気休めだろうと主水正は考えた。その岡っ引が小間物屋から何か聞かなければ、自分の名前を知りたがるはずはないと思った。

おそらく主水正が小間物屋に見せた特別な編み方の紐が、西の丸大奥に納めるものだと吉兵衛から強引に聞き出して、岡っ引の職業意識を刺激したのであろう。

「それで、おれの名前を言ったのか？」

「申し訳ありません」

と、おかみは手を合わせた。

「とても遁げ切れる相手ではございませんので、とうとう……」

水商売は岡っ引などには弱い立場だった。ことに、相手がこの辺を持場にしているなら、その機嫌を損じてはならなかった。客の素性を明かさないのが仁義のこの商売でも、それは防げなかったのだ。

「なに、それは言ってもいっこうにかまわぬがな。しかしおれの名を聞いてどうするつもりだろう」

主水正は首をかしげた。

「なんだか知りませんが、殿さまが思いがけない御大身のお旗本なので、先方はびっくりしておりました」

低い声でも、これはすぐ横で酒を呑んでいる、芸者の小菊の耳にはいらぬはずはなかった。

「ちょっと、おかみさん」

と、小菊は身体をこっちに捻じむけた。

「薬研堀のが、どうかしましたかえ？」

「いえ、どうもしないけどさ……」

おかみは、あわてて笑顔になった。

「どうもしないのに、内証話は水臭うござんしょう。いえさ、ほかのことなら知らぬ顔をしていますが、飯田の殿さまがかかり合いと耳にちらりとはいったからには、いつまでも半兵衛を極めこむわけにはまいりませんよ」

「悪いひとが居合わせたものだね」

と、おかみの顔は苦笑に変わった。

「おまえさん、飯田の殿さまのことになると火になるんだから」

「あい、火にも炎にもなります。それに、相手が薬研堀じゃねえ」

「何でも聞いてるんだね」

「飯田の殿さまとの内証話なら、あたしの耳から三里も離れたところでやっておくんなさい」

おかみが主水正の顔を見た。

「べつにこいつにかくすこともない。話してやれ。少々酔いはじめているようだから、聞きわけがなくなっている」

「おや、殿さま。あたしはまだ酔っていませんよ。それに、おかみさんから改めて聞かなくとも、およそのことは耳にはいっております」

小菊は眼のふちをうすく赧らめて言った。

「殿さま、薬研堀の卯助という岡っ引は悪い奴で、このへんの鼻つまみになっています」

「これ、小菊さん、大きな声を出さないで。まだ階下をうろついているかもわからないから」

「なに、聞こえたってかまいませんよ。どうせ、あの男とはウマが合わないから平気です。それに、あの薬研堀の親方も、お殿さまにかかっては、手も足も出ないにきまっています。あたしは、いっそ、あの男が殿さまに言いがかりをつけて、殿さまからぎゃふんと抑えつけられるといいと思ってるんです。どんなに胸の中が、すうと下がるかわかりませんよ」

「おまえも、だいぶん苛められたらしいな?」

と、主水正は煙管を煙草入れの筒の中にしまった。

「この柳橋の河岸で、あの男を憎まないものは一人もいません。まるで、蝮みたいな男ですから」

「蝮か」

主水正は、瞬間、遠いところを見る眼つきになった。

「同じような人間はどこにもいるとみえるな」

「え、なんですか?」

「いや、なんでもない、こっちのことだ」

「まあ気分の悪い。……あら、お帰りですか?」

と小菊は、膝を立てた主水正の顔に眼をあげた。

「少々、剣呑（けんのん）のようだから、これで帰る。今夜はおれも早仕舞だ」

「ご冗談を。……まだ早うございます。せっかく、あたしも殿さまとさしになれたと思ってよろこんでいますのに。川にはまだあのように船がたんと浮かんでいます。殿さま後生だから、もう少し、居残ってくださいまし。……あれ、おかみさん、笑って見てないで、お殿さまをひきとめてくださいな」

「小菊さん、殿さまもご都合のあることだし、この次、ゆっくり呼んでいただいたら?」

「おかみさんまで」

と小菊は、船の灯の動く川面を寂しそうに見て言った。

「つれないのねえ。………ええ、かまいませんよ。あたしはひとりでここに残って呑みますから」


「おい」

と、暗いところから声がきた。

桔梗屋からの帰りで、酔っていたが小菊の脚は、不意のことで、はっと停まった。ちょうど、濃い茂みが垂れ下がった柳の木の前だったのも、気味悪くさせた。あれほど出ていた大川の屋形船も少なくなり、赤い行灯をつけた物売舟だけが、未練そうに水の上をうろうろしていた。

小菊が気丈夫なところを見せて歩きかけると、

「小菊。ちょっと待ちな」

と、柳のうしろから、黒い影が出てきた。

「べつにおどかすつもりでかくれていたんじゃねえ。おれだ、おれだ」

男は頬かむりの手拭を除った。

小菊はじっと暗がりを透かしてみて、

「おや、こりゃ薬研堀の親方さん」

と、安心したようにわざと肩を大きく落とし、胸を叩いた。

「ああ、びっくりした。……わたしは、てっきり出たと思いましたよ」

「おめえほどの芸者がそんなかわいいことを言うとは知らなかったな」

男は懐手をして小菊の横に立った。夜目にも黒っぽい着もので、片裾をからげて帯の間に挟んでいたが、その下からはみ出た片脚は消えていた。実は、紺の股引が闇に融けこんでいるのである。

船宿の行灯の灯が遠くに見えているが、この道は一方に石置場などがあって暗かった。船頭が川の上で仲間を呼んでいる。

男は、世間で岡っ引で通っている卯助という名の四十男だった。ただし、正確には奉行所の与力についた「小者」というのがほんとうの身分で、岡っ引は俗称であった。彼らは表むきの給金は少ないが、裏道で収入があったのはいうまでもない。それでなくては、下っ引といわれる数人の乾分は養えなかった。

その裏稼ぎを何に求めているか、それぞれの岡っ引の性格によるが、いずれにしてもお上の御用を聞いているという権力の下っ端風がものをいうのには変わりはなかった。

「おい、小菊」

と、卯助は小菊をじろりと見て言った。

「おどかしたうえに、ものを訊いては悪いかもしれねえが、おめえが今夜桔梗屋に呼ばれた客の名前は何というのだえ？」

「おや、親方。それは、ちゃんとおかみさんからお耳にはいってるんじゃありませんかえ？」

小菊は高い声で反問した。

「うむ。おかみがおめえにしゃべったのか？」

「いいえ。おかみさんからは何も聞きませんが、親方さんがおかみさんに訊いていたのを、梯子段の上で涼んでいたときあたしが聞いたのです」

「ごまかしてもむだだが、まあ、聞いたものは仕方がねえ。……そいじゃ、次を聞くが、あのお客はおめえの馴染かえ？」

「とんでもありません。親方さんもお聞きになったように、さきさまは歴々のお旗本です。あたしふぜいをどうしてお相手になさいますか。ただ、ときたまの船遊びにあたしたちをひいきにして呼んでくださるだけです」

「そいじゃ、おめえのほかに誰が始終呼ばれているのだ？」

「それを申し上げねばいけませんかえ？」

「うむ、聞きてえな」

「お断わりします」

「なに？」

「親方さん。お客が芸者をよぶのは気持ちの憂さを晴らしたいからです。お客にしてみれば、あんまり人に吹聴されたくないにちがいありません。それに、こんなことは他人さまに洩らさないのが、あたしたち商売の仁義です。ご勘弁くださいまし」

「御用の筋があって聞いてもだめかえ？」

「どうぞ、ご堪忍を……」

「やい、小菊」

と卯助は、とつぜん怒鳴った。

「ちっとばかり甘え声を出したら、つけ上がったな。おめえもこのへんを三味線箱をかかえてうろうろしている芸者だ。おれの面にさからっていいことがあると思ってるのか？」

「いいえ、親方さんにさからう気持ちは少しもありません。でも、こればかりはあたしの口からは。……どうぞ、桔梗屋のおかみさんからでも聞いてくださいまし」

「ふん、誰から聞こうとおめえの指図は受けねえ。酒をくらったおめえの気が大きくなっているのか、この卯助がおめえに軽く踏まれているのか、どっちかわからねえが、おれはおめえの口からぜひとも聞きてえことがあるのだ」

「…………」

「あの、飯田主水正さまというお旗本のお付合いだ。え、おい、気に入られて、さしで呼ばれているおめえのことだ。さだめし、飯田さまの内懐にとびこんでいるにちげえねえ。さあ、ちゃんと教えてくれ。飯田さまが始終往き来なされている先だ。え、どういうお友だちがあるのだえ？　たまには、そのお連れといっしょに、おめえたちをお呼びなさることもあろうし、おめえひとりでお屋敷に伺ったこともあろうじゃねえか？」

小菊が、呆れて返事のしようがなく立っていると、卯助の声はのしかかってきた。

「おい、小菊、なんとか口を開かねえか。こういうことは何を聞こうとおれの肚の中に納めておく。金輪際、人には洩らさねえから、おめえの迷惑にもならねえ。おらア、それが聞きたくて、おめえの帰りをここで待ちうけ、藪蚊にくわれながらしゃがんでいたのだ」

「………」

「小菊。おれの言うことをきいても、あとで悪い都合にはなるめえぜ。おめえも聞いたか、近く御用部屋から強いお触れが出て、女の髪道具、着物や帯の贅沢はご法度になるのだ。お触れにかくれてこっそり愉しむ奴は遠慮なく縄をかけて奉行所に突き出すことになりそうだ。着ものさえそのくらいだ。茶屋女、女郎、芸者、そいつらがみんなきれいさっぱりと首の座だ。かくれて商売をつづける不埒な奴がいたら、見つけ次第、牢にぶちこむことになる……」

小菊は寒くなったように袖を前でかき合わせた。

「御用部屋に公方さまのお許しがとっくにおりたそうだから、そうなるのも、もうすぐだ。江戸じゅうの芸者の口が乾上がりだぜ。……とは、いっても、お上のご慈悲で多少のお目こぼしはある。そいつを手加減するのがおれたちの役目だ。え、聞いたか。その場になっておれが悪い都合にはしねえというわけよ。……造作のねえ話だ、ただ、おめえが飯田さまのお付合い先の名を一口言うだけのことだ。……なあ、小菊。道成寺の小坊主じゃねえが、聞いたか聞いたかとおればかりに言わせねえで、早いとこ教えてくれ」

暗い川面からは漕ぎ戻ってくる櫂の音が鳴っていた。

強い陽射しが庭の草に降りそそいでいる。部屋の内にじっとしていても汗がひとりでに皮膚からふき出る蒸し暑さだった。広い屋敷だが、熱を含んだ空気までがけだるく沈んで動かなかった。

主水正を訪ねてきているのは、小普請の深尾平十郎だった。百五十石で、むろん二千三百石の飯田主水正とは身分も禄高も年齢も違うが、二年前に知り合ってから、気性が合うというのか、ときどき平十郎のほうからやってきていた。両人とも、役入りも、出世の意思もないのが共通している。

――この深尾平十郎なら、いつぞやの晩、数寄屋橋門外の南町奉行所から死人をのせた不浄駕籠が出たのを目撃した男で、それを友だちの浜中三右衛門に話したのがきっかけとなり、三右衛門が鳥居耀蔵にその働きを認められている。

しかし、平十郎が今日ここに来ているのは、いつもの遊びではなく、二日前に主水正から至急に呼びつけられ、あることを頼まれたので、その報告のためだった。

その話がさきほどからつづいている。

「やっぱり、お察しのとおりでしたな。まさか、と思いましたが、当たってみておどろきました。笠原外記の屋敷から、たしかに怪我人をのせた駕籠が八日の晩にこっそり出ていったそうです。これは向かい側の永井伊織という人の屋敷の中間にカマをかけて、やっと聞き出しました」

と、深尾平十郎は扇を膝の上で動かして言った。

「八日の晩に間違いはないな?」

主水正はたしかめた。これは大事な点だった。奇怪な駕籠の一件が、この屋敷の前で起こったのが八日の昼下がりであった。

「それは確かです。笠原家ではひたかくしに隠しているそうですが、わたしは、別な方面から、その怪我人の駕籠がどこに落ちついたかつきとめて参りました」

「ほう。どこだ」

と、主水正の眼が光った。

「赤坂新町一丁目というのは溜池のすぐ傍ですが、そこに菓子屋で村木屋というのがあります。怪我人は、そこに担ぎこんだことがわかりました」

「では、女はそこの者か？」

「今日、その村木屋の前まで行くと、商売を休んでおりました。死んだのは、そこの娘で、十九になる女だそうです」

主水正は眼を閉じたが、すぐにかっと開いて深尾平十郎を見すえた。

「やはり、この屋敷の前で絶命したのだな。それとも、笠原外記の屋敷に駕籠を担ぎこんでから息をひき取ったか、どっちにしても刺された女は即死同様だ。……むごいことをする」

主水正は中間の源助から聞いた下手人のおぼろな輪郭を泛べた。黒い布で顔を覆っていたので面相もわからぬし、着ていた着物の特徴も源助におぼえがなかったが、ずんぐりした小太りの背の低い男だとは源助の記憶にある。――彼を脅かしたときに持っていた短刀は、駕籠のなかの女を刺した直後だったのであろう。

一突きに心臓を狙って即死させたのは、相当な度胸と腕の持主だといえそうだった。

——主水正は、源助が若党の与平を呼びに屋敷内にひき返した少しの間に、血まみれの女をのせた駕籠が消えていたことで、この近所のどこかにその駕籠を担ぎこんだものと推測していた。

すぐに脳裏にうかんだのは、近くの笠原外記の屋敷だ。主水正の屋敷から一町ぐらい東に離れている。この屋敷のことを考えたのは、先日、井上伝兵衛がきて不快そうに洩らした言葉で、西の丸の策動がどうとかしたという、鳥居耀蔵のところに出入りする伝兵衛の弟子の話からである。

源助の目撃では、駕籠のなかで首をうなだれていた若い女の支度も大奥の女中風だったという。

笠原外記の養女が、西の丸大奥で羽ぶりを利かせている中﨟たにであることは知れわたっている。駕籠のなかで死んでいた女の風采と、西の丸大奥の有力な女中の養父になっている笠原外記の屋敷がこの近くにあることとが、主水正の思案の中に結ばれたのは自然であった。

「まったく、ひどいことをしたものです」

深尾平十郎も、主水正の呟きに同感した。

「娘の葬いは昨日、その近くの浄満寺であったそうですが、世間体をはばかって密葬だったといいます。それというのが、その娘のお雪が……これは大事なことが後回しになりました。娘の名前はお雪といって、一昨年から西の丸の中臈たにの部屋子に上がっていたそうです」

「なるほどな」

そう聞いても、すでにそれほど意外ではなかったが、事件の輪郭は主水正に明確となった。

「かわいそうな娘の密葬は、世間体よりも西の丸あたりに遠慮したのかもしれぬな」

と、主水正は言った。

「飯田さま」

と、今度は深尾平十郎が主水正の顔に眼をあげた。

「てまえにはいろいろとわけのわからぬことがありますが……」

「わたしにも謎だが」

と、主水正は答えた。

「どういうことを訊かれたいのか?」

「まず」

と、平十郎は質問した。

「菓子屋の娘お雪を殺した下手人です。どんなつもりで刺したのでしょうか?」

「個人的な原因ではあるまい」

と、主水正はゆるく団扇を動かした。

「当人は、西の丸奥向きの中﨟たにの部屋子だというが、知ってのとおり、これは正式な奥向きの女中ではない。中﨟などの高級女中が自分の部屋に私用として使っている女だ。当人は、行儀見習のつもりで上がっている。部屋子は主人の私用のお使いに外に出たりする。……その菓子屋の娘の災難は、たまたま主人が中﨟のたにだったせいだろう」

「どう言われるのです?」

「こちらの想像だけで言うと、お雪は、主人たにの使いで笠原外記の屋敷に行こうとした。そこを待ち伏せていた男に刺されたのだろう」

「目的は？」

「お雪が持っていたものを、その男が欲しかったのだな。主人のたにからお雪が預かって、外記に届けるはずのものだ。手紙かもしれぬ。とにかく、それを横奪(よこど)りしたいために、お雪を殺した。わたしはそう考える」

「しかし、それだけだったら、何も殺すこともないと思いますが……」

「まったくだ」

と、主水正はうなずいた。

「その男にすれば、女に声を立てられたくなかったのだろう。人通りの少ない武家屋敷町とはいえ、真昼間のことだ。声を聞いて近くの屋敷の内から人が出てくる危険もある。大胆なことに、わたしの家の真ん前だった」

「しかし……声を出させないためには、ほかにも方法があったと思いますが」

「そのことだ。だから、下手人はむごい男だとわたしは言っている。普通の人間とは考えられぬ。なみの性格ではないようだ」

平十郎も眼を落としていたが、

「そうまでして手に入れたいものは何だったのでしょうか？」

「書きものだろうな。中﨟たにが養父の笠原外記に宛てたものだ。中身のことは、わたしにもはっきりわからぬが」

「下手人はお雪がそれを運ぶ役目だと知っていたのでしょうか？」

「と、思ってよかろう。おそらく、その男は前から待伏せしていたにちがいない。ただ、いつ、お雪がお城から使いに出るかわからぬので、辛抱強く、毎日、外記の屋敷の近くを張っていたのだろうな」

「駕籠かきの人足どもがおどろいて散ったというのはわかりますが、お雪に付き添っていた者はないのでしょうか？」

「これが公用なら、大奥女中の外出には添番がつく。しかし、その菓子屋の娘は、たにの部屋子だ。その外出も公用ではなかった。駕籠脇に誰も付いていなかったとしても不思議ではない」

「変事を笠原の屋敷に知らせたのは？」

「逃げた駕籠かきだろう。行く先を聞いていただろうからな」

「そこで、笠原のほうから人が出て、往来に据えられた駕籠を引きとったわけですか?」

「様子をのぞきに出た源助が、与平を呼びに戻ったわずかな間だ」

「笠原の屋敷で、お雪の一件をこっそり始末したのも、裏の曰くがあるわけですな。普通なら、養女の使いできた女が殺されたのですから、大騒ぎをするはずです」

「表に出すと、困ることがあるのはたしかだ。怪我人ということにして、親もとにこっそり渡したのもそのためだ。気の毒なのは、その娘だよ。親も泣寝入りだ」

「笠原外記もやはりそのまま沈黙ですか?」

「むずかしいところだろうな」

と、主水正は考える瞳になった。

「これは別な立場で黙っているわけにはいくまい。さりとて表面には出せぬから、何かの方法を講じるかもしれぬな。だいいち、その娘を刺した下手人に大事なものを盗まれている」

「それが中臈のたにから渡された書きものだといわれましたね。間違いありませんか?」

「与平が拾ったものがある」

と、主水正はそれに答えた。

「その下手人が当屋敷にはいり込んだのは、往来に人の影を見たからだろう。さすがの曲者もあわてたとみえて、ここにはいったとき紐を落としたのだ」

「紐？」

「特別な編み方の紐だ。念のために、小間物屋を呼んで、鑑定をさせた。すると、さる商人から西の丸奥向きに特誂えとして納めている品だとわかった」

「……それだけの確証があれば、間違いありませんな。その紐は書状函を結んだものでしょう」

「わたしもそう考えている」

　主水正はあおぐのをやめた。

「まず、下手人の気持ちになってみよう。目的は中身の書きものだ。しかし、文函のままではちと持運びに邪魔になるでな。そこで、括った紐を解いて函を開けようとしたときに、往来で人の影を見たのだ。あわててそのまま当屋敷にはいってくると、真正面に中間の源助の姿とかち合ったというわけだ。そこで、彼はまたうろたえて、いま娘を刺したばかりの短刀を源助に突き出した……」

風が動いてきた。

「源助に短刀を突き付けたのは、むろん、声を立てるなという意味だ。このへんのところはその男の気持ちがよく出ている」

主水正は言葉をつないだ。

「つまり、声を出されるのを恐れて駕籠の娘を一気に突いたと同じ気持ちだ」

「なるほど」

「だが、かりにも旗本の屋敷内だ。今度は娘のようなわけにはいかぬ。そこで、下手人も早いとこ退散したわけだが、文函からほどいた紐は逃げるときにあわてて落としたのだろう。函のほうは、途中、適当な所で捨ててしまったのかもしれぬ。書きものだけはふところの中にねじ込んだのだ」

「そう伺うと、そのとおりだと思いますが、解せないのは、その曲者が自分の考えでその書きものを奪ったのか、それとも誰かの指図で働いたかです」

「むろんあとの場合だ」

「ははあ」

「そのようなものに用のあるのは、普通の人間ではない。もっと上のほうだ。いうなれば、西の丸奥向きの内情に関係のある者だけが興味を持っているのだ。菓子屋の娘を殺したのは、命令をうけた実行者だ。高い地位にいる人間ではない。偉い奴は、いつも人の眼の届かない奥にすわっている」

「そうなると、その書きものの内容ですが、書いた人間が菓子屋の娘の奉公した部屋の主中臈たにだとすれば、どのような大事が認めてあったのでしょうか？」

「むずかしいな」

と、主水正が眼もとに微かな笑みを泛べた。

「わたしにははっきりした答えの用意はないが、ぼんやりした想像はある」

「…………」

「想像だから、話すぶんには勝手だろう。……大御所の他界で、柳営の勢力もだいぶん違ってきたでな。簡単に言うと、大御所のいた西の丸の勢力が凋落して、将軍家のおられる本丸が繁盛しているというわけだ。一時本丸を抑えてきた西の丸にとっては、これは我慢のならぬことだ。ことに奥向きにいる女子どもは、とかく過ぎ去った栄耀栄華の夢が忘れられまい」

「そう思います」

「そこに水越という賢い老中がいて、この大奥勢力の交替に調子を合わせたとする。西の丸派からみると変心だ。これを見た水越反対派が西の丸の不平組と手を結ぶのは当然だろう。いや、西の丸から反水越派に働きかけたか、そのへんは、はっきりわからぬが……」


主水正の話は上のほうの機密めいた筋にふれた。

「そう伺うと、笠原外記も大御所ご他界直後に小普請（こぶしん）に落とされて、日陰同然ですな」

「養女は西の丸大奥で羽振りを利かした中﨟だ。大奥と、この青山とに役者が二人いれば、それぞれ何かありそうな人間が集まろうというものだ」

「世間では、老中を退隠した太田備後守殿、元側用人水野美濃守殿のその後の動静を注目しているようです」

「そのへんがおかしいわけだが、これも確かな話ではないので、うかつに判断はできない」

「しかし、そのあたりにもやもやとした雲がかかっているようでございますな」

「さあ、上のほうのことはわからぬでな」

主水正は、指先で団扇(うちわ)の柄を回していた。

「だが、わたしがいま考えているのは、われわれの眼が塞(ふさ)がれている上の動きや大奥のことではない。……先ほどから言うとおり、菓子屋の娘を殺した下手人のむごい性格だ。普通なら殺す必要もないのに、それを平気でやっている」

「まったく」

「その男は変わった残忍性を持っているのかもしれぬな。いや、そういう奴に限って、日ごろは剽軽なくらいおもしろい男にできている。そういうものだ。人間の出来が二重になっているのだな。当人もあんがい、自分の性格に気がついていないのかもしれぬ」

主水正の言葉を聞いて、平十郎も、顔もかたちもわからないながら、そういう気味悪い人間が何となく頭の中に泛ぶようだ。

「いや、その紐のことになるが……」

と、主水正が笑い声になった。

「紐を鑑定(めきき)させたのは、先ほども言うとおり、小間物屋だが、これは、昨夜、わたしが柳橋に遊びにいって船宿に近くの小間物屋を呼んだのだ。ところが、てきめんだ」

「……………」

「さっそく、それを嗅ぎつけて、わたしの身分を知りたがっている岡っ引があったのには少々おどろいた」

「ははあ」

「なに、まだ深い子細があって訊いたのではあるまいが、ああいう連中、特別な嗅覚があるのか、それとも仕事に熱心というのか、早いものだな」

主水正がここまで話したとき、ふいと彼の眼が遠くに走った。生い茂った夏草の庭を隔てた門のあたりである。

「誰かが、この屋敷を見ているな」

主水正が呟いた。

顔色を変えたのは対座した深尾平十郎のほうで、

「様子を見て参りましょうか？」

と、脇に置いた刀を摑みそうになった。

「放っておきなさい」

主水正は微笑(わら)った。

「まさか、短刀を持った先日の曲者がまた舞い戻ってきたわけでもあるまい。そうだ、例の紐をくれと言えば、これは当人のものだから返してやるがね」

「とにかく」

と、平十郎は片膝を立てた。

「てまえ、御門の外まで出てきます」

中間を呼んで様子を見にやる場合ではなかった。報告にきた客は勢いこんでいた。

草履(ぞうり)をつっかけた平十郎が門外に出ると、ちょうど、内をのぞこうとしていた二人連れの男と真正面だった。

不意だったので先方がうろたえた。一人は着流しに短い夏羽織を着ている。この服装なら八丁堀の与力だとは誰でも知っている。事実、彼の連(つ)れている一人の職人風の男は尻をからげて股引(ももひき)を見せていた。同じなのは、両人とも裾(すそ)を埃(ほこり)で白くしていることだった。

平十郎があっと思ったのは岡っ引のほうでなく、その与力の顔に見憶えがあったからだ。先方でも平十郎の顔を思い出したらしく眼を剝いている。

「こりゃア」

と、平十郎が先に微笑った。

「またお会いしましたな」

いつぞや、彼が南町奉行所から死人を乗せた駕籠が出たのを尾けたとき、付いていた与力に咎められたが、そのときの人相がこれだった。

「たしか、林田さんと言われたな。あの節ご迷惑をかけたから、お名前は憶えている」

与力林田治作は最初の狼狽から立ち直りかけていたが、この挨拶を受けて、

「たしかあのときお会いした深尾殿でしたな」

と、彼も柔和にやり返した。

「つまらぬわたしの名前を憶えていただいて申し訳ない」

平十郎は答えて、与力のうしろに隠れるように従っている岡っ引に眼を移した。

「今日はまた何か御用でも?」

「いや」

と、与力はいそいで打ち消した。

「ほかに用があってここを通りかかったのですが、あまり暑いので御門の廂（ひさし）を拝借していたところです」

「それはご苦労千万で。何なら内にはいってごゆるりと休まれてはいかがです？　冷たい水も用意させますから汗など拭かれたら？」

「いやいや、それはご無用に」

揶揄（からか）われていると知っている。

「先を急ぎますから」

「それは残念な。わたしの屋敷ではないが、主人はものわかりがいい男ですから、おもてなしはできると思います」

「ははあ」

与力は、ふとその言葉に乗った。

「おてまえのお屋敷でない？」

「林田さん、お世辞を言われては困る。わたしは百五十石の小普請だ。こんなたいそうな屋敷を頂戴する身分ではない」

「だいぶんご懇意なご様子で？」

「さよう、前からずっと遊びに寄せてもらっています」

「ご当家のお名前は？」

「おぼえておいていただきましょうか。二千三百石、小普請組の飯田主水正と申されます」

そう答えた深尾平十郎の視線に映ったのは、与力のうしろに控えていた四十男の、赭ら顔の岡っ引が何やらひとりでうなずいていることだった。

「おや」

と、平十郎はその男に声をかけた。

「当家の主を知っていなさるか？」

その男はあわてて首を振って、めっそうな、という顔をした。が、その岡っ引が思わずうなずいていたのは、飯田主水正の名前を昨夜聞いたばかりだからだ。これは薬研堀の卯助だが、主水正の屋敷の在所は船宿桔梗屋のおかみから聞き出し、与力を引っ張り出して確かめにきたところだった。

「それでは、これで失礼を」

と、与力は挨拶した。

「お帰りですか。お急ぎなら引止めもできぬ。林田さん、これで二度あんたには会ったが、次の三度目はどこで会うかわかりませんな」

深尾平十郎は歩き出した二人の背中を見送った。

「旦那」

と、卯助は長い塀の角を曲がると、さっそく訊いた。

「今の男をご存じで？」

「前にちょっと会ったことがある」

と、与力は苦い顔をした。

「なんだか虫の好かねえ野郎でございますね」

「うむ」

彼は思案顔で歩いている。

「やっぱり、飯田主水正という旗本の屋敷には、妙な奴が出入りしているようでございますね。旦那」

「うむ」

与力林田治作には別の考えがあった。

殺人者

飯田主水正は、屋敷に井上伝兵衛を呼んでいた。少し話したいことがあると言って、使いを出したのだ。

主水正には、この前伝兵衛から聞いた弟子、本庄茂平次のことが頭にあった。鳥居耀蔵のもとに出入りしたくて、西の丸奥向き関係のことを水野美濃に仕えていた女中の口から聞いて吹き込んだという一件だ。

伝兵衛はそれをしごく不愉快がっていた。

その男は長崎で地役人をしていたというが、話を聞いても、生来、阿諛(あゆ)と許言をもって人に取り入ることを心がけ、出世欲にとり憑(つ)かれている人物らしい。

もっとも、珍しくはなかった。こんな男は当世向きだ。現に、小旗本や御家人にはいっぱいいる。

しかし、まさかと思うが、西の丸の内情を鳥居に密告したという茂平次のことが、屋敷前で殺された西の丸女中のことと絡んで主水正の気持ちにひっかかるのだ。それに、先日から探索方が自分の身辺を窺っているらしいことも彼の癇に障っていた。ふだんは重厚なくらいおだやかな男だが、気の短いところのあるのは、上役と衝突して以来、自分で前途を思い切ったことでもわかる。


「この前、あなたから聞いたお弟子のことだが」

と、主水正は内容を伏せて訊いた。

「鳥居殿に何やら吹き込んだといって、あなたのご機嫌を損じた男ですよ」

「ああ、あいつ、本庄茂平次のことですか」

と、井上伝兵衛の顔が曇った。

「その後、どうなされたか?」

「いや、どうも腹が納まらないので、あれからも道場に来たので注意をしてやりました。その前にこっぴどく叱っておきましたので、もう現われないかと思いましたがね、当人、けろりとした顔で稽古にやってきたので、こちらはよけいに腹が立ってきたものです」

「なるほど。剣道熱心なのかもしれませんな」

「どうしてどうして」

と、伝兵衛は不快そうに首を振った。

「それならまだかわいいところがありますが、あいつはわたしを利用しようとしているのです。つまり、鳥居殿に近づいたものの、まだしっかりと気に入られたというところまではいかないので、当分はわたしの機嫌を損じてはならないと思ったのでしょうね。そのうち、あいつのことですから、目的を達すれば、もうわたしのところなどには足踏みしなくなりますよ」

「大きにそうかもしれませんな」

「で、飯田さまには何か茂平次のことで？」

と、伝兵衛は訝しそうに主水正の顔を見た。

「いや、少し気にかかることがないでもないので尋ねたのだが、その本庄茂平次という男は、背の高さはどのくらいかな？」

「さよう……あまり大きいほうではありませぬ。あれで五尺二寸がせいぜいでしょう。

小太りですから、全体の感じはずんぐりとしています」

「うむ、五尺二寸か……」

主水正は、この前、若党の与平を見本に使って目撃者の中間源助に目測させた寸法を思い合わせている。

「で、あなたのお弟子だから、腕のほうは相当でしょうな?」

「さよう……腕は、まああです」

「たとえば、すわっている人間の心臓を狙って短刀で一突きし、即死させるくらいはできそうかな?」

伝兵衛の顔色がさっと動いた。

「これはむずかしいお尋ねですが、何かお心当たりのことでも?」

「いやいや。ただ仮定のうえだが」

主水正はまだ事実をぼかしていた。

「そうですな、あの男なら、それはやれぬことはないでしょう」

「ふむ」

主水正は首を少しかしげて考えている。

「その男の住居は、いま、どこかな？」
「芝口の町なかの裏店に女房と二人で暮らしているようです」
「その女房というのは、もしや、水野美濃守の奥向きに奉公していなかったかな？」
「さあ、そういうことはわたしは聞いておりませぬ。長崎から呼び寄せたということですが」

主水正の思案顔を見て、井上伝兵衛が膝を進めた。
「どうも気がかりなお尋ねばかりだが、どうやら子細がありそうです。茂平次のことで何か出来いたしましたか？」

伝兵衛は詰め寄るように訊いた。

主水正は、その熱心な追及に、つい、一件を明かす気になった。伝兵衛の性格に一抹の不安を感じないでもなかったが。――

井上伝兵衛は主水正から、茂平次の女房が水野美濃の奥向きに奉公していたのではないか、と想像される理由を聞かされておどろいた。どうやら主水正は、ぼんやりとだが、水野越前に蹴落とされた水野美濃の線と、同じ水野越前に裏切られた西の丸大奥との接近を考えているらしかった。

本庄茂平次は女房を利用し、自分を踏み台として鳥居耀蔵に近付いて己れの出世欲を満足させたいと思っている男だ、これは早く縁を切らねばならぬと、伝兵衛は考えた。それから、西の丸女中の心臓を狙って、短刀で一突きして即死させた犯人が茂平次らしいと、主水正は疑っているようである。これも自分の手で突き止めてやろうと、井上伝兵衛は決心した。

鳥居耀蔵は、本庄茂平次が、「苦心して手に入れた」という触れこみの手紙を読んだ。宛名が「父上さま」となっていて、末尾が「ふゆ」としてある。「ふゆ」は西の丸中﨟たにの本名であるから、まさしく養父笠原外記(げき)に宛てたものであった。

大奥女中は、お城に上がって奉公を積み、役職がすすむにつれて、その名前も変わってくる。ふゆは十四のときに御台所(みだいどころ)のお傍にお小姓として上がり、十九でお次となり、二十一で御台所付の中﨟となった。

夫人つきの中﨟は、将軍の側に侍(はべ)るのではなく、そういう役目の中﨟と区別するために「お清(きよ)」といった。将軍の侍妾の中﨟は、将軍が死ぬと同時にお位牌(いはい)をもらって暇を出され、外桜田にある御用屋敷にこもり、髪をおろしてお位牌のお守りをしなければならない。大御所家斉付の中﨟だった、美代、いと、るり、八重、蝶などみなそうだったが、たにはお清のほうの中﨟だから、そのまま西の丸にとどまっていたのである。

耀蔵はたにが養父外記に宛てたその文を読んだ。

「水野美濃守さまは、お閑になられて以来、右大将さま（家慶の世子家定）のご壮健をご祈禱なされているとのことですが、まことにご殊勝なことと存じます。上さまの若君が次々と夭折なされ、お育ちあそばされないのは残念なことですが、それにつけても、下々では、近ごろ子育て祈願とか申し、神仏にすがる傍ら、他人の子を貰えば、奇妙な功徳で実子が育つと申し、流行っているとのことでございます。父上（養父外記）も恐れながら上さまのお心を拝察なされて、お弱な右大将さまがお健かになられるようご祈願なされるように願います。美濃守さまは大井村にいるあらたかな修験僧をおたのみなされているそうですが、いかがなものでしょうか。

わたくしたちは、御本丸のこれみよがしのお仕打ちを見るにつけ、右大将さまのご長命を願わずにはおられません。御本丸に嘲られるのも、右大将さまのお脾弱のためかと思えば、くやし涙に暮れるばかりでございます。

それに、水越殿は、御本丸のご機嫌ばかりとりむすばれて、西の丸はとんと見向きもなされませぬ。人の心の移り変わりは浅間しきばかりでございますが、御本丸の増長が近ごろまた一段と輪がかかって参っております。

わたくしたちのせめてもの慰めは、太田備後守殿がご退隠なされ道醇（どうじゅん）と名を改められたのちも、ご登城を許されていることで、太田殿のご器量は上さまも認めておられ、隠居の身で御前にご機嫌伺いに出るのは、宇和島の伊達伊予入道殿と道醇殿とお二方だけと伺っております。ご機嫌伺いとは申せ、上さまよりは道醇殿にときどきご下問のことどもがあり、今のところ水越殿を抑えるのは道醇殿おひとり。されば西の丸の奥も、このご隠居をたよりとしております。

昨日は道醇殿ご登城日にて、西の丸にもご機嫌伺いに参られましたので、わたくしがお目にかかりました。その節、ご隠居のお話に、水野美濃守殿、お父上ならびに他の方々のお集まりは、時節柄、とかく目立つことであるから、歌会ということにしてはどうであろうか、それならば穏便であろうと申されました。

まことに妙計でございまして、わたくしも同意いたしました。つきましては、近いうち、駒込にて初の歌会が催されることになっていますので、その日どりが決まりましたら、この方法でご連絡いたします。美濃殿、その他の方々には父上よりご通知をお回しねがいとう存じます。この寄合いにて、なにとぞよろしきようお願いいたします。　ふゆ」

耀蔵は、この女文字をくり返して読む。ここには何が語られているか。

まず、本丸大奥に対する西の丸女中の恨みが述べられ、西の丸を見捨てた水越への憎しみがある。

本丸が西の丸を軽蔑するのは、すなわち家定が虚弱だからで、その壮健の祈願をするように、とある。ここには水野美濃守が大井村の修験者に祈禱のことが見えている。耀蔵が前に茂平次の口から聞いたことだ。美濃は次代の将軍家定に恃(よ)って勢力の挽回を策している。

次は、太田道醇の歌会だ。これは美濃や笠原外記その他の方々が集合するための名目だが、反本丸派、又は反水越派の密謀であることはいうまでもない。

駒込には太田の下屋敷がある。してみると、駒込は、さしずめ平清盛に反逆する陰謀を密議した鹿谷(ししがたに)であろうか。道醇は入道しているから俊寛に当たる。美濃は成親(しげちか)であろう、と耀蔵はいちいち当てはめてみるのである。

ところで、この陰謀組には矢部駿河守の名前がない。文面に「その他の方々」とあるから、あるいはその中に含まれているのかもしれぬ。だが、耀蔵には矢部の名前がはっきり出ていないのが不満だった。

もし、「矢部」の字があれば、それを手がかりに彼をひっかけることができるのだが、残念で仕方がない。

しかし、この一党に矢部がひそかに関係していることは考えられそうだった。この段階がずっとつづくとすれば、そこから探って反逆の証拠が出そうである。

耀蔵は、水野越前に必ずしも忠誠を誓っている気持ちはなかった。ただ、今のところは、自分の出世のため水越についたほうが有利だと思っているだけだ。世間でも水越と耀蔵とは切っても切れぬ組み合わせだと考えているが、それはそれでよろしい。この反水越派が耀蔵にも敵であることははっきりとしている。だから、この際、水越に忠義立てをしたような顔をして、彼らを除くことは一挙両得になる。

いずれにしても、中﨟たにが西の丸の奥からこの一派を操って策動していることは、本庄茂平次の持ってきたこの手紙でも、歴然としていた。

――この文面の中で使えそうなのは、水野美濃が家定壮健のために祈禱をしていることだった。もっとも、それ自体は決して悪いことではない。

いま本丸でも、家慶の子が生育しないためにさまざまな信仰が行なわれている。

家慶は十六人の子供をあげたが、ほとんど育っていなかった。

文化十年十月に長子が生まれたが、十一年二月に早世している。九月四日、増上寺に送った。玉樹院殿智月英昭大童子で、ともかくも三ヵ月の間。竹千代を名乗った唯一の男子だった。

母は家慶夫人の喬子(たかこ)で、彼女はその前にも妊娠したが文化九年正月に早産し、つづいて同年九月にも早産している。この二人は長持に納め、御大切の品と称して目黒の祐天寺に送った。

第二子は長女で、中﨟おくの方の腹に生まれ、達姫といった。文化十一年九月に生誕、文政元年十二月に死んだ。上野凌雲院に葬った。

第三子は喬子夫人の腹で、儔姫(ひさひめ)といい、文化十二年二月十七日に生まれて、二十八日には死んでいる。同じく上野凌雲院に葬った。

第四子も喬子の腹で、女だった。文化十三年十月二十三日に生まれて、同日に死んだ。上野凌雲院に葬っている。

第五子は次男で、嘉千代と名付け、家慶の侍妾お定の方の腹で、文政二年七月に生まれて、翌年三月に逝去した。芝増上寺に葬った。

第六子は中﨟おかくの方の腹で、文政五年六月二十三日に生誕して、四日後に死んだ。男の子である。上野凌雲院に葬った。

次が米姫で、中﨟お花の方から、文政七年四月に生まれて、同十二年三月に逝去した。長く生きていたほうである。

第五女の咸姫は同じおかくの方の腹で、文政九年正月十二日に生まれて、十六日に死んだ。四日間、この世の呼吸を吸っただけである。上野凌雲院に葬った。

第十一子六男春之丞はお光の方の腹で、文政九年に生まれて、翌年に死んだ。凌雲院に葬った。

七男悦五郎は、文政十一年に生まれて、翌年の春に死んだ。凌雲院に葬った。八男直丸は中﨟お筆の方の腹に生まれ、文政十二年六月に誕生したが、翌年の七月に早世した。同じく凌雲院に葬った。

こうしてみると、家慶の子がいかに育たなかったかがわかる。

家定は家慶の実子ではなく、彼の弟で、家斉の第四子である。

その家定が虚弱で、精神も薄弱であった。家慶の子がいずれも育たないのは、このへんの徳川家の血筋に何か欠陥がありそうに思える。

子供が死ぬたびに葬礼で大騒ぎをしなければならないので、上野も芝も忙しいことであった。


鳥居耀蔵は、茂平次がこの手紙をどうして入手したか不思議に思っていた。もし、相手に気づかれずに盗んできたとすれば、相当な男だと思ったが、彼に訊いてもそのへんをはっきりと返答しない。

だが、目付としての耀蔵はあらゆるところに「耳」を張っている。彼が西の丸女中の殺された一件を知るのに、長い時日はかからなかった。

耀蔵は、本庄茂平次がまさか中﨟たにの使いの部屋子を殺害してまであの手紙を奪ってくるとは考えていなかった。耀蔵は、その事実を知ると、この田舎者め、手荒なことをする、と舌打ちした。もし、現場で発見されて捕えられたら、どうするつもりなのだ。それに、今度は殺害の手段は使うな、と念を押している。茂平次はこちらが思ったより強か者であった。こんな男は危なくて手もとに使えない、とまで考えた。今までは軽く視ていたが、あいつ一皮むくとそんな生地を持っていたのか。

茂平次が次に来たとき、耀蔵は、そのことを鋭く追及した。

「なにぶん、声を立てられそうになりましたので」

と、茂平次は叱られて頭を畳に擦りつけた。

「馬鹿め。手紙もたいせつだが、それよりも、人を殺して捕まえられたらどうする？今の南町奉行は矢部駿河だ。この男、おまえのうしろに誰がいるかを嗅いだら、おまえに血反吐を吐かしても白状させるぞ」

「いいえ、てまえは決して……」

「人間、生身の身体を痛めつけられたら音をあげる。石抱き、海老責め、駿河責めなどでやられたら、こりゃ一思いに殺されるより辛いからの」

「…………」

「できたことは仕方がないが……どうだ、おまえがその女中を殺したことを、誰にも気づかれなかったか？」

「その点は大丈夫でございます。あのときも道には誰もおりませなんだ。てまえが逃げていくのを他人は見ておりませぬ」

「一度はそれでも済むが、今後のこともある。軽はずみなことをするな」

「わかりました。十分に気をつけます」

茂平次はなおも匍いつくばったが、今度は顔を上げると、少しずつ耀蔵のほうににじり出た。

「恐れながら殿さまにお願い申し上げます」

「なんだ」

「ただ今のご訓戒、身に沁みて感銘いたしました。つきましては、てまえも殿さまのご家来の端に加えさせていただければ、少し安全になろうかと存じます。たとえお奉行の矢部さまがお召捕りになろうとしても、鳥居さまのご家来衆となれば、これは二の足を踏まれるにちがいありませぬ。いわば、誰にも指一本指されずに、てまえのご奉公ができるわけでございます。先日からのお話、楽しみにしておりましたので」

茂平次は面上に執意を溢れさせていた。

「なにとぞ、近いうちにご家来衆にお加えくださいませ。てまえ、殿さまのためにどのようなことでも働きまする」

耀蔵は、仕方がなかろうと思った。

それは、いま手紙の文面を読んでから、彼の胸に一つの成案が泛んだからでもあった。それには、この本庄茂平次を使う必要がある。いや、彼以外には細工のできない仕事であった。

その夕方、茂平次が汚ない裏店（うらだな）のわが家に戻ってくると、女房のお袖がさっそくに言った。

「おまえさん、今日、お客さまがありましたよ」

「客だと？　珍しいな。おれにか？」

「いいえ、あんたかどうかはっきりしないけれど」

「おれでなかったら、おまえに用事があったのか？」

「はじめは、あんたを訪ねてみえたのだが、留守だと知って、わたしにいろいろ尋ねました」

茂平次ははっとした。いろいろ聞いたということが不安を起こさせた。

「どういう人間だ？」

彼は着更えもしないで性急に訊いた。

「なんでも、井上道場のお弟子さんとか言ってました」

「井上道場の？」

茂平次は余計に気にかかった。この前から井上伝兵衛には不快を持たれている。先日、伝兵衛に連れられて耀蔵に会い、お袖から聞いた一件を耀蔵に話したのだが、そのとき伝兵衛が横にいて、その一部を聞いていた。それが伝兵衛の気に障って、あとでたいそう叱られた。

それも一度だけでなく、二、三回同じことで小言を喰った。どうも、あの井上伝兵衛という奴、外見はそうでもないと思ったが、執念深い男のようである。

茂平次が井上の門弟が来たと聞いてすぐに感じたのは、彼の叱責とそれとが深い関連がありそうなことだ。

「どんな奴が来たのだ？」

「一人は色の黒い、背の高い人で、年配が三十二、三くらいでした。一人の方はまだ若く、二十歳を少し出たぐらいで、色の白い人でした」

「名前を訊いたか？」

「自分たちは茂平次さんとは同門の親友だから、こういう男が二人で訪ねたといえばわかる、と言っていました」

「そんな近い友だちはおれにはない」

と、茂平次は吐き出すように言った。

「それで、あとは何を訊いたのだ？」

彼はお袖の顔に眼を据えた。

「おまえさんが五日前の八ツ（午後二時）ごろに家にいたかどうかを聞いていきました」

「何っ」

茂平次は眼をむいた。五日前のその時刻だと、彼が青山の通りで駕籠の中の西の丸女中を刺した時刻だ。

「それで、おまえはどう教えたのだ？」

彼はお袖の顔を鋭く見た。

「五日前だというと、あんたが朝から出て、昏れてから戻った日でしたわね……」

「…………」

日が昏れて戻ったのは、あのとき女の血が着物に付いたので、それを近くの川に行って洗い、乾くのを待っていたからだ。途中の人の目の警戒もあった。

むろん、茂平次は、女房にはそのことを一言も言っていない。また、あとでそれを調べに来る者があろうとは予想もしなかったから、その日の留守のことも口止めしていなかった。

「うむ、それでおまえの返事はどうなのだ？」

「ありのままを言いましたよ」

お袖が言ったので、茂平次は唸った。

「つまらぬことをしゃべったな」

「あら、いけなかったんですか？」

「亭主のことをあんまりべらべらと他人に言うでないぞ」

今さらお袖を叱ってもはじまらなかった。茂平次は奥へはいって、破れ畳に肘枕をして思案にはいった。

井上伝兵衛が門人をわざわざ家によこして五日前の行動を訊いたのは、普通のこととは思われない。伝兵衛は、あの一件をどうして知ったか。

茂平次にはどうもわからなかった。鳥居耀蔵でさえ情報がはいるまでは知らなかったことだ。事件が世間の評判になっているとは思われない。それは、笠原外記が外聞を憚(はばか)って、あの場をいち早く始末したからである。

どうも奇妙でならない。伝兵衛は、この前、自分が耀蔵にいろいろなことを話したとき、途中で中座はしたがはじめの話は横で聞いていた。たしかに、西の丸関係の話が、ちらりと彼の耳にはいったはずだ。殺された女が西の丸の女中だったと伝兵衛にわかって、彼があのときの話と結び合わせて、怪しいのは茂平次ではないか、と勘ぐったのかもしれぬ。

肝心なのは、伝兵衛があの事件をどこで聞いたかだ。

すると、茂平次は、女を殺した場所が青山だったことに気づいた。いつぞや伝兵衛から叱られて途中で別れたが、あのとき伝兵衛は、青山に友だちがいるので、そちらに回る、と言っていた。

茂平次は、畳から跳び起きたくらい胸が騒いだ。

不覚にもあの女中を殺した場所が伝兵衛の友だちの家の近くだったのだ。わざわざ、自分の留守にあの日の在否を調べに人を来させたくらいだから、伝兵衛には確かな推定があってのことだろう。

これはえらいことになった、と茂平次はそわそわした。たった今、鳥居耀蔵には、あの一件は誰も気づいていないと大きな口を利いてきたところなのだ。

本庄茂平次は、次第によっては、師匠井上伝兵衛も生かしておけないと思った。

本庄茂平次は鳥居耀蔵に呼びつけられた。

耀蔵は下城したばかりで、行水のあとを浴衣がけで茂平次に会った。

「この前の手紙のことだがな」

と、耀蔵は団扇を動かしながら言った。

「あの中に水野美濃が祈禱師を頼んでいるということが書いてあった。わしは、果たして、その祈禱が西の丸さまのご壮健をお祈りしているかどうかわかったものでないと思っている」

茂平次は、それを聞いて、あっと思った。なるほど、そういうところにひっかける道があるのか。

耀蔵の言葉はつづいた。

「たとえばだ、水野美濃は、自分を蹴落とした水野越前を呪って祈禱させているのかもしれないからな。いや、もしかすると、上さまさえ呪っているかもしれぬ。なぜなら、大御所さまがご他界になってすぐに上さまから足蹴にされたようなものじゃ。これは人間として恨むのが当然じゃ。そう思わないか、茂平次？」

「はあ、まことに」

と、彼は頭を下げて同意した。

「昔から……」

と、耀蔵はなおも言った。

「加持（かじ）祈禱は病気平癒ばかりでなく、憎い相手を調伏（ちょうぶく）する手段にもなっている。これがなかなか馬鹿にならぬ。そのために命を縮めたり、正体不明の病気に罹ったり、不具になったりした者がある。理外の理じゃ。美濃めは、おのれの力ではどうにもならないので、ことを右大将ご壮健の名目に寄せて、ほんとうは越前守のお命を縮め参らせるよう呪わせているのかもしれぬな」

茂平次は、一も二もなくその意見に従いた。

「まことに、そう伺うと、仰せのとおりだと思います」

「水野美濃はなかなかの切れ者だが、人間も追い詰められると、ついには神仏にも頼る気になるとみえる。……あの男、元はお美代の方のご機嫌取りに法華一点張りだったが、いま、修験者を頼っているところをみると、恨みの相手のためには宗旨替えをしたとみえる。……その大井の修験者の名前はわかっているのか？」

「それは、お袖にたずねましたら判明すると思います。前にも申し上げたように、その僧のところには、二、三度、美濃さまの使いで参ったと申しておりました」

「どうだろう。おまえ、その坊主のところに様子を見にいって、祈禱の目的が上さまや水越の調伏にあるということを探ってくれぬか」

「はあ……」

茂平次は子細らしく首をかしげた。

「ほかのことならば何とか目鼻がつきますが、祈禱のことには、てまえ、まったく知識がございませぬ。また、そのような祈禱は、いかに信者でも他人の前では見せないと思いますから、なかなか探ることはむずかしいかと存じます」

「そこを何とか考えてくれぬか。わしは必ず美濃がその目的で祈禱をやらせていると思っている」

耀蔵は最後の言葉に力を入れた。その意図は茂平次にもよくわかる。

つまり、美濃守が頼んでいる祈禱を是が非でも不穏な祈禱に曲げてしまい、それを口実に美濃をひっかけようというのだ。耀蔵の、そうにちがいないという言葉は、その方向に必ず持っていけよという意味なのだ。

「うかつなことはできませぬから、よく方法を考えてご返事をしたいと思います」

耀蔵は、ぜひそうしてくれ、と頼んだ。

茂平次が思うに、耀蔵の真意は、そのことに成功すれば、一も二もなく彼をおのれの家来に加えてやるという気持ちが十分だ。つまり、この件は彼の出世の糸口にもなる働き場だ。茂平次も奮起しないわけにはいかなかった。

耀蔵の真意がわかれば、こちらの出ようもあるというわけだ。口実を作って、是が非でも水野美濃守を罠に陥し込めばいいのである。今後の思案は、その策略の手段だった。

しかし、こういうことは、おれの才覚なら何とかできそうだと彼は肚の中でほくそえむ。

茂平次が井上伝兵衛の道場に顔を出したのは、その帰り路であった。

道場では弟子たち数人が稽古をしていたが、師匠の伝兵衛はいつものように正面からそれを見ていた。が、茂平次がはいってくると、眼顔でこっちにこいと招いた。

茂平次は心の中で、来たな、と思った。この前から顔を合わせるが、伝兵衛は、茂平次の面を見ると不愉快な表情になる。それがこの間の小言につながっているのはもちろんだ。

それが今は違うのだ。伝兵衛はいかにも彼が来るのを待っていたかのようだった。

「少し話がある」

と、伝兵衛は傍にきた茂平次に低い声で言った。

「こっちにこい」

伝兵衛は弟子の稽古の監視を途中でやめて彼を奥へ連れていった。

このとき、茂平次は、道場の羽目板の前にすわった中にいる二人の男が、じろりと自分の顔を見ていたのを感じた。一人は、この伝兵衛の弟で、伊予松山の松平隠岐守の家来熊倉伝之丞であり、一人は養子の伝十郎だった。

茂平次は、ははあ、と心でうなずいた。自分の留守中に来て犯行当日の在否を訊いて帰ったという男の人相が、この二人にそっくりだ。弟子だということだったが、伝兵衛もうかつに人をやらせて探ったわけではない、実弟とその養子ならありうることだった。

「茂平次」

と、伝兵衛は緊張した顔で言った。

「おまえ、八日の日はどこへ行ったのだ？」

八日は凶行の日であった。茂平次はかしこまって、

「所用がありまして他出しておりました」

と、慇懃(いんぎん)に答えた。

「他出はどこだな？」

伝兵衛は追及した。

「四谷に心安い友だちがおりまして、その者の宅で一日を過ごしておりました」

「すると、八ツ刻（午後二時）にはそこにいたわけだな？」

「はい」

「その四谷の友だちの名前は、何と申すのだ？」

「いろいろお尋ねでございますが、何かわたくしに不審なお疑いでもかかっておりますか？」

茂平次は反問した。

「こちらから言いもしないのに、おまえは自分が疑いをかけられていると思っているのだな？」

伝兵衛は、じろりと茂平次を見た。

「いえ、そういうわけではありませんが……先生があまりお問い詰めになりますので」

「身にやましいことがなければ、何を聞かれても平気なはずだ。茂平次、おまえの顔色は少々蒼（あお）いぞ」

「自分では何ともございませぬが」

茂平次はおのれの顔を手で撫（な）でた。

「そうか。では、おまえが八日にずっといたという四谷の友だちの名前を申してみい」

「はい」

茂平次は打ち合わせどおり、

「塩町にいる御家人で、石川疇之丞（とものじょう）と申します」

と、すらすらと言った。これは鳥居と打ち合わせたことで、この尋問のあることを予期し、耀蔵のもとに出入りしている石川の名を言ったのだ。

「うむ……その石川という人は何石取りだな」

「二百五十石とか言っておりました。ただ今は支配勘定役でございます」

「長崎から出てきたおまえが、その人をどうして知っているのだ？」

「両国の水茶屋でいっしょになったのがはじまりでございます」

茂平次は、ことなく答えた。

「そうか」

伝兵衛は、迷ったような表情で茂平次の顔を眺めている。真偽の判断がつかないでいるのだ。

茂平次は、伝兵衛がまた塩町を調べに行くな、と思った。それなら、石川が口裏を合わせるはずだから伝兵衛は敗北する。茂平次は、腹の中でせせら嗤（わら）った。

「なあ、茂平次」

と、伝兵衛は腕組みして言った。

「わたしは、鳥居殿の屋敷に出入りするのを辞退するつもりでいる」

「え」

と、茂平次は驚いたように師匠の沈痛な顔を見上げた。

「それは、どういうわけでございますか？」

「うむ、……どうも、気がすすまなくなってな。このような気持ちで、鳥居殿に剣を教えても意味がないでのう」

伝兵衛は冷たい瞳（ひとみ）を茂平次の面上に据えていた。


「また金か」

四谷に住む石川疇之丞は、従弟（いとこ）が来たのを見て渋い顔をした。

「しきいが高くて来れる段ではないがの」

御家人、石川栄之助（えいのすけ）は頭をさげた。

栄之助は従兄の疇之丞と二つ違いだが、とうから身をもち崩して、屋敷があるのに、そこは古い中間に任せて、いまは居所もさだかでない。

栄之助は、思い出したように二月か三月くらいに一度、ここに顔をみせる。そのときはきまって金の無心だ。当人は暮らしが苦しいと言っているが、ほとんどが、博奕(ばくち)のもとでだと疇之丞も知っていた。大金ではなく、一両か二両くらい持っていくのだが、微禄の疇之丞にとっては痛かった。

といって従弟ともなれば、他人のように断わるわけにもいかない。

「また、博奕に負けたのか?」

「いや、そういうわけではないが……」

栄之助は頭に手をやった。

「いろいろと不義理な借金が重なってな。もうおれのところには質草もない始末で。……もし、ここに目ぼしいものがあればそれを質屋に担(かつ)ぎこむことにする。なに、流すようなことはない、ふた月目にはきっと請(う)け出して戻す」

「請け出す金のアテはまた博奕か?」

「いや、まっとうな金だ。友だちが貸してくれることになっている」

「いつもそんなことを言っているが、貸した金が一文でもかえったためしがない」

「そういわれると面目ないが、とかく、借金に追われているので、つい、ここが後回しになるのだ」

「近ごろはどこにいる？」

「いや、それを聞かれると恥じ入る。相変わらずと思ってくれ」

「常磐津（ときわず）の師匠とくっついているそうだが。それなら小遣いには困るまい」

「だれがそんなことを言ったのだ？」

「そんなことは噂になって耳にはいるものだ」

「よけいなことをしゃべる奴があるものだ。ああ、よめた。浜中三右衛門だな。あれはおぬしの友だちで、いろいろなことを聞きこむのが得意だ。だが、どこから聞きかじったか知らないがそれは嘘だ。おれが常磐津を少し習いかけていたから、そんないい加減なこじつけを言ったのだろう」

「なあ、栄之助、お互い石川家を盛り立てなければならない身だ。先祖は権現さまに従って長久手（ながくて）で手柄を立てた家柄だ。もう少し世間に羽振りの利くようなことをしなければなるまい」

疇之丞が言うと、

「まったくだ、先祖に申し訳がない」

と、栄之助は二、三度うなずいた。

「それはいつもおれも心がけている。だが、なにしろ、おれはこんな暮らしの垢が身についた男だ。そこへいくと、おぬしはおれとは心がけがだいぶ違う。鳥居殿に出入りをして目をかけられているというから、遠からずおぬしももう少し出世するにちがいない。そのときは、おれも心を改めるから、引き上げてもらいたい。浜中もおぬしと同様、鳥居殿の屋敷にちょくちょく顔を出しているから、これも出世は間違いあるまい。二人がそうなれば、おれも心強い」

「それならなおさらのこと、ちゃんと立ち直ってはどうだ」

「うむ、そのつもりでいる。まあ、あまりうるさく言わないで見ていてくれ。おぬしが御役入りになるまで、おれももう少し遊んでいたい。いざとなると堅苦しくなるからな」

「おまえは役入り、役入りと簡単に言うが、そうやすやすとはいかないぞ。鳥居殿の屋敷に、顔を出してはいるが、これも大勢競争者があってな。なにしろ目白押しだからの」

「なに、おぬしのように眼から鼻に抜ける利口者は、きっと鳥居殿の気分に叶うにちがいない。同じ従兄弟でもおれとはだいぶ違う。……そこで、どうだ、今日は一両ぜひ貸してくれぬか」

「また一両か」

「申し訳ない。実は、この前、裃を刀といっしょに質屋に入れてな。刀はなまくらだからともかく、裃だけは請け出したい。今まで利上げで何とか流れるのだけは堰き止めてきたが、質屋の番頭もいい顔をしないのだ。だいいち、三つ紋の裃が流れたとなると、おぬしが役入りとなっておれを引き立ててくれようにも、出る場所へ出られない格好になる」

「裃まで質に入れるとは呆れた奴だ。そんな心得だからおまえの行状が直らないのだ」

「いや、堅仁のおぬしに言われると、返す言葉がない。これからきっと心を入れ替えるから、今度だけは一両貸してくれ。残った金は中間の仁兵衛の給金と酒屋の不義理に払うのだ……」

「仁兵衛は大事にするがいい」

と、疇之丞は言った。

「あんな中間はめったにいないぞ。給金が遅れても文句も言わないで、荒れ屋敷を守っている。今どき珍しい男だ」

「うむ、おれもそう思っている。仁兵衛はおれの祖父代わりだ」

言いかけたとき、表に人が訪ねてくる声がした。

栄之助は聞きつけて気軽に起ち上がった。

「今日は奥方のお福さんもいないようだから、おれが取次役に出る」

疇之丞が止める間もなかった。


栄之助が玄関に出ると三十五、六の、がっしりとした体格の男が立っていた。

「どちらさまで？」

「こちらは石川疇之丞殿のお宅ですか？」

「さよう」

「わたしは井上伝兵衛という者だが、あなたが石川殿ですか？」

「いや、わたしは違うが、疇之丞なら奥におります」

「麻布から来た井上伝兵衛とお伝えください。鳥居殿のお屋敷で剣術を教えているものとお話しになれば、おわかりになるかと思います……」

栄之助が奥にはいってそのことを言うと、疇之丞はひどく急いだ様子で玄関に行った。その話し声が奥へ戻って寝転んでいる栄之助の耳にぼそぼそと聞こえる。言葉の内容はわからなかったが、問答をしているらしい。それも短い間だった。先方は玄関先だけで帰ったようだった。

まもなく疇之丞は戻ってきたが、その顔は少し興奮していた。のみならず、疇之丞はさっそく外出の支度にかかっていた。

「おや、これから出かけるのか?」

栄之助が見上げると、疇之丞は返事の代わりに紙に包んだ小判一枚を彼の前に投げ出した。

「旦那」

うとうとしていると、栄之助の耳に、声が遠くから近づいてくるような感じで聞こえた。

うす眼を開けて見ると、遊び人風の男が顔を真上から覗かせていた。

「なんだ、庄太か」

「へえ、ずいぶんよくお寝いなすっていらしって」

「いま、何刻だ？」

「もう五ツ（午後八時）を過ぎました」

「道理で暗くなったと思った。二刻も眠っていたのか。いくら蒸し暑くとも負けたとなるとくたびれて、よく眠れるものだな。……なんだ、おまえもやられたのか？」

「へえ、旦那の負けよりは少し遅れましたが、素っ裸になりました。こんな格好じゃ明るいうちには往来も歩けねえので、暗くなるのを待っておりました」

「どうだ、もう一勝負いくとするか」

と、栄之助は脛にたかった蚊をぴしゃりと叩いた。

「石川の旦那、そいつがあなたの悪い癖でさア。懐に二分でも残っていれば、今日のところはそのままお帰んなさいまし。目の出ねえときは、どうあがいても始末に負えませんよ」

「なるほど、おめえから賽ころの講釈を聞くようじゃ、この栄之助も落目だな」

「これは恐れ入りました。しかし、旦那、こうして庄太が連れになっておりますから、ついでにごいっしょに外へ出ましょう。外はいくらか涼しゅうござんすよ」

場所はある旗本の屋敷の中だった。当主も相当な身分だが、長い間の無役と放蕩とで、今では博奕場を内で開かせてテラ銭を取っている。町家の賭場は詮議も厳しいし、すぐに目明しに踏みこまれる危険があるが、旗本の屋敷だと町方の手入れの心配はなかった。

二人が屋根の上に草の生えている門を出ると、暗いところに人間がひとり立っていた。庄太がぎょっとして闇を透かして見ていたが、

「おや、これは薬研堀の親分さんではありませんか」

と言って丁寧に腰をかがめた。

「そう言うおめえは庄太じゃねえか」

「へえ、今晩はご苦労さまでございます」

「うむ」

男は栄之助のほうをじろじろ見ていたが、

「庄太、そんな格好をしてるところをみると、今日はあまり出来がよくねえらしいな」

「いいえ、親分、あっしは何も手慰みなんざやっておりません」

「じゃ、何でこの屋敷に来たのだ？」

「へえ、この旦那のお供でちょいと参りましたので。……ねえ、旦那、そうでござんすね？」

と、庄太は栄之助に相槌を求めた。

「うむ、そういうことだ。……それがどうかしたのか？」

と、これは岡っ引に言ったのだった。

「いいえ。それならよろしゅうございますが、そこにいる庄太は、あまり行状のよくねえ野郎ですから、旦那も、そんな奴をお供になさるのはお気をつけなさったほうがよろしゅうございます」

彼はうすら笑いをして言った。

「何だ、あいつは？」

と、これは歩き出してから栄之助が庄太に訊いたことだった。

「へえ、薬研堀に住む蝮の卯助といって、いやな野郎でございます。渾名のとおり、執念ぶけえ岡っ引で、みんなに嫌われております。……しかし、あの野郎、ついぞ今までこんなところをうろついたことはございませんが、だれかを見張っているんでしょうかねえ？」

「だれを見張るということもねえだろう。近ごろは世上がだいぶうるさくなって、ああいう岡っ引も盆茣蓙(ぼんござ)を貸している旗本屋敷を窺(うかが)うようになったのだな」

「水野越前守さまが御老中になられて、何かこう急に世上がやかましくなりましたね。すると、旦那、近いうちに旗本屋敷にも盆が立てられなくなりますかえ？」

「そうなるかもしれねえな。水野殿は気性の激しい人だというし、懐刀(ふところがたな)の鳥居耀蔵がこれに輪をかけたような変わった男だ。庄太、これから世の中がどうひっくり返るかわからねえぜ」

「そうですかねえ。そこへいくと旦那なんざ、先祖代々の禄高がついて回っているから、どんなことになろうと食いはぐれはねえ。いちばん厄介なのは、あっしどものようにまっとうでない渡世の人間でさア」

「そのまっとうな渡世の人間がこれから困ることになりそうだ。……庄太、まあ、そう先々のことを気に病むこともあるめえ。世の中は、どうせおもしろおかしく渡っていくのが冥利というものだぜ」

「旦那なんざ、ちゃんと文字常という師匠がついていなさるから、米櫃のほうは安心でさア。あっしもそれくらいの情人は作りたいもんですね」

「常磐津の師匠ぐらいじゃそう羨ましがることもあるめえ。おれも仕方がねえからついているだけだ」

「もったいないことをおっしゃいます。あれだけの器量の師匠は、そうめったにおりませんぜ。あっしなんざ、鼻っかけの柳原の夜鷹でも身銭を切って買ってるくれえでさア。……ときに、旦那にはいいお従兄さんがいらっしゃるそうですねえ?」

「いい従兄かどうかわからねえが、三月に一度ぐらいは金をせびりにいく。この男はおれと違って、石川家の再興をひとりで力んでいる奴さ」

「結構ですね。旦那も少しはその従兄さんを見ならってはどうです?」

「庄太、心安だてにおめえまでおれに意見する気かえ?」

「いや、恐れ入りました」

「それなら、庄太、おれはこの辺で別れるぜ」

「おや、常磐津の師匠のところは道が違やアしませんか?」

月があった。

屋敷町は人通りもない。長い塀ばかり多いこの界隈は、遠くが白く靄に霞んでいた。夜回りが拍子木を打ってくるのに出会っただけで、栄之助はひとりで坂を上がっていった。角に辻番の小屋がある。ここだけはまだ障子に明りがついていた。

栄之助の屋敷は青山の果てで、近所は田圃ばかりだった。寺が木立の中にあるくらいで、辺鄙な所だ。夏になると、ひどい藪蚊に襲われる。

その屋敷への帰り途なのだが、栄之助は坂を上がった所で、ふと、前面に二つの人影が歩いているのを見かけた。

これは、互いに寄り添って話し合っているような格好だが、まだ距離があるので、武士とも町人ともわからない。とにかく、人間が二人ならんでゆっくりと歩いている。月のあるせいか、提灯も持っていない。

夜も蒸し暑さが残って近所の人が寝られないままに外に涼みに出ているのかと思った。

しかし、栄之助が思わず眼を凝らしたのは、急に一人の男が大きな声を出したからだ。これも言葉はわからないが、何やら叱っているような調子だ。

言い争いをしていると感じたとき、彼の視線には、一つの人影が急にはなれて、中腰になったのが映った。と見る間に、残っている男の影がふらふらと泳ぐような格好で傾いた。そこを中腰になった男が身を起こして突進するように突き当たった。このとき初めてきらりと光るものを栄之助は見た。

彼は走り出した。この足音に先方でも気づいたのか、立っている男がじっとこちらを見ていたが、身体を翻(ひるがえ)すと、これもいっさんに向こうに駆け出した。まだ相当な距離があったので、栄之助が倒れた男の傍を通り抜けたときは、相手は大きな屋敷の角を曲がっていた。

栄之助がその角まで走ってみると、長い塀と、雑木林が黒々と見えるだけで、地の上に白い靄が降りているだけだった。栄之助は、舌打ちして引き返した。倒れた男が気にかかったからだ。

道の傍に草が伸びていたが、男はその中に顔を突っ込んで動かないでいた。

栄之助は男を抱え起こした。このとき、彼の手がぬるぬるした油のようなもので濡れた。斬られた男の身体から噴いている血が、栄之助の手から胸までべっとりとついたのだ。

「おい」

と、栄之助は倒れた男を呼んだ。男は首を前にうなだれたまま返事をしなかった。彼はつづけて大きな声で二、三度呼んだ。

やはり返事がないので、栄之助は男の顎の下に手をやって顔を持ち上げ、耳もとに口をつけて、

「おい、おぬしの名前は何という？」

と訊いた。まず、この男の身もとを知らねばならなかった。

「しっかりしろ。名前を早く言え」

男は眼を開けたようだったが、これはうすい月の光でははっきりとわからない。だが、少しは正気づいたようだった。

「名前は？」

栄之助がまた言うと、

「い、い、い……」

と口が動いた。

「い、の、う、え……」

「井上？　井上何というのだ、いや」

と、途中で気づいて、

「下手人の名は………下手人は何という？」

と訊き直した。

だが、その身体は栄之助の腕の中で急に重くなった。栄之助は、男の懐に手を入れた。胸の動悸はとまっていた。が、懐はまるで血の溜り場であった。

彼は、もう一度、顎をこじ起こして男の顔を月の光に向けた。

「おや？」

と思ったのは、これがどこかで見た顔だったからである。それも遠い以前ではなかった。

（井上……）

はっと思ったのは、この顔と名前に記憶がある。今日、従兄の石川疇之丞の玄関先に訪ねてきた、井上伝兵衛という名の人物だ。栄之助は、男の肩の下を手で支えながらそのまま草むらの中に倒して置いた。

下手人が遁げた方角を見たが、もちろん、これから追ってもわかることではなかった。

栄之助は、元の道に引き返した。ここに来るとき見かけた辻番小屋を思い出したのだ。

その障子はまだ明りがついていた。

彼は外から叩いた。

「辻番」

「へえい」

と、内側から返事があった。

「そこで人が斬られている。知らせておく」

栄之助が言うと、

「えっ」

と、内側から愕いたような返事があった。

障子ががらりと開いて、四十くらいの男が出てきたが、そこに立っている栄之助の姿を見て仰天して声をあげた。

彼の胸も腕も血に塗(まみ)れていた。

石川栄之助は、暗い軒の下に天水桶(おけ)を見つけると、その水で着物についた血を洗った。

この時刻になると、店を開(あ)けている家は一軒もなく、人通りもなかった。いま天水桶を置いている家も間口の広い呉服屋だが、寝静まっている。

用心をして水音をたてないようにした。先ほど辻番のおやじが腰を抜かしたのは、血まみれの姿が見えたからだ。この格好ではどこも歩けない。栄之助は、手拭を天水桶に浸(ひた)して胸から下にかけて洗ったので、びしょ濡れになった。水の冷たさが肌に心地よかった。

なるべく軒の陰に身体(からだ)をかがませて手足も十分に洗った。

斬られた男の検視は、いずれ夜が明けてからにちがいないが、今ごろは蓆(むしろ)をかぶせられて小者が立番をしているであろう。

栄之助の眼には、男の斬られた瞬間がまだ残っている。二つの影が仲よく連れだっているところは友だち同士かと思ったが、たちまちのうちに一人が倒れた。斬った男の姿が、遠いためよくわからなかったのは残念だ。しかし、背のあまり高くない、ずんぐりとした体格だったことは憶えている。

斬り口を見たが、それほど腕の冴えた男とは思えない。しかし、大胆なところはわかる。素早い行動だった。斬ったのも速いが、逃げ足も速かった。背の低い男だとは、その遁げる姿を見ての印象だった。

遺恨か、喧嘩か。

むろん、もの盗りではない。喧嘩とすれば口論の間が短かすぎた。やはり遺恨であろう。斬られた男も心得があるようだったが、なにしろ、ふいに襲われたのだ。防ぎようがなかったらしい。

それにしても口論めいたことを言い合っていたのだから、もう少し警戒があってよさそうなものだ。してみると、大きな油断があったのかもしれぬ。その油断は、まさかこの男が、という安心感が連れにあったからではないか。

こう考えると、下手人は殺された男の友人か、知人かもしれぬ。まさか縁辺の者ではあるまい。が、要するに、かなり心を許すような間柄だったことは、最後まで被害者に隙があったことでわかる。

殺された男が、昼間、従兄の疇之丞のところに来て、自分が玄関で取り次いだのも奇縁だった。井上伝兵衛という名だったが、自分では鳥居耀蔵に剣術を教えていると言っていた。

いずれ町道場を開いている剣術師であろうが、剣術師のくせにいやにあっさりと殺られたものだ、と思った。

鳥居耀蔵に教えているくらいだから、相当に腕の立つ男にはちがいない。それがあんなふうに他愛なく斬られたのは不覚だ。

あのときの従兄の疇之丞の様子もおかしかった。伝兵衛が来たと告げると、あいつはあわてて自分で玄関に出ていった。何やら二言、三言話していたが、言葉はよく聞こえなかった。もう少し問答を聞いていたら、参考になったかもしれぬ。

疇之丞は役入り運動のために、このところずっと鳥居屋敷に詰めかけているので、そこで剣術を教えにくる井上伝兵衛と心安くなったのかもしれぬ。

だが、これはどっちでもいい。斬られた奴も、斬った奴も、それだけの因縁があるからだろう。いずれこの次に疇之丞の家に行った際、茶呑話にでも顚末を聞くとするが、ここ当分、彼の家は覗けない不義理になっている。この次あいつを訪ねるのは三月か、四月か先になろう。つまり、これは事件落着の後話を聞くことになりそうだ。

栄之助は、濡れて肌にべっとりと貼りついた着物をきたまま歩いていたが、着物が膝のあたりまで濡れているので、脚にまつわりついて歩きにくいこと夥しかった。

彼は途中で着物を脱ぎ、小脇に抱えて、腹巻と下帯一つで歩きだした。このほうがずっと爽快だし、歩行がはかどった。

裸になると、むし暑いと思った夜も、あんがいと風が動いている。

赤坂の一ツ木通りまでくると、栄之助は、前方に提灯を認めて思わず立ち停まった。提灯は一つや二つでなかった。高張提灯がならび、その下を小さな提灯が動いている。どうやら、相当な人数が集まっているようだった。

それが普通の民家の前だから妙だった。これが大名屋敷や旗本屋敷の前だったら、何かの変事が出来して表を固めているということもありうるが、だいいち、町家が高張提灯を掲げているのは異様だった。

様子を見にいくのには裸が妨げた。といって濡れた着物を着る気にもなれなかった。

栄之助はその家の前を遠くから避けて横丁にはいり、また裏の四つ辻を回った。出たところが、提灯のかたまっている家のすぐ近くだ。つまり、裸でいるばかりに遠回りしたのだ。もっとも、着いたところは通りからはいった横丁であった。

栄之助は暗い格子戸を叩いた。

声をかけるまでもなく、内から明りが動いてきた。まだ表の戸は入れていない。

「だれ？　栄さんかえ？」

手燭を持って翳したのは二十六、七の女で、夜目にも大柄な浴衣をきている。

「改めて訊くまでもねえ。今ごろ忍んでくるのは、このおれしかあるめえ」

「遅かったねえ」

と、女の声が弾んでいた。

「なんでもいいから、早いとこ開けてくれ。……いくら夏でも、この格好じゃ風邪を引きそうだ」

女が開けた格子からのぞき、

「あれっ」

　と、男の裸体を見て短く叫んだ。

　栄之助は座敷に上がると、あがり框から土間に着物を投げ出した。

「これを洗っておいてくれ」

「いったい、何をしたというのかえ？」

　女は眼を瞠っている。

　うしろに大きな神棚があった。前には煙草盆が出ていて、長煙管が載っている。吸殻が多いのは、さんざん待ちくたびれたあとらしい。

「ちょいと溝に嵌ってな、とんだ床下のどぶ鼠よ」

「酔っていたのかえ？」

「酔っちゃいねえが、なにしろ、暗くって足もとが見えなかったのだ」

「だから早くうちにくればいいものを……また博奕をしていたんだね」

「賭場は早く切り上げたのだが、友だちと途中で出会って、ちっとばかり長話になったのだ」

「どこのだれだか知らないが、待っているあたしの身にもなっておくれ。よくもつまらない人と閑な話ができたものだねえ」

「小言を言わねえで、早いとこ着物をきせてくれ」

女は文字常といって常磐津の師匠だった。いまはいってきた軒の赤い提灯にも、その名前が書いてある。

「でも、よかったねえ、栄さん、たいした怪我をしなくって」

女ばかりの所帯だが、男ものの用意がしてあって、それをうしろからふわりと着せた。

「おまえさん、そのままちょっと辛抱してくださいよ。いま、行水の湯を沸かし直しますからね」

「行水か、そいつは何よりだ」

「おまえさんが早くからくるかと思って、釜の湯を何度沸かし直したかしれやしないよ」

「それじゃ、さっそく、浴びるとするか」

「よくもそんな格好で往来が歩けたものねえ。あたしゃ雲助が迷いこんできたのかと思ったよ」

文字常が裏口に行こうとするのを、

「師匠」

と、栄之助は煙管に煙草を詰めて呼び止めた。

「いま、そこで見たが、なんだかいやに騒々しいじゃねえか。提灯がいっぱい出て、人間の影もえらくうろうろしていたぜ」

「ああ、あれですか。そんなら今夜は夜っぴて金物屋さんを警固してるんでしょうねえ」

「金物屋だと？」

栄之助は咎めた。

「金物屋がなんで高張提灯を出しているのだ、葬いかえ？」

「おまえさん、知らないのかえ、そこの金物屋さんは、娘さんを西の丸の奥向きに女中奉公に出しているんです」

「西の丸の奥向きに？」

「娘さんといっても、もう三十にはなるんでしょうがね。金物屋の藤兵衛さんが六十の坂を越した人だから」

「その娘が怪我でもして帰ってきたのか？」

「いやだねえ。……大奥女中といっても、藤兵衛さんの娘はお中臈とかいって、だいぶ偉い役目だそうだよ」

「中臈か。なるほど、女の出世にはちげえねえな」

「その出世も、その子が十四のときに、笠原外記さまという旗本に見初められたのがはじまりということです」

文字常は、釜の下に火を焚きつけて戻ってきて話した。

「笠原さまというのは、そのころ、今年の正月に亡くなられた大御所さまの近習役をつとめておられたそうです。その方が十四になるおふゆさんを見て、大奥の奉公に出したいから、自分の養女に貰い受けたいと、それはそれは熱心に藤兵衛さんに掛け合ったそうです。藤兵衛さんも初めは断わっていたそうですが、当人の出世にもなることだし、とうとう、それを承知して、おふゆさんは十四の年の暮れに西の丸に奉公に上がったそうです」

「それが今では中﨟か」

「お中﨟でも、上さまのお手の付かない御台所さま付きの中﨟だそうです」

「笠原外記は少々アテが違ったわけだな。大御所の眼に止まってお手でも付いたら、外記は養父としてもっと出世したはずだ。とんだ博奕のはずれか。もっとも、ああ女どもが多くては、少々器量がよくても眼移りがしてお目に止まらなかったのかもしれねえ」

「それでも、今では西の丸奥向きではいっとう権勢のある方だそうです」

「まさかおふゆという名で上がっているわけじゃあるめえ。今はなんという名だえ」

「たにさまといわれています」

「なに、中﨟のたにか」

「あら、栄さんは知ってるの？」

「いや、知らねえ、知らねえ。ただ、どこかで聞いたことのある名前だと思っただけだ。……その中﨟のたにさまが、今日は宿下がりというわけか？」

「そうなんだよ。……昨夜は、その笠原さまのお屋敷に泊まったが、今日は二年振りに里帰りというわけです。それで、町内衆があぁして夜っぴて金物屋さんを警固してるんです」

「出世した女を出した町内も楽じゃねえな」

と、栄之助は煙管を叩いた。

「おい、師匠、もう湯はいいだろう。おれは熱い風呂は嫌いなほうだ」

「あい、あい。いま盥に移して湯加減を見てきます」

栄之助は起ち上がって着物を脱いだが、腹に巻いた晒を解いたとき、畳の上に一枚の小判が落ちた。

「おっと、師匠、これを取っといてくれ」

「あら、どうしたの？」

「そんなおっかない目つきで見るんじゃねえ。賭場で取った金じゃねえ、おれがさるところから借りてきたものだ。おめえにも苦しい金を使わせているから、遠慮なく仕舞っておいてくれ」

文字常が躊躇していると、

「いやに蚊が出るじゃねえか。行水から上がってくるまで、蚊いぶしを火事場のように焚いておいてくれ。……おっと、それから銚子の行水も湯加減で頼むぜ」

「あれ、まだ呑むのかえ？」

「当たりめえだ。夜風で冷えてきた身体だ。なにもおめえ、そうすぐ寝ることはあるめえ」

「おや、表がなんだか騒がしくなったねえ」

文字常は、聞き耳を立てるように顔を上げた。

「町内の奴らが忠義顔をして警固に力んでいるんだろう」

栄之助は杯を含んでいたが、

「うむ、そういえば、ちっとばかり騒々しいようだな」

と、小首を傾げた。

「何か起こったんでしょうか？」

文字常は、男を煽いでいる団扇の手を止めた。

「いま、何刻だ？」

「もう、九ツ（午前零時）をとっくに過ぎましたよ」

「そんなに遅いのか」

「だって栄さんが来たのがずっと遅いんですもの」

「今ごろ騒ぐんじゃただごとでねえかもしれねえな」

「表の様子を見てきましょうか？」

「おめえも山王(さんのう)さまの氏子だな。物見高(だけ)えほうではひけをとらねえようだ。よせよせ。どうせ他人(ひと)ごとだ」

「でも、だんだん騒ぎが大きくなってくるようですよ」

栄之助の耳にも大勢の足音が乱れて走っているのが聞こえた。だれかが短く叫んでいる。あっちだ、あっちだ、という声がしていた。

「なんでしょうねえ？」

文字常は、不安そうに栄之助を見た。

「うっかりその辺を通りかかった人間を、町内の奴らが変な野郎だと思って捕まえにかかったのかもしれねえ。なにしろ、警固がお祭りみてえに珍しくって仕方のねえ連中だから、おもしろ半分に気が立っているのだ。相手はおどろいて遁げ出したというところじゃねえか。御殿女中は人騒がせな宿下がりをするものだ」

このとき、裏で小さな物音がした。

「あれっ、なんでしょう？」

文字常はぎょっとしたようだった。

「猫でもへえったんだろう」

「いいえ、戸締まりはしっかりしてるんだけど。それに、この家には猫がはいったことはないよ」

その声の下から、今度はもっと大きな音がした。

栄之助は表の声と思い合わせて起ち上がった。

「あれっ、栄さん……」

「なに、おめえはそこにいてくれ」

栄之助は、裏の障子を開けた。いま行水に使った盥が壁に立てかけてある。その傍に黒い影が小さくかがんでいた。

「だれだ？」

「へえ」

人影がしゃがんだままのろのろと動いた。

「師匠、明りを見せてくれ」

「なに、怕がることはねえ。おれと同じに、どこかのどぶ鼠が迷いこんできたのだ」

「栄さん……」

「旦那」

と、相手は低く言った。

「明りだけはごめんなすって」

「なるほど、では、おめえがこっちのほうへ来て、その面を見せろ」

「へえ」

男はおずおずと座敷のほうに顔を出した。文字常が怯えているので、栄之助は行灯を傍に運んだ。光に浮かんだのは二十六、七くらいの男の顔で、職人のような格好をしている。手に黒い手拭を握っているのは、たった今頬かぶりを取ったものとみえた。

「おめえ、どこからへえった?」

「へえ、天窓から降りてきましたので」

「天窓か。猫もへえらせねえように戸締まりしていても、天窓じゃ仕方がねえな。それにしては物音が低かったようだな」

「そのへんは馴れております」

「他人の家に忍び込んだ泥棒から自慢を聞こうとは思わなかった。おまえだな、いま表の騒ぎに追われているのは？」

「さようでございます」

男は悪びれもしなかった。

「どうしたのだ？」

「へえ、こうなりゃあっさりと言いますがね、実はそこの金物屋を覗いてきましたので」

「金物屋だと？」

「御殿女中が宿下がりに泊まったと聞いて、金目のものを狙いにへえったところ、騒がれました」

「呆れた奴だ。あれほど厳しく警固してるのがわからなかったのか？」

「それだから、かえってやる気になりましたので」

「ふむ、おもしれえ奴だ。追われているなら、長兵衛を極めこんで匿ってやろう」

「おまえさん……」

「なに、かまわねえ。目つきは悪いが、おとなしそうな男だ。名前は何というのだえ?」

「伊与吉と申します」

「うむ、伊与吉か。見かけによらねえ洒落た名前だな」

質　草

「そこで伊与吉。どうも色男ぶった名前が気に喰わねえが、気に入ったのは宿下がりの御殿女中の枕もとに忍びこんだその気っぷだ。泥棒稼業をするからには、そのくれえの気概がなくてはいけねえ」

栄之助は、前に縮んでかしこまっている男の額に、長煙管から吸い上げる煙の輪を吹かせた。

「へえ」

泥棒は頭をさげた。

「おれは役人じゃねえから、生国はどこだ、いまはどこに巣喰っているかなどと野暮なことは訊かねえ。だが、そこの警固のきびしい金物屋にへえって椎茸(しいたけ)さんから何をぬすんできたのだ」

栄之助がきくと、伊与吉と名乗った男は体裁悪そうに小鬢を掻いた。

「旦那。……実は、しくじりました」

「なに、それじゃ何も盗ってこなかったのかえ？」

「申し訳ありません。なにしろ町内の衆が眼を皿のようにして番をしておりますので、どうもはいりにくくて。……うろうろしているところを運悪く見つかって追われましたので」

「やれやれ。おめえは見かけによらねえ小盗人だな。この町内の奴らが、金物屋の婆アを公方の御台所でも宿下がりしたように大騒ぎするのがおれには癪に障っていたが、おめえがそいつらの鼻を明かしたのかと匿う気になったのだ」

「そんなら旦那、あっしはここから出ていきます」

「そんな情けねえ面をするな。仕方がねえ、せっかく、はいってきたのだ、表の探索が済むまでその辺にしゃがんでいろ」

「へえ、ありがとうございます」

伊与吉は、栄之助のかげにかくれるようにしている文字常のほうにもむいて、

「おかみさん、ありがとうございます」

と、頭を下げた。

「おい、早合点するな。これはおれのかみさんじゃねえ。この家の主で、常磐津の師匠だ。おれはここに宿かりをしている身だアな」

「そんなら師匠、よろしくお頼み申します」

「あら、いやだよ、おまえさん」

と、文字常は気味悪いなかにも、てれたように栄之助の肩にすがった。

このとき、伊与吉がつと顔をあげて、戸口に聞き耳を立てて身構えた。大勢の足音がそのあとから起こった。

「師匠」

戸が叩かれた。

「師匠。起きているか?」

伊与吉が及び腰になるのを、栄之助は眼で制した。

自分で押入れの襖を開けて、伊与吉にその中にはいるよう顎でしゃくった。

伊与吉が片手で拝むようにして押入れの中にかがむと、栄之助は襖をしめて、もとの場所にあぐらをかいた。

「師匠、起きてくれ」

戸が大勢で叩かれる。

栄之助が眼顔で合図すると、文字常は覚悟を決めたように戸口に声をかけた。

「どなた？」

「おれだ、おれだ」

と、その中の声が答えた。

「そういうお声は鳶辰の頭だねえ」

「うむ、おれのほかに、油屋の新吉さんも八百松の板公もいるぜ」

「おや、大勢お揃いで、何ですかえ？」

「寝ていたところを済まねえが、ちょいと開けてくれ」

「待ってくださいまし。いま、この辺をきれいに片づけます」

「常盤津を稽古に来たんじゃねえ、そのままでいいから、ちょいとはいらせてくれ」

「あい、あい、いま、開けます」

文字常は栄之助の顔をふりむいた。彼はしきりと蚊やりの煙を掻き立てている。

「おや、これはみなさんお揃いで」

と、用心棒をはずした文字常は、開けた入口から外をのぞいた。

「ずいぶん遅いじゃありませんか」

「今夜は夜通しだ」

と、鳶辰の声が言った。

「おめえも知ってのとおり、金物屋の藤兵衛さんのところに西の丸のお中臈さまが、お宿下がりでお泊まりになっていらっしゃる。おれたち町内の男たちはこうして総出で夜っぴて張り番を申し上げているのだ」

「それはそれはご苦労さまですね」

「ご苦労はいいが、そのおれたちの眼をかすめて変な野郎が用水桶のうしろから庇に手をかけて屋根に上ろうとしていたのだ。油屋の新さんが見つけて騒いだものだから、野郎、どこかに失せやがった。きっと泥棒にちげえねえ。それもお中臈さまの宿下がりを警固しているおれたちの隙をうかがってのことだから太え野郎だ」

「それは物騒なことですねえ。……それで、親方たちがわたしを起こしなすったのは？」

「おっと、そのことだ」

と、きんきんした声が横から代わった。

「その泥棒を追ったところがうまく遁(に)げられたのだ。だが、町内の出口はどこも固めているから、奴はどこにも行かれねえはずだ。きっと、どこかの家に忍びこんでいるにちげえねえと思っていたら、この八百松の板公が、師匠の裏口に走り込んだ人影を見たというんだ。なあ」

「あたしの家に？」

文字常がわざと気味悪そうに前衿(まええり)をかき合わせると、

「そうよ、おれがこの眼でたしかに見たのだ。師匠、ちょいと家の中をのぞかせてくれ」

と、八百松の板前が言った。

「おっと、ご町内の衆」

栄之助は長煙管を吐月峰(はいふき)に音高く叩いて声をかけた。

「へっ？」

と、はじめて油屋の新吉が内のほうに首を伸ばした。今まで、文字常が壁になって見えなかったのだ。

「どうもご苦労だな」

「へえ」

表から覗いていた三、四人は、栄之助がすわっているのを知って顔を見合わせた。

「旦那がお見えになっていたんで？」

「今夜は目が出ねえで丸裸でここまで逃げてきたところだ。それで、師匠のところに来て一ぺえ馳走になってるところだ。おい、八百松の板さん」

「へえ」

「さっき、ここで聞いていたが、おめえが見たという人影は、ありゃ、おれだ、おれだ」

「へえ」

「そのことで心配してやって来たのなら、引きあげてくれ。ここは、おれがこうしているから大丈夫だ」

「そうですか」

鳶辰が相談するように連れの顔を見回した。

「ほんとに旦那の言うとおりですよ。さっき、身ぐるみ剥がれてここに飛び込まれたんだから」

と、文字常が口を添えた。

「とんだところでおれも面目ねえ恥をさらしたものだ。どうだ、え、無事とわかったら、ここで一ぱい呑まねえか？」

「へえ、ありがとうございますが、わっしらは役目がございますから、今夜はこれで」

「そうか。そいつはご苦労だな」

「ほんとにご苦労さん」

文字常は皆を愛嬌よく見送って戸を閉めた。

座敷に戻って、彼女は栄之助と眼を見合わせた。

「笑わせやがる」

と、彼は煙管に煙草を詰め替えた。

「たかが金物屋の婆アの泊まりに、役目もへったくれもねえものだ。ありゃ番犬代わりだ」

「大きな声をお出しでないよ。あの人たちは一生懸命なんだから」

「そいつがくそおもしろくねえのだ。貧乏人には鼻もひっかけねえくせに、少し身分がありそうだとぺこぺこしてやあがる。おれにしても、かたちだけは武士だから、いちおう、体裁のいい口を利いているが、肚の中では舌を出しているぜ」

「気のいい人たちだけど、おまえがこうして来てからは嫉っかんでるのかもしれないわね」

文字常が栄之助の横に寄り添ってすわろうとしたとき、

「おっと、押入れの旦那の耳があるぜ」

と、彼は笑った。

「あれ、ほんとだ」

文字常は気づいて顔をしかめた。

「とんだところに飛び込まれたものだわね。もう大丈夫でしょうか？」

「度胸のねえ小盗人だから、暗え所でふるえているにちげえねえ。こっちに引っぱり出して酒でも呑ませてやれ」

文字常が恨めしそうな流し眼を栄之助にくれて、隣りの間の押入れの前に立った。

「おまえさん、もういいよ。出ておいで」

と呼んだが、声がなかった。

「さあ、出なさい。もう安心だから」

文字常は二度つづけて言ったが、やはり返事がなかった。

「旦那、返事をしないよ」

と、文字常が栄之助を呼んだ。

「かまうことはねえ。中でがたがたふるえているのかもしれねえから、襖を開けてやれ」

「だって」

「えい、おれがここにすわっているのだ。気味悪がることはねえ」

その声に文字常が思い切ったように襖を開けると。あっ、と叫んだ。

「どうした?」

「いませんよ」

「なに、いねえ?　暗闇でわからねえのだ。ここの行灯（あんどん）を持って、よく見てみろ」

「いいえ、その障子を通した明りでわかるんです」

栄之助は自分も起(た)っていったが、

「なるほどいねえや」

と、あきれた。

「すばしこい奴だ。おれたちが町内の奴らと掛け合っているうちにずらかったのだな。小盗人でも、身の動きは商売(しょうべえ)だけに軽いや。裏の戸を開ける音もしなかったぜ」

「でも、あたしゃほっとしたよ」

と、文字常が胸を片手で押えて行灯の傍に戻ってきた。

「おまえが妙な俠気(おとこぎ)を出すものだから、困っていたところさ」

男の横にぺたりとすわって、

「せっかく、おまえがこうして来てくれたんだもの、余計な邪魔がはいって、あたしは恨んでいたところさ」

と、眼の端で彼の顔を見上げた。

「おれがこうして師匠の家に来るようになってから、弟子が減りゃアしねえか？」

「なんの、ちっとは減ってもかまいません。かわいいおまえにはかけがえがありません」

「いまの油屋なんざ、ずいぶんとご執心だったようだぜ」

「やめておくれよ、あんな商売物を塗ったようなつるつるした顔は大嫌いさ。油屋の新さんばかりじゃありません、ほかにも色目を使いに稽古にくるひとが多うござんす」

「自惚れの自慢とは恐れ入った。それとも、おれに妬かせようとでもいうのかえ」

「あれ、よそでさんざん、浮気をしているくせに。つねるよ」

「おっと、また青痣(あおあざ)ができるから勘弁しな。これぱっかりは、薬湯で三日も揉みつづけても癒らねえからの」

このとき、裏口でかすかな音が鳴ると、

「ごめんください」

と、低い声が聞こえた。

文字常がぎょっとして栄之助の顔を見た。

「お邪魔をします」

声は遠慮したように低く聞こえた。

栄之助が起っていって裏口を見ると、伊与吉が恐縮したようにうずくまっていた。

「なんだ、おめえか。また来たのか？」

「へえ。お邪魔なら、このまま帰ります」

「何を言やがる。まあ、こっちへへえれ」

伊与吉はからげた着物の裾をおろし、手拭で叩いておずおずと座敷に上がった。

「師匠、またお邪魔にめえりました」

文字常はふくれた顔をしていた。

「先ほど、おめえがいねえから、どうしたのかと思ってたところだ。あのまま遁げたのじゃなかったのかえ？」

栄之助は彼を正面にすわらせた。

「へえ、旦那に言われて引き返しましたので」

「引き返した？　どこに？」

「金物屋さんでございます」

伊与吉はそう言うと、懐の中から白い紙に包んだものを出し、栄之助の前に置いた。

「なんだ、これは？」

栄之助が見ると、紙の上には櫛が一つ載っている。文字常も思わずそれに首を伸ばした。

行灯の光に鼈甲の櫛は飴色に輝いていた。

「うむ、落紅葉が金で、曲水が銀の象眼か。造りは玳瑁とは豪儀なものだ」

「まあ、きれい」

と、文字常ものぞいて驚嘆した。

「おめえ……」

と、栄之助は屹となって伊与吉を見た。

「金物屋の婆アから盗ってきたな?」

「へえ。旦那に甲斐性無しと言われちゃ、あっしの一分が立ちません。言われてみりゃ、そのとおりなので、ちょいと引き返していただいてきました」

文字常が口を開けたまま驚嘆の眼をみはっていた。

「おめえ、よく、まあ、金物屋に忍びこめたな?」

「へえ。警固は厳重なようでも、そこは素人の町内衆でございます。先ほどの騒ぎで、すっかりその辺を捜し回って安心なすっていたため、油断があったのでございます。そこをつけ入りましたので。楽に御殿女中の枕もとまで忍びこむことができました。この髪道具もちゃんとそろえて枕もとに置いてありましたが、笄も盗ろうと思えば盗れました」

「うむ。商売、道によって賢しというが、なるほど、そういう油断もおめえの算用の中にはいっていたとは、泥棒でも見上げた奴だ。さっきは小盗人だと言ったが、まあ、勘弁しな」

「旦那、泥棒にはちがいありませんが、名前をおっしゃっていただきとうございます」

「大きにそうだ。ここにくれば客人扱いだからな。それに、おめえに倣ったわけじゃねえが、先ほど町内の奴が捜しにきて引きあげたから、まさか、おめえがここに来ているとは気がつくめえ。とんだ経つづらの大塔宮だな」

「旦那に賞めていただければ、あっしはそれでうれしゅうございます。どうか、この品は師匠に上げておくんなさい」

「律義なことだが、そいつはいけねえ。おめえの腕はそれでわかったから、これはそっちへ取っておいてくれ。おめえだって命がけで手に入れたものだ」

「あっしなんざ、こんなものを持っていても、かえって危のうございます。どうか師匠に……」

「あたしにかえ?」

と、文字常が心を動かすのを、

「おっと、おめえはいけねえ。女の自惚れと胴欲とはつきものというが、うっかりこんなものをおめえの頭に載せてみろ、衣装からして裲襠を作らなきゃなるめえぜ」

栄之助は、その櫛を白い紙に包んで、

「おめえがそうまで言うなら、せっかくの志だ、預かっておくぜ」

と、懐の中に捻じこんだ。

「あれ、おまえさん、それをどこかの女にやるんじゃないだろうね」

「阿魔はそれだから始末に負えねえ。すぐ悋気を起こしやがる。なあ、伊与吉」

「へえ、ご馳走さまでございます」

「何をぬかす。おれにちっとばかり考えがあるからだ。……ところで、夜もだいぶ更けたようだ。金物屋の婆アは、まさか、まだこれに気がつくめえな?」

「へえ、よく眠っておられました。旦那の前ですが、年は取っても、ああいう暮らしの女はいつまでも若うござんすね」

「櫛を盗ってきたうえに、女の寝顔まで涎を垂らして見てきたんじゃや、おめえも世話はねえな。まあ、今夜は、縞の袴をはいた蚊に食われておめえも辛かろうが、御殿婆アの寝顔でも夢に抱いて、次の間で寝てくれ。夜が明けてから、着物を貸してやるから、姿を変えて知らぬ顔の半兵衛で出ていくんだな」

「おまえさん」

と、文字常が怨じ顔になった。

「旦那、あっしはどうも師匠には邪魔のようで……」

「何を言やがる。無用な遠慮をするんじゃねえ」

と、栄之助は不機嫌顔の文字常をちらりと見た。

「おれたちが熱かったのはだいぶん前のことだ。近ごろはお互い顔を見合わせただけでも、げっぷが出らアな」

陽はかなり翳ってきて、狭い日本橋横山町の片側の屋根の影が向かい側の二階の壁に匍い上がっていた。暑さは残っていたが、わずかな風もどこか秋めいている。質屋の丹波屋の前では、丁稚が道に水を撒いていた。

石川栄之助は水を避けながら、「質」と染抜いた暖簾を潜った。

店の上がり框には、近所のおかみさんらしいのが番頭と掛け合っていたが。話がまとまったとみえて、番頭からいくらか貰い、そそくさと出ていった。

「これは石川の旦那さま、いらっしゃいまし」

番頭は栄之助に腰を折ったが、愛想笑いのなかにも迷惑そうな色が泛んでいた。

「暑いな」

栄之助は上がり框に腰をかけた。

「いつまでも暑さが残って困ります」

番頭は団扇を差し出した。

「あと二十日も経てばお彼岸でございますから、暑さもそれまでの辛抱でございますな」

「その暑いなかを遠くから歩いて、おめえのところに儲けさせにきたのだ。番頭、喜んでくれ」

「あの、質入れでございますか？」

「当たりめえだ。おめえのところは質屋が商売だろう。入れるか出すか、二つしかねえはずだ、出すほうは、このところ当分見込みはねえから、お預かり申すほうでやってきたのだ」

「それはご苦労さまでございますが」

と、番頭は眉の間にうすく皺を立てた。

「この前、旦那からお預かりした継裃(つぎかみしも)でございますが、あれは、今月の末が質流れの期限になっております。どうぞお引き取りを願います」

「わかった。裃といえば武士の表看板だ。質流れの期限ぐらいは、これでも心得ている」

「さようにおっしゃいますが、これで三度お待ち申し上げています」

「そのつど利上げをしているから、おめえのほうは儲かるわけだ」

「その代わり、前にお預かりした刀のほうは流しておしまいになりました」

「嫌なことを言うな。当節は、刀よりも身装(みなり)のほうが大事なときだ」

「でも、あの刀には参りました。旦那さまが強(た)って二両貸せとおっしゃいましたので、お貸し申し上げました。必ず流しはせぬ、請(う)けるから、とおっしゃったので、てまえのほうも中身のなまくら……いいえ、その、あまり上等でないお腰のものを無理して二両出しましたが、流れてみますと、丸損になりました」

「流すつもりはなかったが、時と場合では仕方がねえ。賽の目の出ねえときは、何をやってもいいすかのはしのくい違いだ。だがのう、番頭、今度持ってきた品は、そこいらにやたらと転がっているような安ものじゃねえ」

「先日の刀もさようにおっしゃっていました」

「その埋合わせに今度は飛切りの品だ。おれも近い所に質屋はいくらもあるが、両国に遊びにいくとき金が足りなくて、家重代の印籠をおめえの所に置いたのが縁のはじまりだ。同じ儲けさせてやるなら、かわいいおめえの所にしてえと、犬も陰を拾って歩くこの炎天に、脚を埃まみれにしてやってきたのだ」

「それは毎度ありがとう存じますが……」

「まだ品物を出しもしねえうちにしかめっつらをするな。おれが持ってくるものは、なんでもガラクタだと思ってやがる。いま、その品物を拝ませてやるから、眼を回さねえように用心しろ」

「へえ、いま、眉に唾をつけているところでございます」

「へらず口を叩く奴だ。そんなら、とっくり手に取って、その引っ込んだ眼を剝き出してみろ」

栄之助は、懐から懐紙に包んだものを出して畳の上に置いた。番頭はそれを両手で取り上げて開いて見たが、その瞬間、彼は愕(おどろ)いて品物に眼を近づけた。

「どうだ、番頭、立派な品だろう？」

「へえ……」

「質草に目利きじょうずなおめえに講釈するまでもねえが、台は玳瑁(たいまい)でも飛切り上等の背中を取って造った鼈甲(べっこう)だ。透き通るような飴色に代赭(たいしゃ)色の斑(ふ)が乙な模様で散ってるところなんざ、なんとも言えねえ。それに、落紅葉は金の象眼、曲水は銀の象眼だ。手に取った目方のいい加減な重さといい、厚みといい、大きさといい、申し分のねえ逸品だ」

「さようで……」

番頭は手に取って感心していたが、

「旦那さま」

と、訝(いぶか)しそうな眼つきをした。

「このお髪(ぐし)の道具は、失礼ですが、お屋敷のものでございますか？」

「なんだと？」

「てまえどもの見るところでは、お大名の奥向きでもお用いにならない道具のように拝見いたします。恐れながら、大奥の、格式のあるお女中方がお使いになるのではないかと存じますが」

「さすがに貧乏人を泣かしてきた番頭だ、目利きだけはえれえものだな」

栄之助は団扇（うちわ）の風を懐に入れながら胸を張った。

「おめえの言うとおりだ。大身の旗本や、田舎大名の奥向きが挿せるような髪道具じゃねえ。もっと上つ方のものだ」

「して、これは旦那さまの？」

と、番頭が栄之助の顔を見た。

「当たりめえだ。痩せても枯れても直参石川栄之助、他人のものを掏（す）ったり盗ってきたりしたものじゃねえ。番公、おめえはおれが貧乏しているから疑っているのだな？」

栄之助は番頭を睨んだ。

「いいえ、めっそうもございません。決してさようなわけではございませぬが、いつもの旦那さまの……」

「持ってくるものに似合わねえと言うのか。うむ……」

と、彼はちょっと考えたように、

「なるほど、おめえがおれを疑ぐるのはもっともだ。だがのう番頭、ありようを言えば、これは将軍家の御身近く仕えた、さる女性のものだ」

「へえ」

「名めえは言えねえが、御殿女中としては格式の高いお方だ。その方からおれの三代前の女房、つまり、曾祖母がもらったものだ」

「へえ……」

「おれは貧乏しているが、先祖は石川大膳大夫勝政といって、長久手の戦いには権現さまの御馬前近くで働き、太閤方の池田勝入を追い詰め、その討取りに手柄を立てたものだ」

「そのお話は毎度承っております」

「おめえの耳にもタコができてるはずだ。かく言う栄之助、わが身の不甲斐なさからご先祖の体面を穢して慙愧に耐えぬが、そのために、番公、おめえからも馬鹿にされている」

「いいえ、とんでもない」

「いいや、そうだ。この櫛にしたところで、おれが持ってきたというので、泥棒を見るような眼つきをしやがる。由緒のあるわが家柄を知っている者は、こんな櫛の二つや三つ、簞笥の隅に転がっていても不思議に思わねえはずだ」

「決してお疑いするわけではございませんが、近ごろは質入れの品のご詮議がとくに厳しいようでございますから」

「なに、詮議だと？」

「へえ。今年の正月、大御所さまがお亡くなりになられてから、御老中水野さまのご方針がなかなか厳しくなりました。なんでも、乱れている風紀をご改革になるとかで、質草のお改めからやかましくなりました」

「お仕置がやかましくなろうと、質草には関りがねえはずだ」

「ところが、旦那さま、近くお布令が出まして、贅沢な品物はいっさいご禁制になるとのことでございます。いいえ、今度はそのお布令が今までになくやかましくて、少しでも背いた者は、女子どもでも牢屋に入れられるそうでございます。そんなわけで、たとえこのような立派なものをお預かりいたしましても、万一、質流れした場合、どこにも捌け先がなく、質屋が丸々と損をいたします」

「どこも売り先がなくて損をするだと？　やい、番頭、さっきからおれが唾を滷らして言ってるではないか。この品に限って必ず請け出すと念を押している」

「前の刀のときも、その前の鎧のときも、さようにおっしゃいました」

「嫌なことは忘れるものだ。それに、お布令が厳しくて捌け先がないなどとは、おめえの眼もずいぶん先まで見通したものだな。だが、心配するな、お布令などとはたいてい初めは威勢がいいが、すぐに尻すぼみになるものだ。老中衆も、おめえとこの商売を見習って、ちっとは規則を厳しくするといいのだがな」

「へへ、ご冗談で」

「とにかく、店先でおめえとお仕置のことを長話してもはじまらねえ。さあ、この櫛を受け取ってくれ。いくら貸す？」

「さようでございますね……ほかならぬ石川の旦那さまのことでございますから、せいぜい弾んで二両ではいかがでございますか？　それなら引き取らせていただきます」

「なに、二両だと？　やい、番公、おめえの眼は節穴か。よくも二両などと踏んだな」

「てまえのほうでは、せいぜいそれくらいでございます」

「おれは十両が鐚一文欠けねえつもりで来たのだ」

「それは無茶でございます。とてもそれでは合いませぬ。てまえのほうも商売でございますから、お値段のほうで話し合いがつかなければ、どうぞよその質屋のほうにお回りを願います」

「よその質屋に行くぐれえなら、この暑いのにおめえのとこまでわざわざ来ることはねえ。番頭、そう嫌な面をするな。もう短くねえつき合いだ。半月たてば月見だ。おめえも満月みてえに円満な顔を見せてくれ」

「旦那さまは、そうおっしゃっても、十両などとは、とてもとても」

と、番頭は激しく首を振った。

「そうか。おれは、ぐうたら御家人で、喧嘩もすれば女も買う。酒も呑めば博奕も打つ。仕方がねえ武士だが、まだ筋の通らねえことは言わねえつもりだ。この櫛にしても歴とした出どころがあるのだ。番頭、あんまり足もとを見るなよ。いい往生は遂げられねえぜ」

「そうおっしゃいますが、これは主人に訊くまでもなく、十両などとはてんから算盤が合いませぬ。ではせっかくでございますから二両にあと二朱ほど奮発させていただきます」

「二朱を添えると？　やい、この辺の裏長屋の女房が破れ帯を質に入れに来たんじゃねえ。一朱や二朱などと刻まれてたまるけえ。あんまり無体なことを言うと、その分にはおかねえぞ」

「そ、そんな無体な……」

「と、まあ、言ってはみたが、おめえのかわいい面を見ると、脅かす気にもならねえ。よし、おれもここの馴染客だ。してみれば、おめえも友だちだからな、友だちがいに十両のところを気前よく五両にまけてやらア。これ以上は鐚一文まからねえから、気前よく出すがいい」

「それではわたしどもの商売が立ちゆきませぬ」

薬研堀の卯助がぶらりと丹波屋の暖簾を潜ってきた。

「これは、親分、いらっしゃいまし」

番頭は急いですわり直した。さっき石川栄之助に出した団扇の柄を丁寧に向け直した。

た。

「ほんとに、いつまでも暑うございます。ですが、あと十五日したら、あちこちで八幡さまのお祭りでございます。あれが過ぎますと、めっきり秋めいて参ります」

「そうだな、暦の上ではそうなっているが、まだ秋が来たような気はしねえ。ことに外を歩いているおいらにとってはやりきれねえ話よ」

「まったくご苦労さまでございます」

「ときに、番頭さん」

「へえ」

「いま、入口で擦れ違ったが、あの武士もおめえさんところのお得意かえ？」

卯助は、指の先で煙管に煙草を詰めながら訊いた。

「へえ、根っからのお馴染さんではございませんが、ここ半年ばかり、ちょくちょく店にいらっしゃいます」

「そうか。見たところ御家人のようだな？」

「暑いな」

卯助は框に腰をかけると、腰の煙草入れを抜いた。番頭が急いで煙草盆を持ち出し

「さようでございます」

「何か質草を持ってきたのか?」

「へえ」

番頭の顔に一抹の不安の色が泛んだ。薬研堀の卯助は、早くもその顔色を眼からのがさなかった。

「近ごろ、こそ泥が多くて、やたらと品物が盗まれている。その盗品が七つ屋に流れているというから、おいらもこうしてたびたび邪魔をしているのだ。今の客は、何を質草に入れたかえ?」

「へえ……櫛でございます」

「櫛?　女の髪飾りかえ?」

「さようで」

「よめた。どうせ、遊び人の御家人だ。自分の情婦のものでも持ってきたにちげえねえ。番頭さん、ああいう御家人だから、質草以上の値をせびったにちげえねえ、どうだ、図星だろう?」

「へえ、まったく困ります」

「いくら取られた？　二朱でも貸したかえ？」

「いいえ、それが五両でございます」

「なに、五両？」

卯助は、指から煙管を放した。

「質草に五両とは大枚だ。いったい、何を置いたのかえ？　たかが女の櫛一つでそれほどの金を貸したとは、相手に脅かされたとしても、たいそうなものにちげえねえ。ひとつ見せてもらおうか」

「へえ、これでございます」

番頭は、仕方なしに受け取ったばかりの櫛を帳場のほうから持ってきた。

「ほほう、こりゃ豪儀なものだ」

と、卯助も愕いて品物を丹念に見ていた。

「おれもこの稼業にはいって長えが、まだこれほどの立派な櫛を見たことがねえ。こりゃ、なんだな、よほど大藩の大名の奥向きから出たものだろうな？」

卯助は、櫛を掌の上で返しては眺めていた。

「さようでございますね。てまえのほうでは、柳営（りゅうえい）の大奥女中が髪に挿したものだと見当をつけました。ご本人に訊いてみますと、やっぱりそうで、なんでも、二、三代前から家に残っていたものだそうでございます」

「なに、大奥女中のだと？」

　卯助の眼が光った。

「あの尾羽打ち枯らした御家人が、まだこんなものを持っているとは合点がいかねえ」

「いいえ、それはご本人がいつも申されています。今は貧乏暮らしだが、ご先祖が権現さまに従って長久手で大手柄を立てた家柄だそうでございます」

「先祖は何の手柄を立てたか知らねえが、あの身装（みなり）ではたいていい知れている。それがまだこんな櫛を質草にも入れねえで持っていたのはおかしいじゃねえか。なあ、番頭さん」

「へえ……」

「おめえが脅かされて嫌々ながら引き取ったのはわかるが、わからねえのはおれの胸だ。いってえ、あの御家人はなんという名前だえ？」

「へえ、青山のほうに住む石川栄之助さまとおっしゃいます」

「独り身か？」

「さようだそうです。もっとも、従兄さんというのが石川疇之丞さまとおっしゃって、支配勘定役をなすっていらっしゃいます」

「そうか。番頭さん、石川栄之助とか言ったね？」

「さようで」

「おい、この櫛は、ちょいとおいらが預かっていくぜ」

「へえ」

「心配そうな顔をしなくてもいい。ちゃんと預かり証文は書いておくぜ」

「いいえ、そういうわけではございませんが……もしも、その品が怪しいものとわかったら、てまえのほうはみすみす五両がとこ泣かなければなりませぬ」

「そういう質草を預かったのがおめえの不運だと諦めるんだな。番頭さん、ちょいと硯を貸してくれ」

薬研堀の卯助は落ち着いて請求した。

石川栄之助は、昼すぎに青山の家に帰ってきた。

荒れ果てた玄関の式台を上がると、ささくれ立った畳の上に、帯も着物も脱ぎ落と

し、

「仁兵衛」

と大きな声で呼んだ。

五十をすぎた中間（ちゅうげん）が台所からひょっこり姿を出した。頬の尖った、皺の深い顔だが、眼もとは柔和だった。

「これは、お帰りなさいまし」

「外から帰ったばかりで暑くてならん。裸になったところだが、冷たい水でも汲んできてくれ」

「かしこまりました」

仁兵衛が去ると、井戸端で釣瓶（つるべ）の音がしていた。

「旦那さま、盥（たらい）をここに置きます」

濡れ縁にすえたのを、栄之助は水を含んだ手拭（てぬぐい）で身体を拭いた。

「ああ、気持ちがいいな」

「旦那さまがお出かけになりまして、今日が五日目になります。どこにお泊まりでございましたか？」

仁兵衛は、そこに膝を折った。

「一晩は博奕場で明かし、一晩は常磐津の師匠の家に転げこんでの、あと二晩は両国の茶屋で呑みつぶれていたのだ」

「二晩も呑みつづけたとは景気がよろしゅうございますな」

「従兄の疇之丞のところに押しかけて一両ほどせびってきた」

「あちらは、みなさま、お達者でございますか？」

「相変わらず、役入り運動をこせこせとしているようだ。……そうだ、おまえのことをほめていたぞ、給金が溜っても逃げもせず、よく辛抱する中間だとな」

「わたしは旦那さまが好きだから仕方がありませぬ」

「おまえも因果な性分だな。おれの留守の間に何をしていたのだ」

「草鞋を四十足がとこ造りました」

「やれやれ。この荒れ屋敷で留守番をして、内職までするとはどこまでも貧乏性にできているのだな。……ほれ、溜った給金だ、取っておいてくれ」

栄之助は懐から小判二つを投げ出した。

仁兵衛はそれを拾いもせず、じっと見ていた。

「遠慮することはねえ。早くしまえ」

「旦那さま、これはどうした金でございますか？」

「博奕場で勝った金だ。従兄から借りた一両を資本に張ったところ、おもしろいように目が出てな。さあ、妙な顔をしねえで懐にしまっておいてくれ」

「旦那さま」

「何だ？　変な面をしているな」

「実は、昨日、組頭さまから旦那さまへお呼出しが参りました」

「なに、組頭から？」

栄之助はどきりとしたようだったが、思い直したように、

「さては、あのことが知れたかな」

と呟いた。

「何でございますか」

「一昨日、両国で呑んでいると、旗本が二人空威張りして勝手なことを喚いていた。おれと違って立派な身装だ。見た眼にはたしかに番組と思ったが、こちらが素寒貧の御家人と見てか、あてこすりに余計に騒いでいた。癪に障るので、ちっとばかり因縁をつけ

てやったのだ」

「それがあなたさまの悪い癖でございます」

「なに、かまうことはねえ、あんな奴は懲らしめてやらぬと、図に乗っていけねえ。そこで喧嘩がはじまっての、一人を大川の中に叩きこんでやったのだが、残った奴は蒼くなって遁げてしまったよ。当節は武術はさっぱり。うわべのへつらいと賄賂で出世するようにできている。あんな野郎を見ると、どいつもこいつも腹が立って仕方がねえのだ」

「組頭さまのお呼出しは、そのことでしょうか?」

「ほかには何もないから、だれかがおれの面を知っていて、余計な告げ口をしたのかもしれぬ」

「それならたいしたことはございませんが、ほかに何かお心当たりは?」

「いいや、何もない」

栄之助は隠すように強い語調で言った。

「もしや、その博奕のことでも?」

「そいつは大丈夫だ。今まで一度も手入れのあったことのない安心な屋敷だからの」

「旦那さま。あなたはいい方ですが、もう、そろそろ、そのご所行をお改めなすったほうがよろしゅうございます」

「また意見か」

「中間ずれで意見を申し上げるほどの身分ではございませんが、いい気性でいらっしゃるだけに、このまま崩れておしまいになるのが惜しゅうございます」

「なに、惜しいものか」

と、栄之助はひとりであざ笑った。

「おまえの言うように、むずかしい漢籍を読んだり、剣術に励んだりしたところで、どうなるものでもねえ。おれの従兄の疇之丞を見ろ。もう何年も前から御役入りの運動をしつづけているが、さっぱり目が出ぬではないか。今は権勢の目付鳥居耀蔵の屋敷に日参のかたちだが、それもどこまで効能があるやら。もっとも、当人はそれを信じ切って必死だがのう。……公儀の仕組は隙間のないほどきっちりとでき上がっているのだ。下の者がいい役にありつくのは、千人に一人あるかなしだ。それでも諦めきれずに、伝手を求めて権勢筋に朝晩詣でる亡者が多いがな。おれは嫌いだ。一生貧乏しても、浮世を馬鹿に好き勝手なことをするほうが得だ」

「旦那さま、組頭さまはお帰り次第、すぐこいとのことでございます」

「桜井秀右衛門殿は、どうも渋くていかぬ。だが、まあ仕方がねえ、小言を喰いに出かけるか。あの面は、とても素面(しらふ)では見られねえから、仁兵衛、一本つけろ」

「旦那さま、それはいけませせぬ」


組頭桜井秀右衛門は、苦りきって短い銀煙管(ぎせる)を口にくわえ、石川栄之助が前に膝を揃えて両手をついているのをじろじろ見ていた。

「どうでも心当たりがないと申すか」

と、秀右衛門は不機嫌な声で言った。

「はい、何とも不思議な心地がいたしております」

「だが、奉行所からの連絡は確たる証拠があって言ってきているのだ。それでもおまえは心憶えがないと申すか?」

「何とも」

と、栄之助は言い切った。

「そうか。栄之助、おまえはよもや組頭のわしまで欺(あざむ)くつもりではあるまいな?」

「決してさような……」

「そうか。それなら訊くがの、おまえは日本橋横山町の質屋に女物の櫛を質入れしたであろうが？」

屹と睨むと、

「はい、たしかに」

と、栄之助は躊躇いもせずに答えた。

――栄之助は、中間の仁兵衛から組頭の呼出しがあったと聞いて、さてはあの櫛の一件だな、と覚った。そのほかに思い当たるところはないのだ。ひっかかるとすれば、あれしかない。

櫛は西の丸中臈たにのものなので、ちょっと危ないな、とは思ったが、咽喉から手が出そうなくらい金が欲しかったので、つい、質屋に持っていったが、こんなに早く足がつこうとは思わなかった。彼は質屋が密告したのかと思ったが、それなら最初から品を受け取るはずはない。

「なに、たしかにその櫛はおまえが質入れしたというのか？」

「さようでございます」

「その品はどこから手に入れた？」

組頭の顔は硬直していた。

「てまえが道で拾いましたので」

「拾った？　どこで？」

「されば、一昨日のことでございます。てまえが赤坂の溜池の傍を歩いておりますと、道端に何やらきらきら光るものが落ちております。何かと思って拾い上げますと、それが女の櫛でございました」

「うむ……」

「女の髪飾りを拾うとは縁起でもないと思い、捨てるつもりでおりましたところ、その品物があまりに見事な出来でございますので、つい、捨てるのが惜しくなり、懐の中に入れましてございます」

「それを質屋に運んだのか？」

「はい、何分、近ごろは貧乏しておりまして……」

「しかとそれに違いないか？」

「はい」

「困ったことだ」

と、組頭は顔をしかめて大きな溜息を吐いた。

「その櫛というのが詮議物なのだ」

「詮議物とおっしゃいますか？」

栄之助はおどろいた顔を見せた。

「そうだ。それもちっとやそっとのものではない。あの櫛は、西の丸の中﨟が宿下がりのときに挿していったものだ。それが夜中に盗賊が忍び込み、盗んで遁げた。おまえが質に入れた品を念のために西の丸奥向きに持参し、当人に見せたところ、たしかにこれに間違いないと言うのだ」

栄之助は心のなかで、これであの質屋は五両がとこ丸損をしたと思った。番頭の泣きっ面が眼に見えるようである。

「それは少しも」

と、栄之助は恐縮したような顔を見せた。

「存ぜぬことでございました。てまえはさようなものとは知らず、つい、金欲しさに質草にしただけでございます」

「わしもまさかおまえが中﨟の枕もとに忍び込み、その櫛を盗ったとは思わぬ。だが、かりにも西の丸の奥女中のものだ。これを不問に付するわけにはいかぬ。南町奉行所からも、おまえの身柄引渡しの掛け合いがあったのだ」

「組頭さま、それはあまりに無体でございます。拾ったものを質入れしただけで、さような疑いをかけられては、てまえの面目が立ちませぬ」

「その申し開きもわしのところだけでは済まなくなったのだ。実を言うと、この件は、すでに目付のほうへ奉行所から申し入れてある」

「目付？　目付はどなたさまでございますか？」

「高橋喜右衛門殿だ」

直参はたとえ御家人であっても、町方が直接に本人を逮捕できないことになっている。犯罪の嫌疑があれば、まず、目付と当人の所属している組頭とに申し入れ、その許諾を得て初めて捕縛することになっていた。

石川栄之助はしばらく考えていたが、

「組頭さま、栄之助、お願いがございます」

「なんだ？」

「奉行所には出頭いたしますが、その前に一刻ほどご猶予を願います」

「どうするのだ」

「いいえ、逃げも隠れもいたしませぬ。これでもてまえは直参のはしくれ。先祖は権現さまに従って長久手の戦いに武功を立てた……」

「わかったわかった。その話はもう聞いている。で、何をするのだ？」

「はい、てまえの従兄石川疇之丞は、目付鳥居耀蔵殿のところにしばしば出入りしておりますから、それで、この件について鳥居殿にとりなしを頼み、なるべく穏便な計らいに願いたいと存じます」

「そうか」

と、組頭がようやく明るい眉になったのは、組下の者に落度があれば、自分の責任問題にもなるからだった。

石川疇之丞は、鳥居耀蔵の前に両手をついて哀願していた。

「まことに申し訳のない次第ですが、いかにふしだらな従弟でも、やはりこのままには忍びませぬ。鳥居さまのご威光で、南町奉行所に捕縛されることだけは何とか喰い止めていただきとう存じます」

蒸し暑い夕方のせいもあったが、疇之丞の額からは汗が滴（したた）り落ちていた。

「困ったことだな」

耀蔵は腕組みしていた。

彼には御徒目付、御小人目付などの部下がいるが、秘密の調査には支配違いの者を使った。出世をしたい願望で、支配勘定役でありながら石川疇之丞は絶えず鳥居家に出入りしているのである。

今、眼の前にすわっているこの石川という男はそれほど明敏とは思われないが、疇之丞はと言えば、彼の機嫌を取りさえすれば、近いうちにでも相当な役にありつけると考えているのだ。耀蔵に使われていることだけでも名誉に思っている。ほかにも、彼に近づきたくて仕方のない無役の旗本が大勢いることだった。

耀蔵は、私的な密偵を持ちたい。町奉行になれば、いよいよその必要を感じてくる。あらゆる層の裏面に通じるためには、情報網をまんべんなく張っておく必要があった。それには、始終、この屋敷に出入りしている石川疇之丞、浜中三右衛門などは顎（あご）で使える男である。

耀蔵は、いまの石川疇之丞の頼みを聞いてやりたかったが、困ったことに、この一件は西の丸奥向きの女中に絡んでいる。また、南町奉行矢部駿河守とは性が合わない。向こうでも耀蔵を水野老中の懐刀と思って、いい感情を持っていないのだ。

それに、石川栄之助の件で南町奉行が連絡した目付は耀蔵ではなく、高橋という目付である。自分にだったら、まだ何とか裁きようもあったが、同僚に来ているのでは少し都合が悪い。この高橋も問題の櫛が西の丸奥女中のものだというので、ことを重大に考えて神経質になっている。役人は上下に関りなく、ことが大奥となるとだれしも畏怖するのだ。

こう考えると、疇之丞の頼みを諾くには、二重にも三重にも困難が付きまとっていた。

「ちと、むずかしいな」

と、耀蔵は浮かぬ顔で答えた。

「だめでございますか」

疇之丞はがっかりして肩を落とした。

「いろいろと話を聞いたが、おまえの従弟も、ちと牢屋の飯を喰うのが薬かもしれぬな」

「はあ。……しかし、万一、そのことが罪になり、重きお仕置にでもなりますと、家は断絶し、てまえのほうにもお咎めが参るかと思います」

小心な石川疇之丞は、ついに本音を吐いた。せっかく猟官運動を志している矢先に、従弟の罪のとばっちりで万事泡になるのが何よりの心痛である。

「まあ、そう心配するな」

と、耀蔵はその顔を見て慰めた。

「聞けば、その櫛は当人が拾ったと言っているそうだな？」

「表向きにはさように言っておりますが、なんでも、追われた盗賊が、どこやらの常磐津師匠の家にはいり込んで、ちょうど、そこに居合わせた栄之助に櫛を渡して遁げたそうでございます」

「常磐津の師匠と懇(ねんご)ろにしているなどとは、おまえの従弟も相当な遊び人だな」

と、耀蔵は笑った。彼自身も若いときには放蕩の限りを尽くした経歴を持っている。

「まあ、よい。そんなことは内輪の話だ。奉行所では、あくまでも道で拾ったと主張させるのだ」

「はい」

「そうして吟味を長引かしておけ。矢部は、栄之助の親戚がおれのところに出入りしているおまえだとわかると、意地になって罪に落とそうとかかるかもしれぬ。だが、あの男はむきになる一方、理不尽なことはせぬ奴だ。そこは一本筋が通っている。それで、早く罪にしたくても、栄之助が頑張るかぎり急速には参らぬだろう」

「はい」

「そのうち、矢部は退職になるからの」

「では、いよいよ？」

　と、石川疇之丞はかねてから耀蔵の意中を知っているので、はっと顔をあげた。

「うむ。そう遠くはないと思え。そのあとにおれがすわれば栄之助は無事に牢から出せる。まあ、少しの間の辛抱だ。おまえは栄之助に会って、本人に観念させろ。今も言ったように、少々臭い飯を喰わせるのも悪くはない」

「何とも、はや」

　と、疇之丞は身を縮めて頭を下げたが、ようやく明るい表情になっていた。

「鳥居さま。では、てまえのほうにこのお答めが及ぶようなことはございませぬか？」

「心配するな。おまえのうしろにはおれが付いている」

鳥居耀蔵はやさしい目つきをしたが、こういうときの表情は人を吸い寄せるような魅力を持っていた。


目付鳥居耀蔵にも、月のうち何日かは接客日がある。この日は朝から客が際限なくつづく。ほとんど昼飯も食えないありさまだ。押しかける連中の悉く（ことごと）が、耀蔵に縋（すが）って何かの役にありつきたい運動者ばかりだった。ことに水野越前と特別な間柄だということがわかってからは、とみに来客がふえた。

だが、これは必ずしも彼にとって厭なことではなかった。同じ目付で面会日を設けても閑をもて余している者もいる。つまりは、来客の多寡がそのまま権勢の測尺（ものさし）となっている。

だが、耀蔵は、密かに自分が使っている情報係を決して公然と来させることはなかった。彼らは夜間の訪問が多い。

本庄茂平次は、ここ二十日間ばかり姿を見せなかった。前にはほとんど三日おきに来ていた男が、ばったり足を途絶えさせたのは、それだけの理由があるからだ。耀蔵はそれを知っている。

茂平次が、ずんぐりした身体を畳の上に匍わせるように運んできた。

耀蔵は、彼の挨拶をうけた後、遠慮なくこちらに寄ってくれ、と言った。

「だいぶ、変わったのう」

と、相手の顔にほほえんだ。茂平次の頭は剃ったばかりのように青光りがしている。

「だいぶ苦労しているとみえるな？」

「はあ……、いま修行の最中でございますから」

茂平次は両手を畳についてはいたが、日ごろのおどけた口調には変わりはなかった。

「修行はよかったな」

と、耀蔵もおかしそうに笑い、

「久しく来なんだが、今夜は吉報でも持ってきたか？」

と言った。

「はい、おかげをもちまして教光院の了善（りょうぜん）にはすっかり信用を得まして、このとおり弟子になりましてございます」

と、茂平次は丸めた頭を撫でた。

「うむ、とうとう、おまえを弟子にしたか」

耀蔵は、才知と弁舌に長けた茂平次なら、そのこともあろうとうなずいた。坊主というのはあんがい世間知らずで、人に騙されやすいものだ。

鳥居耀蔵が茂平次に命じて大井村の修験僧了善のもとにはいらせたのは、茂平次が女房にしているお袖がまだ水野美濃守の屋敷にいたころ、祈禱を頼みに了善のもとに使者として行ったことがあるという話からである。水野美濃守追落としの策略の暗示がここから出たのだ。


茂平次は耀蔵の命を受けて、ある日、お袖を連れて大井村へ行ったのだ。

教光院は、瓦葺きの立派な堂宇であった。了善がここに流れてきたころは放浪の旅僧にすぎなかったが、彼はたちまちのうちに信者を集めた。その加持祈禱が効験あらたかと喧伝されたからである。ことに水野美濃守の保護を受けてからは急速に勢力が伸びて、現在のように立派になっている。

了善は祈禱なら何でも引き受けた。なかには容易にほかでやらない調伏が祈禱まで引き受ける。これもなかなか効くというので評判は高かった。

水野美濃が教光院に帰依したのは祈禱のうち息災の加持修法で、これは病弱な現右大将家定がすこやかになることを願うためであった。家慶に見放された美濃は、次の将軍家定に依ろうとしている。

耀蔵が茂平次に言いつけて教光院了善のもとにはいり込ませたのは、美濃守の依頼する了善の修法がすなわち将軍家慶の生命を縮める調伏にあるとして、強引にこれに持っていくためだった。

だが、祈禱の秘法は信者になっただけではわからない。ことに、たいせつな修法は深夜人気のないところで行なわれる。呪懇な信者でも、のぞくことができない。弟子ならそれが可能なのだ。

耀蔵のつもりでは、いかに流れ者の修験僧でも、茂平次を弟子とするには、ほぼ一ヵ月ぐらいはかかるだろうと思っていた。だが、いまの茂平次の報告では早くも二十日ばかりで弟子入りが成功したというのだ。

この男は弁舌が巧い。その意味で坊主に取り入ったかもしれないが、あるいは要領よくこちらも騙していると考えられぬでもなかった。

「茂平次、おまえも了善のもとに弟子入りしたほどなら、加持祈禱の作法ぐらいは心得ているであろうな」

耀蔵は試しに訊いてみた。

「はあ、いささか見習っております」

「それなら訊くが、加持即身成仏とは何だ？」

「はい、加持即身成仏と申しますのは、菩提心を起こしてのちに仏果を得るに至るまで法軌のように修行すれば三密の加持力によって観行純熟してわれらの身がそのまま仏陀の身となる義でございます」

「加持の義はどうだ？」

「加とは仏日の光が行者の心水に映ずるを言い、持とは行者の心水が仏日の光を受持するを申します。仏の力とか、大霊の力とか申します威力、霊力、妙力、不可思議力が信者や衆生の心身の上に加被するのでありますから、これを以て仏の加被力と言います。行者や信者や衆生の心身には本来本有の力があり、仏の加被力を受持してこの霊力、威力と一致する功徳がございます。これを衆生の功徳力と申しております。この本尊の加被力と行者の功徳力とが互いに合いますときが、すなわち感応でございます。加持すれば、これが感応となります」

茂平次はすらすらと言った。

「そうか」

と、耀蔵は金無垢の煙管を取り上げて、次の質問を考えるようにちょいと首を傾けた。

「それでは、息災の修法とは何だ？」

「はい、息災の修法とは」

と、茂平次は即座にうすい唇を動かした。

「修法は、これを分けまして四種法または五種法と申しておりますが、その実は息災、増益（ぞうやく）、調伏、鈎石、延命、敬愛の六種にござります。普通、延命を増益に合わせて五種となし、また鈎石を敬愛に合わせて、延命を別立てにしても五種となり、鈎石、延命を敬愛、増益に接すれば四種となりまする。ひっきょう、いっさいの修法は、この四法または六法を出でないものにござります。しかして、この法は金胎（こんたい）両部、前の正部三部法に通じまして、息災修法は三部此の上成就の法にして、四種法は通法として修します」

茂平次は、ここで息を休めて唇を舐めた。

「息災の法は白月と申しまして、月の上十五日の中の日、月、水、木の日及び宿曜経にある二十八宿星の和善に当たる宿を取って初夜のときに起首し、行者は北方に向かって箕座し、右の足を以て左の足を踏み、自身が法界に変じて、白色の円壇となると観じ、わが身は一法界であり、わが口はすなわち炉の口であり、わが身は一法界の大日如来と観じ、わが毛孔より乳雨を注いで法界に変じて到らざるところなく、また大智光を放ってわが行煩悩を消除し、並びに誰某のためにそのなすところの悪事を除滅して自他平等の法利を蒙り、大涅槃を獲得せんとするにあります。次に四明すなわち四摂菩薩の印を結唱します。次に護摩によって何某のなしたところの悪事を悉く消除して、成就と唱えて終わります」

茂平次のぺらぺらと動く舌を聞いて耀蔵は驚嘆した。よくもこれだけ短い間に憶えられたものである。

だが、彼は感服した顔をあまり見せなかった。

「では、調伏の法とはどうするのだ？」

「はい、この法は教令輪明王の法に最も著しく、身の毛もよだつばかりの怖ろしいものにございます。……されば、さすがの了善も未だにてまえには一言もこれについては話してくれませぬ」

「そうか」

耀蔵はうなずいた。

「しかし、それを了善にさせなくてはこちらで名目が立たぬでのう。何とかならぬか?」

「さればでございます」

と、茂平次は膝を動かした。

「てまえ、了善めをいろいろと口説きまして、ようやく高尾山の枇杷の滝にて修行するところまで漕ぎつけました」

「なに、高尾山」

高尾山は、江戸よりおよそ十二里、聖武天皇十六年に行基が来て医王の像を刻み、薬王院と名づけた一堂を建立したと伝えられる。その後、堂宇は荒廃したが、寛政中に再建している。武蔵、相模、甲斐の三境に接する険岳である。

「はい。てまえがぜひ祈禱の場を見習いたいと強って申しますと、了善めも己れの祈禱力を自慢したいとみえまして自惚半分に承知いたしました。彼が申しますには、さような儀はとてものことにこの狭い堂ではできぬ、高尾山に登り、黒月の夜に神仙渺茫たる岳中にて護摩を焚かねば効験はないと申しました」

「なるほどのう。で、いつ出発するのだ?」

「はい、明朝早く大井村を発ちまして、その日の暮れには高尾山に到着するつもりでございます。今夜はその準備と申しまして、教光院を脱け出して参りました」

「おまえほどの才知の男だ、万事手ぬかりはあるまい」

「心得ております」

「どうするつもりだ?」

「はい、向こうに着きましたら、水野越前は天下を覆す大悪人であると申し聞かせ、この者の調伏を頼もうと存じます」

「了善が諾かなんだら?」

「そのへんはお任せくださいませ。なに、了善めも元はただの売僧坊主にござります。この者の素姓を糺しますと、出羽羽黒山の仙寿院の配下ということになっていますが、そんな口任せの法螺ではなかなか飯の食えるものではございませぬ。そこで、了善めは、ある冬、品川の海中にはいって水行をやって寒さのために絶息いたしました。前後不覚になって倒れておりますときに、沖のほうから行衣を着た異形の老人が現われ出て、われはこの国の厄病神である、怠りなく信心する者には霊験を与える、と言ったかと思うと、その姿が見えなくなり、同時に了善は息を吹き返しました」

「………」

「了善は自慢でてまえにもその話をよく聞かせますが、なに、これもいい加減なでたらめで、ひっきょうは信者を作りたいための嘘っぱちでございます。……それから、彼はその老人の画像をこしらえて厄神と称し、それを掲げておきますと、見た者は、いったい、あの神体は何者だ、と訊くに決まっています。そこで、了善はただ今申しました話を手振り口真似で巧妙に吹聴いたしますので、知らぬ者はたちまち偉い行者が現われたと感服いたします。かようにして、病人ならば全快させる、町家ならば家内安全を図ってやると、まあ、こういうふうに巧妙に吹きますから、その厄神講が大繁盛いたしまして、講中が二千人以上にもなりました」

茂平次はしゃべった。

「さあ、了善も大得意で、そのまま黙って暮らせば豊かな暮らしができますのに、欲を出しましたのか、効験のある山伏だとしきりに見栄を張りますから、どうしても厄病落としのいろいろな祈願祈禱をいたさなければなりませぬ。かようにして、いつの間にか了善は祈禱の名僧ということにのし上がって参りました。ついには、水野美濃殿がその噂を聞いて息災の祈禱を頼みに参られるというありさまになったのでございます」

「そうか」

と、耀蔵はおもしろそうな顔つきをして脇息に肘を置き、金無垢の煙管から蒼い烟を出した。

「了善めは、祈禱にかけてはおれよりほかにない、などと高言いたしておりますから、その隙につけ入ってまんまとひっかけて参るつもりでございます。およそ人間には慢心がいちばん仕掛けやすいものでございます……」

と、茂平次はなおも話した。

本庄茂平次がにわか剃りの坊主頭を引っ込めてからすぐだった。

また用人が来て、いま浜中三右衛門がお目通りを待っていると告げた。今日は暮れから夜にかけて耀蔵の密偵ばかりがやってくる。石川疇之丞といい、浜中三右衛門といい、前からの隠密係だが、それに茂平次という新参の腕利きが加わったのである。浜中三右衛門は顔が蒼白く、背も小さいので、風采があがらない。彼は耀蔵の前におずおずと進んできた。

「待たせた」

と、耀蔵は三右衛門に向かった。

「どうだ、少しは調べが進んだか？」

彼は浜中に矢部駿河の一件を探索させていた。

「どうもこれという材料が出ませぬ」

と、浜中三右衛門は眼をしょぼしょぼさせて答えた。

この男は、見かけはそれほど鋭いとは思えないが、内偵の腕は確かであった。

浜中は、その後も矢部駿河の落度を洗っていたのだが、今日でもう一月余りになる。

矢部駿河におもしろい材料が出ないというのは、それだけ矢部が清廉ということになる。

耀蔵は、今さらのように矢部の人格を知ったが、彼としては感服してばかりはいられない。是が非でもどこかに矢部の落度を見つけて、追落としの材料をでっち上げなければばならない。

「それだけ手を尽くして、ないとなれば、いよいよ、あの件にひっかけるか」

と、耀蔵は溜息まじりに決意をみせた。

「さようでございます。てまえもそのように考えております」

あの件というのは、矢部が就任前の南町奉行の配下与力仁杉五郎左衛門のことで、これが不正廻米の嫌疑を生じたのである。

このことが縺れて南町奉行所で刃傷沙汰が起こったが、それについて責任者の矢部が片手落ちの処置をしているともいえる。

本来なら堀口六左衛門も廻米不正一件には関連しているのに、矢部の身贔屓からこのような処置をとっているのは不都合である。ひっかけるとすればこの点だと、鳥居耀蔵も考え、浜中三右衛門も考えていたのだ。

しかし、耀蔵としては、もう少し強い材料が欲しい。そのために浜中に探索させているのだが、彼はいまやって来て、それ以上にはいい筋が出ないというのだ。仕方がないからあれでいくかと耀蔵が言ったのは、この目論見にふたたび戻る意味である。

もとより、不正米のことは矢部の奉行時代ではなく、前任者の筒井のころだから、矢部には直接の責任はない。だが、彼がその一件を知っていて何らの処置をしないというのは役目怠慢で追い込めそうだということである。

耀蔵は、浜中の最終報告を聞いてしばらく首をかしげていたが、ふと思いついたように、

「佐久間伝蔵の女房はどうしている？」

と訊いた。

佐久間伝蔵は、その堀口を憎むあまり、年番所で刺し殺して死のうと思い、堀口の出勤を待っていたが、彼がこずに、ひょっこり顔を出した堀口の伜を見誤って殺し、自刃した男である。

もとより、佐久間の殺人は気がふれたことにして表面は済ませたが、こういう不始末をしでかしたので家族は困窮しているはずだ。耀蔵の心に泛(うか)んだのはそのことだった。

「はい、近ごろは暮らしも立ちかねておるようでございますが、堀口が無事で、しかも重い役目に取り立てられていることで、女房は矢部駿河殿を恨んでいるそうにございま

す」

「そうか」

と、はじめて耀蔵の唇のはしに微笑が出た。

何か気に入った思いつきが泛ぶときは、必ずこの微笑が湧いてくる。

「浜中」

「はあ」

「おまえは、その佐久間の女房に何とかして近づけ」

「は」

「佐久間の女房は、亭主が志を得ずに死んだので、さぞかし夫の無念を思っていることであろう。ひっきょう、矢部の片手落ちが佐久間の忠死を犬死にさせたのだ。よいか、佐久間の女房を焚きつけるのだ」

「は」

と、言ったが、浜中にはまだその先のことがわからない。

「まず、今夜はそれまでだ。あとのことは、おまえが佐久間の女房と懇意になってからだ。よいな」

「はあ」

——耀蔵は、今日はなんという充実した日であったろうと思った。

一方に水野美濃守を追い落とす手はずができたかと思うと、つづいて矢部の失脚を実現する手がかりがついたのだ。

浜中を帰してから、耀蔵は下駄を穿(は)いて庭へ出た。泉水に星の光が落ちている。植込みから洩れてくる風もよほど秋めいていた。

耀蔵は肩をあげて深い息を吸い、いよいよ、おれの時代がやってくると思った。耳に、その跫音(あしおと)が聞こえそうであった。——

調伏（ちょうぶく）

「だれだ、金八か？」

奥で渋い声がした。

日中は信者で混雑している教光院も、夜はひっそりとして暗い。傭人（やといにん）も寝ている。院主了善の居間だけに明りがさしていた。

「はい、ただ今、たち帰りました」

本庄茂平次は膝を折ってすすんだ。

彼は、ここでは金八という名前になっている。

もと水野美濃守忠篤の若党であったが、主人が御役御免となり差し控えを命じられてからはお人べらしのために暇（いとま）になった。同様にお屋敷から下がった女中のお袖といっしょになったが、主人美濃守が信心した了善の祈禱の絶妙さが忘れられず、どうか自分を弟子にしてくれ、と頼みこんだのである。

弁舌はうまい。それに、お初穂料だとか、お神酒代とかいってそのつど多額の金を出す。金に欲の深い了善は、茂平次の金八の熱心な頼みに負けて、ついに弟子入りを承知した。

以来、茂平次は、ずっとここに住みこんでいる。如才のない彼は、経文や作法を習う一方、院内の拭き掃除にはことのほか精を出した。了善はよろこんでいるが、この丁寧な掃除には茂平次の魂胆があった。


茂平次の企みは、暇さえあれば信者から了善に宛ててきた手紙を調べることにあった。その中から、水野美濃守を罪に陥れる何かを探ろうとするのだ。

その効果はあった。美濃守の女がある旗本に嫁いで後室になっている。そのひとから了善へ宛てた招き状が発見された。これはいち早く鳥居耀蔵のもとに届けてある。

さらに一つ、茂平次がお初穂料として納めた相当な金額に対して了善から受取りを取っている。これものちに何かの証拠になるだろうと耀蔵のもとに届けておいた。

だが、もっと了善の罪状をつくる強い証拠を握らなければならない。

そのためには、美濃守が依頼している息災の祈禱だけでは弱い。なんとかして調伏の呪法をさせたいのだが、そのことを頼むとき、茂平次の金八は了善に言った。

「主人美濃守を追い落とした老中水野越前守が憎くてなりませぬ。彼らの調伏をお願いできませぬか?」

するとと、了善は顔色を変えて叱り、

「とんでもない。美濃守さまはお気の毒であるが、その相手の方の寿命を縮めようなどという怖ろしいことは自分にはできない。そんな祈禱は真っ平だ」

と、断わった。

「しかし、聞くところによると、先生はほうぼうから調伏の祈禱を頼まれているそうですが」

茂平次が押し返すと、

「金八よ、調伏はめったなことで引き受けるものではない。なるほど、わしは信者の人気を取るため三、四人から頼まれたこともないではないが、それは取るに足らぬ百姓輩(ばら)だ。いやしくも身分のあるお方を呪うなどとは、逆法も逆法、空怖ろしいことである」

「それならば、あなたさまがなさらなくても、わたくしがやるぶんにはかまいませぬか？」

「そうだな、わしにはできぬが、ほかの者がやるのを止めることもできまい」

「それでは、ぜひ、わたくしにその調伏の方法をお教えくださいませ。……なんとしても主人の不遇が気の毒でなりませぬ。わたくしごときの法力ではとても効験はないとは思われますが、それでも主人を思う気休めにはなります」

こんな問答があって、ようやく茂平次は了善を説き伏せたのだった。

了善が言うのには、そのような行を教えるには高尾山まで行かなければならない。そこで護摩を焚いたり、滝に打たれたりしての行が必要であると説明した。

それが明日の出発に迫ったとき、茂平次はちょっと親戚に挨拶してくると言って、宵の口から教光院を出ていったのだ。もとより、行く先は耀蔵の屋敷であった。

いま、金八か、と了善に嗄れ声をかけられて、茂平次が奥の居間をのぞくと、了善は行灯を寄せてしきりと経文か何かを読んでいる。

了善は、近ごろとみに肥えてきて恰幅がいい。この大井村に流れついたときは、みすぼらしく痩せた男だったが、信者が二千人を超えるほどの繁盛ぶりとなった今は、贅沢なものの食べ放題で、見違えるように精力的な身体つきになっている。

「金八、えらく帰りが遅かったな」

了善は、小太りな背をまるくかがめている茂平次に言った。

「はい。親戚でいろいろと先生のお噂をしているうち、つい、遅くなりました」

「わしの噂だと？」

「はい。わたくしが訪ねた先は青山でございますが、おそろしいもので、先生の霊験はあちらのほうまで聞こえております。それで、いろいろと先方から尋ねられるまま、つい、話しこんでいるうちに、このように遅くなりました。いや、もう、向こうでは、ただただわたくしの話に眼を瞠っているばかりでございました」

「あまり言い立てぬほうがいいな」

と、了善は口では言ったが、まんざらでもない表情だった。

「なかには不心得な者がおりまして、これは放蕩者ですが、ひとつ好きな女を射止める呪法とやらがあれば、さっそく弟子入りしたい、と申しておりました。先生にそんなことを冗談にでも申し上げると叱られるから、いずれわたくしが奥義を得たうえ、女人折伏の新しい修法を編み出して進ぜようと言って帰って参りましたが、いや、先方は、先生のあまりに摩訶不思議な力におどろいて、本気でそのように思い込んでいるのでございます」

「あははは、おもしろいことを言う奴だ。……金八、明日は出発が早い。途中で疲れぬように早く寝るがいい。なにしろ、高尾山に登るだけでも骨が折れる。くたびれては身のはいった修行にはなるまいぞ」

「はあ」


了善と茂平次とが内藤新宿の大木戸を出たのが朝の五ツ刻（午前八時）だった。

二人は、それから甲州街道を一筋に西へとった。高井戸まで二里二町、高井戸から布田まで一里二十三町、府中へ一里二十町。それから日野、八王子と足を伸ばしたときは、かなり陽も傾いていた。

「先生、ようやく八王子の宿場にはいりましたな」

途中でも何くれとなく茂平次は了善の身の周りの世話をしていた。

「うむ。なにしろ日中の暑さには参ったな」

「これからお山に登れば、ずっと涼しくなりましょう。あと、もう一息でございます」

八王子の宿を過ぎると、これまでの坦々とした平野が尽き、すぐに急な山路になる。街道をまっすぐに行けば小仏峠に出るが、高尾山は、途中の駒木野から南のほうへ路をとる。ここから小仏まで二十六町。

「金八、いま何刻だ？」

「さようでございますね、かれこれ六ツ半（午後七時）になりましょう。陽が沈んで小半刻経ちます」

「お山に登ったころは、ちょうど、戌の刻になるな」

了善は、呪法の時間を計るように言った。

「先生、御堂に着きましたら、すぐおはじめになりますか？」

「いやいや、今夜はよそう」

「は？」

「わしもここまで一気に歩いてきたせいか疲れた。今夜はゆっくり疲れをやすめて、明日の朝からかかることにしようぞ」

「さようでございますか。……なにしろ、炎天を十二里も歩いてきたのでは無理もございませぬ。わたくしも参りました。いや、先生が先におっしゃったので正直に申し上げます」

「だが、おまえもなかなか我慢強いな」

「修法を習いたいため一生懸命でございます。普通なら、わたくしも今ごろは府中あたりの宿場で按摩をとらせているところでございます」

両人は提灯を頼りに細い山路を登りはじめた。両側は鬱蒼とした杉林で、昼でも暗いくらいだから、夜は闇の壁が両方から押し包むように迫っている。梟が啼いていた。

「先生、そこに何やら書いてあります」

茂平次は、梢に隠れそうになっている石に提灯を近づけた。

「武蔵国多摩郡高尾山有喜寺薬王院は、ところのかみ聖武天皇の大御時に行基菩薩初めて造れり。千年とし経てのち後円融天皇永和二年に沙門俊源大徳神のお告げによりて再びおこせし法の場あり。……」

茂平次は読み下して、

「いよいよ、これから先でございますな。おや、この横にも道標があります。右の方富士山へ通う道。左の方小仏峠まで五十町。……なるほどね」

と、提灯を離した。

「先生、この高尾山は、どのくらいの広さでございましょう?」

また、登りながら、茂平次は如才なく訊く。

「されば」

と、了善は言った。

「今もおまえが読んだとおり、ここは天平十六年行基菩薩の開闢されたところで、薬師の古道場じゃ。であるから、人界を絶した霊峰を選んで建てられている。当山の界域は、東西五十町ばかり、南北三十五町、絶頂より東のほうは三十余町にして峰と境を接し、その先はまた山になっている。西は十二、三町で馬上ヶ坂、逆沢を限りとして御林の山につづく。南は牛道を経て峰界に至っている。北は二十五町ばかりで小仏側の岸に至る。東南の麓より山頂に登るまで曲折の山路はおよそ三十六町じゃ」

「たいそうなものでございますな」

「当山の森林は櫛比して、その材木の種類は檜を第一とし、松、杉、欅これに次ぐ。なかにも杉は土地によろしきにや、最も伸びて天に届くばかりじゃ。そのほか雑木がおい茂って、日中はそれが天日を遮ってとんと夜と同じだな」

「それなら、さぞかし獣の類も多うございましょうな？」

「山中には猪、鹿、猿をはじめとして、すべて走獣は他と異なることはないが、鳥は仏法僧がいて、土地の者は霊鳥と申している。しかし、昼間には啼くことがないから、ひとはそのかたちを見た者がない。夜中、森林にその声を聞くだけじゃ」

「先生、あれがその声ではありませんか？」

耳を澄ますと、梟とも違う啼き声が短く三段に切れて聞こえてくる。

「金八」

「はあ」

「おまえは運がいい奴だ。この鳥は始終は啼かぬが、この御山にはいったとたんに聞けたとは、よほどの仏果があるのかもしれぬな」

「ありがとうございます。……一生懸命に修行いたします」

路は爪先上がりの急坂になった。それがいくつも山の急勾配に沿って曲がりくねっている。

行くにつれて夜鳥の啼き声がけたたましく樹の間から聞こえてくる。草むらを騒がして何やら走る音がするが、むろん、物体は見えない。

あれは野兎がおどろいて逃げたのだと了善は説明した。

ようやく、黒い家のかたちが星空にわずかに見えてきた。

「あれが護摩堂だ」

と、了善は弟子に言い聞かせた。

「夜は戸を閉めて鍵を掛けているから、今夜はあの軒下で野宿だな」

「ちょうど、よろしゅうございます。涼しくてよく眠れることでしょう」

「ばかなことを申せ。この山の夜は冷えて冬のように寒い。風邪を引かぬように気をつけろ」


高尾山の境内にはさまざまな建物がある。蓮華院、浅間社、証寂庵、浄土院、不動院、薬王殿、白雲閣などだが、これらが向こうの峰、こちらの谷に散っている。護摩堂は山腹にあった。

夜が明けたときの眺望は何ともいいようがない。一面にかかった蒼白い霧が谷々を埋めて高い頂だけを黒く島のように浮かせている。墨絵のような濃淡のぼかしは朝日が射すにつれて光が山頂から匍い下がり、逆に霧が上に昇っていく。谷底の霧が消えるまでには長い時間がかかった。

霽(は)れ上がると、四囲の山々が一望に見える。甲、相、武の三州はいうまでもなく、北に回ると、信、越、東に上、毛、西に駿、遠、南に上総、下総の諸州の連山が眼にはいる。遠く相模灘、遠州灘、上総灘がかすみ、富士山は真向かいだった。

東のほうこそ武蔵野がひろがっているが、そのほかは入りくんだ襞(ひだ)の多い山岳が幾重にも折り重なって波のように雲の下に続いている。

瘴気陰々(しょうきいんいん)。北条氏康が関東の鎮めとして、この山を霊場に選んだのも、もっともと思われた。

夕方の眺めがいい。

西の雲間から射す陽は山々の頂上だけを赤く染めるが、山陰や谷は蒼然たる暮色に塗られ、下には、霧が動き出す。はるか底のほうを一条の渓流が細く白く光る。

それも束の間で、夕陽が凋(しぼ)み、連山の稜線が日没後の空にたゆとう澄明な蒼さの中を黒一色に描いたかと思うと、急速に天地の闇が閉じてくる。あと、光るものといえば、おそろしく澄んだ月と星だけであった。

夜になると、昼間はほとんど聞こえない水音がにわかに高くなって伝わる。遠い下方から這い上がってくるような音であった。

「先生、あれは谷川ですか？」

と、茂平次は訊いた。

「この峰をとり巻いて七本の谷川がある」

と、了善は答えた。

「案内川は水源西南の方より流れ出て東北の方、小名落合にて小仏川に合する。小仏川は小仏谷間より水源を発して東流し散田村にかかる。入沢川は入沢谷間より流れ出て三町ばかりで南浅川に合す。その他、榎窪川、麓ノ川、初沢川、中ノ沢川などがある。夜、日中の雑音が消え去ったのちは、諸川、一時に合して鳴る。すべての水源はこの峰つづきじゃ」

了善は指を漆黒の闇中に挙げる。山々を渡ってくる風が轟と鳴る。

「山中に垢離をとる滝は二つある」

と、彼は言い継いだ。

「清滝は、滝口からの落下の高さ一丈四、五尺で滝口岩上に石不動がある。枇杷ノ滝は黒門を距《へだ》てること二十町、水源は鳴鹿洞《めいろくどう》より出ている。滝口の幅五寸、高さ一丈二尺、われらが水垢離をなすのは、この枇杷ノ滝のほうじゃ」

「さきほど明日から、と申されましたが」

「うむ」

と、了善はうなずいた。

「滝に打たれるのは明日にしよう。それよりも今夜は修法のことを教えておく」

「いよいよ、お教えくださいますか。しかし、今夜はあいにくと白月でございます。調伏の修法は黒月とか承りましたが」

「調伏法は黒月、つまり下十五日の日中、または夜半に起首すべきだが、日の善悪は論ずるところではない。急速を要する場合があれば白月でもかまわない」

「それで安心いたしました」

「調伏法を修するときは、行者は南向きに蹲居し、右の足をもって左の足を踏み、自身法界に変じて青黒色の三角の曼荼羅をなすと観じて、我が身を一法界となす」

「こうでございますか？」

茂平次は了善の言葉を動作にしてみた。

「わが口を炉の口となし、自分は降三世忿怒尊として眷族を囲繞させている。かの悪人の身を壇の上に追い裁かせて、大智火を放って、わが身中の業、煩悩、及びかの悪人の貪瞋痴、ならびになすところを焼浄する。……この法は第一に摂化降伏、人非人などを調伏する。第二は除難降伏、王難怨仇などを除く。第三に無名降伏、仏法の中の苦悩を除き去る。第四は悲地降伏、諸々の邪法の障害を除去するのだ。されば金八」

「はい」

「めったな人を呪うでないぞ。また、法を覚えたとて、むやみに乱用してはならぬ。調伏するは人非人に限るぞよ」

「心得ましてございます」

「明日はまず大智火を放つ壇をつくるのじゃ」

「護摩壇でございますな。護摩堂ではいけませぬか?」

「当節はみんな簡略になっているが、護摩壇とは本来、人の来ぬ高き山中に行者が自ら作りて、事済まば、また行者自ら毀却すべきものだ。人の生命をも縮めるべき大修法ともなれば、古式どおりにせぬと効験はない」

「それでは支度は明日でございますか?」

「うむ。そうしよう。そのあとは枇杷ノ滝に打たれて身を浄め、夜に護摩を焚くこととする」

「わかりました」

月と星とが頭上の軌道を徐々に運行していた。


夜が明けた。

了善は、茂平次の金八を使って秘密修法壇を造らせた。

そこは高尾山頂に近い狭い平地で、あたりには樹木が鬱蒼とつづいている。

「壇というは、土を積み、場を平らかにするが、諸尊が壇上に集合するゆえ、輪円具足の曼荼羅となるのだ」

了善は準備をする茂平次に講釈する。

「諸経造壇には、まず択地（じゃくち）が大事である。諸仏所説には、山林寂静にして菓華（かけ）多き好地、山頂勝景、または清流の河辺竜池等、あるいは麋鹿（びろく）等の良獣名鳥群居の山林寺院塔廟の所在地を選び、法壇建立の地となす、とある。されば、この高尾山のごときは絶好の法地だ。なかでも、わしが見立てたこの地面は地相最もよい。金八」

「はい」

「普通なら、地中の穢悪瓦石等を取り除き、地鎮の法を修し、五宝等を埋め、五穀の粥二桶を加持して、壇外と墻外とに沃ぎ、地主の神に地を乞い受け、しかるのちに造壇するのだが、今はすべてこれを略する」

「はい」

「秘密法器は、宝冠、金剛杵、宝剣、弓箭、鈴、念珠、宝棒、宝戟、輪、明鏡、瓶、法螺、柄香炉、磬、散杖、宝扇、金篦、塗香、白払等だが、みんな揃ってるな?」

「はい、揃えてございます」

「よかろう」

壇のかたちはできた。了善は陽の具合を見て、

「修法は三更より首るが、あとで護摩を焚くので、日が昏れたら、すぐにやりたい。それまでは枇杷ノ滝に打たれて汚穢を取るのだ。金八、こい」

「心得ました」

茂平次は、了善のうしろから従いていったん中腹まで降りた。

滝は岩壁の上にかかっている。下に垢離小屋があった。滝壺には水が白い飛沫を散らし、おりからの日光に虹をつくっている。

両人は滝の落下の下にはいった。真言を唱えて印を結ぶ。

それを何度か繰り返すうちに、陽もようやく西に落ちはじめた。山中の日昏れは早い。すでにあたりは蒼然となりはじめ、谷間から濃い闇が匍い上がってくる。

「金八、これでおまえも心身が清浄になったであろう。これから道場にはいる」

「はい」

「口を嗽ぎ、浄められた衣を着け、両手に塗香を塗るのだ」

「はい、いたしました」

「足は蓮華の上を踏むと心得て、慈悲を思い、静かに歩め」

「はい」

「おまえが昼間に造った壇が、そこにある。堂の前に来たと心得て吽声を発するのじゃ」

こう言って了善は、ううん、と吠えた。それに倣って茂平次も、ううん、と言った。

次に了善は、右指を弾くようにして門に当てる格好で三度叩いた。

「門戸を開くのは、仏と衆生との異執にたとえたのじゃ。吽声を発するのは、これにて異執を驚覚させる。すなわち、門を開いてはいったからには眼には麼吒の字を見る心、心には光明照耀したと思い、右には麼、これは変わって日となり、左には吒、これは変わって月となる」

了善は、講釈をしながら蓆を敷いた上にどっかりとすわり、結印をつづける。

星は間近に光っている。すでに音は消え、かすかに下方の渓流が鳴る。全山は幽く地鳴りがしている。野猿が啼く。仏法僧が三段の声を聞かせる。

「金八」

「はい」

「月は出ているか」

「はい、山の端にかかりましてございます」

「この前そなたにも言ったとおり、この調伏はめったにするものではない。やるからには黒月の夜半の起首が望ましいが、今夜はあとで大事な護摩の法がある。されば、これは誰を呪うというのではない。おまえがいろいろとこの間からせがむゆえ、調伏とはこのような法を行なうものだということを、かたちだけで見せてやるのじゃ。決して相手が水野越前守さまというのではないぞ。わかったな?」

「はい、よくわかりましてございます」

「では見るがいい。わしたちは、いま南を向いている。よいか。これで自身法界に変じて青黒色の三角の曼荼羅となっている」

「こうでございますか?」

「そうだ。この前より教えている金剛界五仏真言を唱えよ」

　こういうと、了善は腹から声を出した。

「パザラトンバン、アキシュビヤウン、アラタンナウサンバンバタラク、ロケイジンバラアランジャキリタ、アボギャシツデイアク……」

　茂平次は、それに従って誦した。

「パザラトンバン、アキシュビヤウン、アラタンナウサンバンバタラク……」

　了善は跪座（きざ）再拝する。茂平次もそれに倣う。彼は了善の一挙手一投足を見つめながらいちいち従う。

傍らには、枯枝を寄せて点けられた火が鬼火のように燃えている。

調伏の祈禱は長い間つづけられた。風は死んでこそとも音がせぬ。梢も鳴らぬ。草もそよがぬ。山中の精霊ことごとくが二人の読経に凝集して虚になったかにみえた。

了善は、最後の経を大音声に読み上げると、

「金八」

と、叱咤した。

「はあ」

「おまえは何か心に想っていることがあるのであろう」

「は？」

「先ほどよりわしは忘我にはいろうとしているが、いつになく胸の中が騒々しくてならぬ。わしはおまえに修法のかたちだけを見せているが、決して誰をも呪ってはならぬと申しつけてある。ここに一人でも邪心を持つ者があれば、諸仏の霊かえって邪鬼となり、行者を地獄に追い落とそうぞ」

「おそれながら、金八、いささかもさような心持ちは持っておりませぬ」

「はてな、それではおまえの浄穢が足りぬかな?」

了善は、子細げに首をかしげた。


不審気に呟きながらも了善は護摩の支度にとりかかった。

月は昇った。しかし、雲間が多く、光は翳(かげ)ったり、顕(あらわ)れたりする。宵の星はいつの間にか天頂近くを運行していた。

「火は大日法身の智火であって、法界に遍満する。その業用とは、周遍法界の智火をもって、法界の衆生の不明の煩悩を焼尽す」

と、了善は教えた。

「護摩壇は、敬愛法では西向きとし、炉(ろ)は八角に造るが、調伏法では南に向け、炉は三角に造り、供具は悉(ことごと)く赤色だ……しかし、いまは凡帳面なことはできない」

茂平次の造った壇は、白木綿で引き回し、水引で括(くく)っている。供具としてさまざまなものが供えられてある。壇上の五瓶には樒(しきみ)の葉を立て、両側に二つの灯が立っている。

すべての支度が終わると、了善は南に向かって護摩を焚いた。火炎は暗中に燃え立つ。

「ビヤアバロウキャヤ、チサマ、ハンシヤソケンダア……」

火は炎々と燃え上がる。その相は、岩に砕けて散る水流のごとく、身を低くして地を匍う獣のごとくである。

山中の黒闇のなかに、ここだけは紅炎が燃えている。こなたの山、向こうの峰、それに打ちつづく山脈、天地寂と沈んでいるなかに、炎は相を更え、形を変じ、色さえ異をみせる。

梟の啼くを遠くに聞きながら、経文はつづく。じゃあ、じゃあ、じゃあ、という誦経は人間の声とは思われぬ。

了善は火の相を見つめて、はったと睨みつける。眼に火が映じて、ここにも紅蓮が匍うかとみえた。

茂平次は了善のうしろにすわって、子細にこの修法を見ている。が、その表情は、師について見習うのではなく、細密な観察者のそれであった。

おりから、谷間を動かして風が一陣吹いて来る。奇怪な火炎は、この風に動揺する。風は森を鳴らし、峰から峰を伝わって遁げる。

「金八、金八」

と、了善は呼んだ。

返事がない。

了善は、ちょいと声をためらわせたが、またもやつづけた。

「シャアリホタラ、シュニヤタアエン、ナウロウハン、ナウベイダ、ナアサンジャ……」

ふたたび風が峰を走る。音は了善の調伏修法が夜陰の山野を震動したかにみえた。雲が厚くひろがった。星も見えぬ。月も知れぬ。

「金八、金八」

了善はふたたび呼ぶ。

やはり返事がない。

了善は、たまりかねたようにうしろを向いた。そこには茣蓙の上に闇がすわっているだけだった。

はてな、と了善は首をかしげた。彼は、それからも数十行の経を唱えたが、その声は途中で落ちたように熄んだ。

金八が戻ってこない。

いつの間にか炎は衰え、あたりを照らした光がうす暗くなってきた。

「ちぇっ、どこに行ったのやら」

了善はぶつぶつ言いながら、蓆の上に起った。火に薪を投げ入れるためであった。

梟がしきりと啼く。

了善は火の傍にしゃがんで、枯枝を集めては投げ入れていたが、彼は、ふと、何かを聞いたように耳を澄ました。

人の跫音ともわからぬものが、下の麓からひたひたと聞こえてくる。

「金八」

了善が呼んだとき、樹の間から提灯が現われた。それも一つや二つではない。一列に横にならんだところは、狐の嫁入りととんと変わらない。

了善が眼を剥いて起ち上がったとき、先頭の提灯が急速に近づいて来た。思いがけなく人間の姿であった。

「そこにいるのは、大井村の修験僧、教光院の了善か?」

暗がりから叱るような声が矢のように飛んできた。

「はあ」

了善が思わず返事すると、

「われらは八王子代官所手付の者じゃ、訴人の知らせによってそのほうを捕えるから、神妙にしろ」

人影と提灯の群れが動いた。

了善が、あっ、と声をあげた。

「め、めっそうもございませぬ。わたくしは何もお咎めを受けるような……」

「その言い訳は、江戸南町奉行所に行って申開きをするがよい。われらは、おまえがここで調伏の修法を行なっていたことをたしかめて召し捕るのじゃ」

「しかし、てまえは……」

「黙れ、おまえは水野美濃守殿の頼みによって、老中のお命を縮め参らせようとする呪法を行なっていたであろう。この場の様子を見ても証拠は明白だ」

問答が闇の中でつづけられたとき、了善は声を失って、その場に崩れた。彼の頭には金八の顔だけがひろがっていた。

暗くなってから、駕籠が牢の外鞘に着いた。中から人が出てくる気配がする。駕籠の前後には四、五人の役人が立っているらしい。

揚り屋は伝馬町の牢屋敷の中にあったが、これは士分の者と、僧侶、神官の科人だけを収容する。一般の者は、百姓牢と称して別な棟になっている。桁十間、梁間三間、軒高一丈二尺、屋根は小棟造りの瓦葺きだ。

南に引戸入口があって、格子造りになっている。東西はハメ槻の厚板、北は格子造りで、壁はハメ張、入口は三尺四方の扉を付けて外から閂を掛ける。

入口の外は幅三尺の外鞘になっていて、その入口は同じく引戸が付いている。外鞘の間に格子があって、その奥が内鞘（監房）になっている。

いま駕籠で着いた科人は、その外鞘で言渡しを聞いているらしい。

役人は、牢屋同心と、牢屋の留口を預かる鍵役であった。

「ご牢内にては法度の品がある。まず、金品、刃物、書物、火道具類の持込みはいっさい相成らぬぞ」

同心の声だ。

「へい」

と、圧し潰されたような渋い声の返事がある。

「では、縄を解け」

声の下で、衣類がばさりと板の間に落ちる音がする。着物を検めて、下帯も取り、いっさいを改めて草履を穿かせる。

外鞘と内鞘の格子戸が開いて、人が近づく。

「新入りがあるぞ」

と、鍵番は内に向かって呼ぶ。

「おう」

と、こちらの内鞘の中で自堕落に横になった男が背中を起こした。

中には十二、三人の人間がごろごろしている。いずれも、先ほどから外鞘で聞こえている音と声に耳を澄ましているのだ。下は百姓牢と違って板の間に薄縁が敷いてある。

「矢部駿河守さまお懸り、野州烏山生まれ、当時荏原郡大井村教光院住職了善、年三十六歳、受け取れ」

「承った」

返事があって、格子戸がぎいと開く。鍵番から尻を押されて、一人の坊主が四つん匍いになって薄縁の上にはいりこんだ。

百姓牢の牢名主に当たる男が、奥まった所のハメ板を背に悠然とすわっている。

坊主は、羅漢のようにすわっている黒い影の連中に怯えたように、格子の近くに身をすくめた。

「なんだ、おまえは？」

と、大きな声が咎めた。

「へっ」

了善は胆を冷やして頭を床にこすりつけた。

「おう、修験僧と聞いたが、何をしたのだ？」

「へ」

「こっちへこい」

呼ばれて、了善はその男の前におずおずと進んだ。

これが一般の百姓、町人を入れる大牢だったらたいへんである。新入りは、まず、牢名主、隠居、二の役、三の役などの控えている前で、キメ板を持った男に尻を叩かれ、いっさいの素姓を申し上げなければならない。それがすむと、その男から牢内の作法を聞かされるのだが、とかくツル（金）を持っていないとひどい目に遭わされる。こういうことを了善はかねてから聞いていたから、この揚り屋にはいっても、空怖ろしさに縮み上がった。

「はい。実は、その、ある人を調伏したという疑いを受けまして、思いがけなくこのようなところにはいらされました」

「調伏？」

と、その男は言って、

「なるほど、おまえは祈禱師だな。他人を呪わば穴二つというが、ただ祈禱しただけで奉行所に挙げられるとは合点がいかぬ。いったい、誰を呪ったのだ？」

「いいえ、てまえ、決してさような怖ろしい祈禱はいたしておりませぬ。ただ、弟子になった奴が、てまえに何の恨みを持ったのか、てまえがそんなことをしているように代官所に訴えたのでございます」

「代官所だと？」

と、顔を影にしている男は言った。

「それでは、江戸の外だな？」

「はい、高尾山でございます」

「うむ、高尾山なら祈禱の場所としてもっともだ。それにしても、たとえそれが作りごとを訴えたにしても、ただ調伏の祈禱をしただけで捕えられたとは合点がいかぬ」

「あるお方を呪ったように謀（はか）られたのでございます」

「いったい、誰を呪ったように讒訴（ざんそ）されたのだ、役人か？」

「いいえ。ちょっと上の方でございます」

「では大名か？」

「へえ、まあ」

「ふむ、普通の大名でないとすると、老中か？」

「はい」

「まさか、水野越前じゃあるまいな？」

「恐れながら、そのお方にございます」

「なに、水野越前を呪ったというのか？」

相手の黒い姿が動くと同時に、今まで問答をじっと聞いていたほかの者までどよめいた。なかには寝転んでいたのを起き上がった者もいる。

老中水野越前守を調伏祈禱した疑いでここに来たというので、揚り屋にいる連中はさすがに愕(おどろ)いたようだった。

ここに放りこまれるからには、いずれも相当な暴れ者ばかりだ。このころは士風が頽(たい)廃(はい)して、市井(しせい)の破落戸(ごろつき)と変わらない生活をしている者も少なくなかった。博奕、喧嘩は普通のことで、なかには道楽と貧乏が昂じて芝居小屋の木戸番になったりしてその日を食いつなぐ直参もいた。

「おい、坊主」

と、この牢にいちばん長く残っている男が言った。

「その話を、もそっと詳しく申し立ててみい」

「はい。……しかし、てまえは決してそのような怖ろしいことをしたのではございませぬ。ただ今も申しましたように、腹黒い弟子に謀られたのでございます」

「おまえの名前はなんとか言ったな？」

「大井村の教光院の住職をしている了善と申します」

「その了善がなんで弟子に謀られたのだ？」

「それがてまえには少しも合点がいきませぬ」

「そうではあるまい。おまえが信者を騙して金を貪り取るので、弟子に恨まれたのだろう。弟子ばかりこき使って、吝嗇な真似をするからだ」

「いいえ、その弟子と申しましても、前からいたのではなく、近ごろになって、ぜひ入門させてくれと言うので、許しましたようなわけで。それに、その男は元水野美濃守さまのご家来衆とかで、すっかりてまえも信用していました」

了善が必死にここまで説明したとき、隅の暗いところから、若い武士（さむらい）が身体を起こした。彼はうす暗がりの中から坊主を見つめていたが、これは石川栄之助の髭（ひげ）の伸びた顔だった。

「水野美濃守さまの家来だという証拠はあったのか？」

と、訊いている男は質問をつづけた。

「さようでございます。前に水野さまの奥向きからお袖（そで）さまというお女中衆が使いに見えておりましたが、そのご家来衆もお袖さまを連れてきたので、わたくしもすっかり安心しておりました」

「その男から、おまえが老中水野越前殿の調伏をはっきりと頼まれたのだな？」

「いいえ、そういうわけではありませぬ。ただ、調伏の修法がどのようなものか知らないので、その型を見せてくれと頼まれただけでございます。てまえはうかつにもその口車に乗り、高尾山まで連れて参ったところを、その弟子の密告で縛り上げられたのでございます」

「おう、ちょっと待ってくれ」

と、栄之助が口を出した。

「そこの坊主、最前からだんだんと聞いていたが、おめえの言うことは間違いねえだろうな」

了善は、新しい声のほうへ身体をねじ曲げてお辞儀をした。

「いっさい嘘を申してはおりませぬ」

「おめえに弟子入りをしたいと言った男の名前は、どういうんだえ？」

「へえ、金八と申しておりました」

「金八か。……年のころはどのくらいだ？」

「あれで三十五、六かと思います」

「うむ、水野美濃守殿の元家来だったといえば、相当な人品にちげえねえ」

「いいえ、元家来と申しましても、今から考えると、どうやらちょっと臭うございます」

「どう臭いのだ?」

「はい、考えてみると、お屋敷からお暇を取ったお女中が水野さまの用事で来るわけはないと、近ごろになってやっと気がつきました」

「すると、その金八とかいう男は、元の女中とかたらって水野殿の家来の名を騙って来たのかもしれぬな?」

「そのへんのところが、とんとわたくしには判断がつきませぬ」

「そうか」

「わたくしもこれまで仏のように言われて参りました善人で、他人から恨みを買うような覚えはございませぬ。それが、こともあろうに老中調伏などという汚名でこんなところに引っぱられてこようとは、思いがけない災難でございます。まかり間違えば、この首がすっ飛ぶかと思えば、情けのうて……」

「まあ、そう泣き言を言うな。ここに来れば、先のことは奉行所の裁きに任せるよりほか仕方がねえ。だが、おめえに身の覚えがなかったら、誰の前に出てもきっぱりと、それで言い通すのだ」

「それはそのつもりにしておりますが……なにしろ、こういう場所は初めてでございますから、お取調べを受けて舌が吊ってしまわねばよいがと、今から心配でございます」

「なに、心配することはねえ。おめえの思ったとおりを言い立てるのだ」

「だが、老中調伏とは、えらく大きく出たものだな」

と、先ほどの男が感嘆したように言った。

「なるほど、こいつの言うとおり、そうと決まったからには笠の台が十あっても足りはしねえ」

「…………」

「まあ、そう泣きっ面をかくな。おまえの正直なところはおれたちにもわかる。少々小狡いところはあるが、たいした度胸もねえようだ。やい、坊主、しっかりと土性骨を据えて、役人の前ではっきりと口を利くのだ」

「へい、ありがとう存じます」

了善は胴震いしながら、つづけて二、三度お辞儀をした。

昏れてから、鳥居耀蔵の屋敷に坊主頭の茂平次がやってきた。近ごろでは茂平次も耀蔵の家来扱いになっている。

このとき、耀蔵は客と会っていた。

「もし。このように昏れてからご対面になるお客さまは、どなたでございますか？」

茂平次は控の間で用人に訊いた。

「おまえだから教えてもいいだろう。金座の後藤三右衛門の番頭だ」

と、用人は教えた。

「はあ、さようでございますか」

茂平次は毛の伸びた坊主頭を合点させた。

世間では、後藤三右衛門と水野越前守忠邦との親密な間柄を噂する者が多い。後藤が越前に喰い入っていれば、とうぜん、耀蔵の線とも濃いわけだ。もしかすると、後藤は耀蔵を軍師として越前を金で動かしているのかもしれぬ。茂平次はそんな考えを持った。

いずれにしても、世間で言うとおり、鳥居耀蔵は怪物だ。今に彼の天下が来るかもしれない。水野越前もうかつにはしていられないだろう。賽の目の出具合では、越前は耀蔵にしてやられるかもしれない。どっちにしてもこの際、耀蔵に喰い込んでおくことに損はないと、茂平次はここでも決心を固めた。

やっと先客が帰ったらしい。茂平次は呼び入れられた。

耀蔵は、例の金無垢の煙管（きせる）で煙草（たばこ）を吸っていたが、

「茂平次か」

と、彼を見て雁首（がんくび）を吐月峰（はいふき）に叩いた。

茂平次は了善を高尾山で捕縛させ、江戸に逃げ帰ってから、すぐに逐一を耀蔵に報告している。

「了善は、どうやらしぶとく粘っているらしいな」

耀蔵はぼそりと洩らした。

「さようでございますか」

耀蔵がここに呼び出して心配するくらいだから、了善はそうとう頑強に自分の無罪を

主張しているらしい。あの坊主、一、二度叩かれたら、難なく恐れ入るかと思ったのだが、と、茂平次はあんがいな気がした。

「今日もお城で越前殿とその話が出た」

「はあ」

「了善は北でも容易に落ちぬにちがいない。遠山の手でもちょっと早急には片づかぬ。それで、おまえに一度牢の中にはいってもらいたいのだ」

「何とおっしゃいます？」

茂平次が仰天して眼を剝くと、

「これはそこまで行かぬと埒があかぬでのう」

と、耀蔵はやさしい眼つきで諭した。

「了善をねじ伏せるには、金八という証人が必要だ。つまり、おまえが調伏の一件では同類となって調べをうけるのだ。そこで了善との引き合わせとなろう。それから先は、茂平次、おまえの得意の弁舌で、了善が水野美濃に頼まれて老中の調伏をしたいきさつをまくしたてるのだ」

「はい」

「了善は高尾山で調伏の修法を行なった証拠を取られている。だが、そのことだけでは彼を断罪することはできぬ。おまえはもう一度金八になれ」

「仕方がございませぬ」

と、茂平次は観念した。

「それでは、てまえ、さっそく明日にでも北のほうに自首して出ます」

「遠山にはおまえのことは頼んでおく。あの男なら、矢部と違って融通が利くでな。悪く言えば、旗色のいいほうへつく奴だ」

矢部駿河は侠骨漢だが、遠山左衛門尉は機会主義者だ、と耀蔵は見ている。

鳥居耀蔵がここまで裏から筋を運んだのは、了善が奉行所ではどうしても落ちないと知ったからだ。

耀蔵には配下の与力で佐久間健三郎、原鶴円という者がいる。これらの者の知恵で、茂平次を牢に入れて了善と対質させるがいいということになり、その吟味方も人が決まっていたのだった。

揚り屋は、それぞれの房の間に当番所がある。六畳ばかりで、外鞘に近く、これに六尺に三尺の土間がついている。いつも同心平当番が二人ずつ交替で勤務する。この交替は朝と夕方に行なわれた。

その交替どきの暮れ六ツ（六時）ごろ、外鞘に囚人がついた。

監房の中にいる者は、新入りが来るたびに興味をもつ。仲間が来たという親近感と、どんな人間が舞い込んできたかという好奇心だ。娑婆の空気をいちばん新しく身につけた者に、町の様子や岡場所の具合など訊く。退屈な拘禁生活なのだ。

「おい、坊主」

格子から外をのぞいていた御役人が、隅に悄然とすわっている了善を呼んだ。

「どうやら、おめえの同類が来たようだぜ」

「さようでございますか」

了善は、連日の調べにやつれていた。

彼がようやく持ちこたえているのは、この房から取調べを受けに引き出されるとき、何かと連中から激励を受けているからだった。

「おや、どうやら、お隣りのほうへ行くようだぜ」

各房は約七畳ばかりの薄縁敷きで、このような間取りがいくつか連なっている。

「そこで青菜に塩のように萎れていないで、おめえと同じ坊主頭だ。ちょっとのぞいて見ろ」

「へえ」

了善は、誘われるままに仕方なく起ってきて、格子の間から眼をのぞかせた。

「あっ」

と、低く声をあげたのは、その男を一目見た瞬間だった。

「どうした？」

「あ、あの野郎でございます。あれが金八でございます」

了善は、房に曳かれていく男を、頬が擦り切れるばかりに格子に押しつけて見送っている。

「なに？」

残っている連中七、八人が思わず起ってきたものだ。

「顔はもう見えませぬが、ずんぐりとした体格が何よりでございます。金輪際、見間違いようはございませぬ」

了善の言葉の下から、同心が新入りを牢の中に入れる申渡しの声が聞こえた。

「筑前御笠郡（みかさごおり）山田村生まれ、当時浪人金八、当年三十八歳、受け取れ」

隣りの牢では、おう、と応えがする。

「なるほど、ちげえねえ」

と、一同はうなずいた。

「いま聞いたところでは、金八という奴は九州生まれのようだな？」

「へえ、そう言えば、金八には九州訛（なまり）があったようでございました」

「うむ、それなら間違いようはねえ。……あの野郎、今になってここにはいって来るのはどうしたわけだろう？」

と、別の者が言った。

「こいつはだいぶんむずかしくなったぞ」

と、栄之助が呟いた。

「役人のほうも考えたな。了善が落ちないと知って、金八を急に入牢させ、対質させることを思いついたのだ」

「なるほど、そんな細工か」

と、ほかの者も暗い顔をした。了善は、いつとなくこの房では人気を得ている。もともと、妙に善良なところがあるので、かわいがられてきたのだ。

「了善を罪に陥(おとし)いれるため対質人を出したとすれば、こいつは、その相手も同罪を覚悟だ。老中呪詛(じゅそ)となれば、同類の死罪はのがれぬ。それほどの覚悟をしてまで入れたとなれば、よほど当人に因果を含めたにちげえねえ」

「うむ」

と、古株の連中も考えこんだ。

「いずれにしてもてまえは助かりませぬか？」

と、了善は泣き声になった。

「まあ、そう心配するな。ひょっとすると、おめえの命は助かるかもしれねえ」

「え、それは、ほんとうでございますか？」

「対質人は向こうの手駒(てごま)だ。いかに因果を含めたとはいえ、当人が死罪を承知するとは思えねえ。どの筋からこの細工が出ているか、およその見当がつかねえでもねえが、要は、水野美濃守の名を出して、美濃を罪にするのが狙いらしい。どうも、次から次に細工の目先を変えてくるようだが、そうなると、了善、おめえは島流しくらいで首はつながるかもしれねえな」

栄之助が伸びた顎鬚を爪で抜いた。

本庄茂平次は、揚り屋に一晩寝たが、夜明けまで容易に寝つかれなかった。急に変わったところへ来た落ち着かなさと、同囚たちの鼾や歯ぎしりに悩まされた。三時間ごとに巡回してくる拍子木の音も耳について眠れない。拍子木は、夜にはいった六ツ刻（午後六時）から明け六ツ（午前六時）まで、牢屋同心に従えられた小者が打って回る。

明けると、今日は吟味所で了善と対決だ。一つ、まくし立てて了善を言いくるめてやろう。うしろには鳥居耀蔵の勢力が控えているから安心だった。

了善めは、このならびの房に詰めこまれていると思うが、さぞ悄気ていることであろう。こっちは一晩きりの牢内泊まりで御免だが、あいつは言渡しがあるまでいつまでも留め置きだ。

もっとも、ほんとうの出牢のときは死罪か遠島かで娑婆の見納めとなるときだから、苦しくとも、一日でも牢に残ったほうが得であろう。

吟味のための呼出しは朝飯前と決まっている。牢屋同心が外鞘の外から声をかける。

「みな聞け。これから名前を呼ぶ者は今日、吟味所のお呼出しによって、飯後にはそれぞれの向きに連れ参るから心得ろ……」

本庄茂平次の金八も名を呼ばれた。総勢十人くらいのうちには、たしかに「大井村、了善」の名があった。耀蔵の言葉に間違いはない。さっそく、両人を対質させると言っていたが、それが確実に進んでいるのだ。耀蔵から遠山左衛門尉に話があり、遠山から石出帯刀（牢屋奉行）に連絡があったわけで、耀蔵の威勢の浸透が眼のあたりに見えるようである。

牢庭に出ると、羽交締めにして縛られ、駕籠に乗せられる。これは町人足が担ぐ。

普通の大牢入りはうしろ手に縛られて畚に乗せられ、非人人足が担ぐ。揚り屋者はそれだけが違う。縄をかけるのは牢屋同心だが、茂平次が見て、同勢十人のうち一人だけ手鎖をかけられた者がいる。坊主頭の了善だった。

手鎖は死罪か遠島の重罪犯の嫌疑者だ。

茂平次の眼と了善の眼とが遠くから絡み合った。了善が顔を真赤にして茂平次を睨んだが、彼はうすら笑いしていた。

この出廷者の中にまだ若い男がいたが、茂平次の顔を妙にじろじろと見ていた。御家人らしいが、どうせ道楽の挙句に喧嘩でもして人を傷害めたのかもしれない。むろん、茂平次は、その男が石川栄之助とは知らぬ。


牢屋敷から出廷する者は、南と北の両奉行所に区分されて護送されるが、これらは手にかけられた縄の色で見分けをつけるようにしている。北町奉行所に行く茂平次の縄は白かった。南町奉行所は、紺染めの縄を使う。

駕籠に乗せられた茂平次は、小伝馬町から、町奉行所出役より指図を受けた同心が付き添い、常盤橋をはいって北役所へ連れられ、それから橋を渡って御普請方定小屋前、小笠原右近将監屋敷脇、酒井左衛門尉屋敷脇、神田橋内を左にお濠端を通って竹橋御門に至る。

これから北町奉行所の中にはいるが、奉行直々の裁きの白洲はやや広い。しかし、茂平次がはいった所は、同心が調べるので狭い吟味所となっている。

掛りの同心は小倉朝五郎といって、三十五、六の、色の浅黒い男だった。吟味には馴れている。

小倉朝五郎は奉行の遠山から言いつけられているのでその肚(はら)づもりで両人を裁くことにしている。つまり、結論は初めからわかっているのだ。

ここで、了善と茂平次とは距離を隔てて向かい合ってすわった。

まず、両人の名前、生国、年齢などの確認があった。茂平次に対しては、

「筑前御笠郡山田村生まれ、浪人山田金八、当年三十八歳。間違いないな？」

と、訊(き)く。

「へい」

茂平次は頭を下げた。

「了善」

と、小倉は一方に言った。

「そのほう、この前よりだんだん申し立てている筋合いは不審の数々があるので、ここに相科人(あいとがにん)（相被告）としてそのほうの弟子であった金八を連れて参った。両人、ここで話の違うところは遠慮なく突っ込むがよい」

小倉はそう言って両方に頭を動かし、

「まず、了善」

「へい」

「そのほう、水野美濃守殿奥向きより頼まれて、老中水野越前守殿を調伏によって呪い殺そうとしたことは、これなる金八の訴えによってわかっている。しかるに、そのほうは身に覚えがないと申し張っているが、もう一度訊く。そのような事実はないのか?」

了善は平伏して言った。

「恐れながら、金八なる者がいかように申しましたかは存じませぬが、てまえは調伏修法の型を見せてやったまでで、さような恐ろしいことを企てた覚えは、いっこうにございませぬ」

「そうか。了善、おまえの眼の前にすわっている男は誰かわかっているか?」

「へい、存じております。てまえのほうに弟子入りをした金八という男でございます。水野美濃守さまの元ご家来衆とか申して、強って弟子入りを望みますので、仕方なく置いてやったものでございます。この者がしきりと調伏修法の型を教えてくれと申しますので、高尾山にてそれを仕(つかまつ)っただけでございます」

「金八」

と、小倉は顔を茂平次に振り向けた。

「了善は、あのように申しておる。しかとそれに相違ないか？」

「恐れながら」

と、茂平次は咳を一つして言った。

「ただ今の了善の申立ては真赤な嘘にございます」

茂平次の言葉を聞いた小倉朝五郎は、膝を片方の手で軽く調子をとるように叩きながら、

「では、そのほうが了善に直接にものを言うてみい」

と、命じた。彼の顔には愉しそうな色が出ている。

「これは了善どの、しばらくでございますな」

茂平次は真向かいの了善に話しかけた。

「…………」

了善は茂平次をぐっと睨んでいるが、その瞳には不安なものが揺れていた。

「ただ今のお役人の仰せを聞いて、てまえも愕（おどろ）きました。あのときは、たしかにおまえさまから、水野さま呪い殺しの修法をやると聞きました。今ごろになって、あれは嘘だと言うのは聞こえませぬ。こうなったうえからは、てまえも覚悟のうえ、おまえさまも男らしくきっぱりと白状なされませ」

「金八」

と、了善は声を振り絞った。

「おまえはなんの恨みがあってわたしをそのように陥れるのかしらぬが、わたしには、いっこうに覚えのないことだ」

「はてね」

と、茂平次がわざとらしく首を傾けた。

「有体（ありてい）を申せば、おまえさまがこれから水野越前さまの呪いを高尾山ですると言うので、わたしはいやいやながら従（つ）いていきましたな。すると、翌る日の午には山中の枇杷（びわ）ノ滝に打たれ、その晩には身の毛のよだつような恐ろしい修法がはじまりましたな。あまりの恐ろしさにわたしは我慢ができなくなり、山を駆け下って、いっさいを八王子代官所に訴えました。その場に立ち会っていたわたしが言うことだ。たしかな証人がこれほど申しているのだから、間違いようはありませぬ。あまりお上にお手数をかけずに、ありのままを白状なされませ」

「何を言うか、金八。おまえの言うことはみんなあべこべだ。おまえこそ……」

「いいや、了善殿。おまえさまが恐ろしい罪からのがれようとする気持ちはよくわかるが、こうなったうえは、潔く観念なされるがよい」

「なんと言ってもおれは知らぬ」

「知らぬ？」

茂平次の金八は嗤った。それから眼を凄ませると、

「おい、了善」

と、言葉が急に変わった。

「お互い、命の惜しいのは当たりめえだが、男は往生際をよくするものだ。おめえも今は大井村に教光院とかなんとかいう寺を建てて信者をごまかしているが、もとを糺せば、どこの馬の骨やら牛の骨やらわかったものじゃねえ。てめえでは奥州羽黒山の山伏だと威張っているが、大井村に流れ着いたときには、人さまの門口に立って掌に頂いた

米を頭陀袋(ずだぶくろ)に集めて回る売僧(まいす)坊主だった……」

了善が何か言いかけたが、小倉が止めた。

茂平次は図に乗ってまくし立てる。

「そのうち、おめえのアボキャベーロシャノマカムダラドマジンバラハラがありがたそうにみえるので、あっちの後家、こっちの婆アが数珠をひねって拝みにきた。てめえは物々しい格好で、頭に兜巾(ときん)を戴き、もったいぶった手つきで念珠を繰るやら、鈴を鳴らすやら、法螺を吹くやらの大騒ぎだ。それもただの法螺じゃねえ、大法螺のコンコンチキ、家内安全、息災増益(そくさいぞうやく)と吹きまくって、いつの間にかジンバラか甚助か知らねえ名僧智識にでもなり上がった気持ちでいやがった。そこを何も知らねえ水野美濃の奥向きが、てめえの加持の噂に騙されて、息災の法を頼みにきたのがはじまりだ。そのうち、だんだん増長して、この前のご改革にすべって転んだ美濃が逆恨み、憎さも憎き水野越前、こいつを生かしておいてはおのれの枯木に花は咲かねえと、とんだ発念からおめえのところに女中を駆け込ませ、越前さま呪い殺しを頼みにきたのだ」

茂平次は一気にしゃべり、一息休むと、唇を舌で舐め回した。

「美濃の奥向きに頼まれたおめえは、欲と功名に眼が眩(くら)み、翌る日から、さっそく、高尾山のぼりだ。なんにも知らねえこのおれは、おめえのあとからとぼとぼと甲州街道、暑い最中を十二里の歩き通し。ついた翌る日から水行じゃ修法じゃと追い回され、夜は草木も眠る丑三刻、やれ宝冠じゃ、やれ弓箭じゃ、やれ法螺じゃ、瓶じゃ、塗香じゃ、金箆じゃ、柄香じゃと御託をならべて、こっちはきりきり舞いのとんと閉口。それから、おめえは南向きに威張ってすわり、オンサバハ、ハナカラバラサヤと唱え、契印を結んで護摩を焚いたり炎を見たり、世にも怖ろしい呪いの調伏を行なったではないか。生き証人のこの金八が言うことだ。坊主に往生を説くのは逆説法だが、了善、なにも伊達や酔興でお互い枇杷ノ滝に打たれたんじゃあるめえ。それこそオンサバハのサバサバと観念したらどうだ」

了善が言葉を挿む暇もなかった。こうまくし立てられては、根が訥弁の了善は声も出ぬ。

「ざま見やがれ。やい、口が開くめえ」

と、茂平次は江戸弁で最後の悪態をつくと、勝ち誇ったように同心小倉朝五郎に一礼した。

「それまで」

間髪を入れずに小倉が裁断した。

了善は遠島と決まり、御蔵島(みくらじま)に島流しとなった。

茂平次は即刻釈放された。

この同じ日に釈放された中に、御家人石川栄之助がいた。

吟味所から戻されてからの出牢手続きはなかなか面倒である。いっさいが終わるのが夕刻で、晩飯前に伝馬町の牢屋敷から表へどんと突き出される。

栄之助は、そのままの足で従兄(いとこ)の石川疇之丞(とものじょう)の屋敷に向かった。

疇之丞の女房が玄関先で栄之助の顔を見て、

「あれ」

と、おどろいて瞳を瞠った。

「長々とご心配をかけました。ただ今、牢より出されました」

栄之助が挨拶すると、

「それはそれは」

と、女房もあとの言葉が出ない。

上にあがると、疇之丞が渋い顔つきで出てきた。

「いま聞いたが、出たばかりだそうだな」

疇之丞はにこりともしない。

「おかげで、ようやく裟婆の風に当たった。いや、ひどい目に遭ったものだ」

栄之助が言うのを、疇之丞は、

「本来なら、おまえは蟄居のうえ、甲府流しとなるところだった」

と、たしなめるように言った。

「えっ、甲府流し？」

栄之助は大仰に、

「とんでもねえ。聞いただけでも身震いが出る」

「いくらおまえが厭(いや)でも、上のほうで決まってしまえば否応なしだ。それをやっと中止(よし)にしてもらったのは、おれが鳥居殿に頼んだからだ。五日間ばかり揚り屋にぶち込まれても、文句は言われまい」

「そうと聞いたら、なるほど、冥加に余る話だな。なにしろ、西の丸中臈(ちゅうろう)の髪飾りを盗ったという罪だから、牢にぶち込まれたときは、今度こそは年貢の納めどきかと思った」

「そう覚悟したら、なおさら鳥居殿に頼みこんだおれの力をありがたく思え。今後はこれに懲りて、きっと行状を慎しめ」

「委細承知、と言いたいところだが、長い間暗い所で窮屈な思いをしたあとだ。それに、鳥居殿のお情けで、おればかりか、おぬしの役入りにもヒビがはいらなくて何より祝着(しゅうちゃく)だ。まず第一番に祝い酒が欲しいな」

「こいつ、口の減らない奴だ」

「それに、もっそう飯ばかりで舌のほうがどうかなっている。生きのいい刺身を楽しみに、この家に来たのだ」

疇之丞は手を鳴らして女房を呼び、酒の支度をさせた。

「ときに、ちょっと鳥居殿のことで訊きたいことがあるが」

「なんだ?」

「ほかでもない。……近ごろ、鳥居殿の側近に、金八とか申す男が現われていないか？」

「金八？」

石川疇之丞は小首をひねって、

「さあ、知らぬな」

「金八というのは、どうもアテにならない名前だ。当人は背が低く、小太りで、言葉に九州の訛がある」

「九州訛？」

疇之丞は考えていたが、

「そういう男が出入りしないでもない。いや、そういえば鳥居殿の屋敷に入りびたりの男がいる」

「どこの人間で、なんという名前だ？」

「その男なら、元長崎会所の地役人で、本庄茂平次とかいう奴だ。なかなか才智に長けたおもしろい男でな。頓狂（とんきょう）で、みなにおもしろがられている」

「うむ」

栄之助は、それだ、と心に叫んだ。

「年ごろは?」

「あれで三十五、六になろうか。おまえの言うとおり、背が低く、ずんぐりとしている」

「いま、その男は鳥居殿の屋敷に入りびたりと言ったな。鳥居殿に気に入られているのか？」

「なかなか首尾がいいらしい。話しておもしろいし、とんと幇間(ほうかん)を呼んでいるようじゃ」

栄之助は、これは少し違うかな、と思った。金八とその本庄茂平次とかいう男とが同一人だとは見当がつくが、栄之助の心にはもう一つの映像がある。

いつぞや剣術師範井上伝兵衛を斬って逃げた人間だ。あのときは偶然通り合わせて目撃し、逃げた下手人のうしろ姿が眼に残っている。

あれも背が低く、ずんぐりとした小太りの身体だった。あいにくと夜で顔までは見えなかったが、揚り屋で見た金八の姿格好と瓜二つなのである。

「その本庄茂平次という男は、剣道は巧いのか？」

栄之助は訊いた。

「たかが田舎の地役人だ。使えるといっても知れたものだ。井上伝兵衛の弟子とか言っていたが、伝兵衛が誰かに殺されてからは、始終、鳥居殿のところに顔を出している」

疇之丞はあっさりと答えた。

本作品中に差別的ともとられかねない表現が見られますが、著者がすでに故人であることと作品の文学性・芸術性に鑑み、原文のままとしました。

（春陽堂書店編集部）

『天保図録』覚え書き

初　出　「週刊朝日」（朝日新聞社）昭和37年4月9日～39年12月25日号

初刊本　朝日新聞社　昭和39年6月、昭和40年6月、昭和40年7月　※上・中・下

再刊本　光文社〈カッパノベルス〉　昭和41年10月、昭和41年12月、昭和42年1月
※上・中・下
角川書店〈角川文庫〉　昭和47年6月　※上・中・下
文藝春秋〈松本清張全集27、28〉　昭和48年10月、11月　※上・下
講談社〈講談社文庫〉　昭和57年1～5月　※全5巻
講談社〈日本歴史文学館24、25〉　昭和62年4月、5月　※上・下
朝日新聞出版〈朝日文芸文庫〉　平成5年10月、11月、11月　※上・中・下

（編集協力・日下三蔵）

春陽文庫

天保図録（一）

てんぽうずろく

2023年6月25日　初版第1刷　発行

著者　松本清張
発行者　伊藤良則
発行所　株式会社　春陽堂書店
〒一〇四―〇〇六一
東京都中央区銀座三―一〇―九
KEC銀座ビル
電話〇三（六二六四）〇八五五（代）
印刷・製本　ラン印刷社

乱丁本・落丁本はお取替えいたします。

本書のご感想は、contact@shunyodo.co.jp にお願いいたします。

定価はカバーに明記してあります。

ISBN978-4-394-90448-9　C0193